KB265316

파란날을 달리다

파란날을 달리다

Gap year, 한 뼘 더 훌쩍 자란 청춘의 기록

시공사

갭 이어 여행,
잃어버린 나를 찾는 모험의 결심

즐거운 기억도 많았던 미국에서의 12학년(고3) 마지막 학기는 나에겐 혼란의 시간이기도 했다. 지구상의 많은 고3들처럼 나도 예상을 빗나간 대입 결과로 고민이 많았다. 교양과목과 학문의 자유를 중시하는 미국의 대학시스템은 고등학생들이 어떤 공부를 해야 할지 잘 몰라도 무리 없이 대학을 다닐 수 있도록 되어 있다. 나는 무척이나 원하던 대학에 입학을 했다. 하지만 대학의 명성과 전공의 실리적인 부분을 고려해, 나에게 잘 맞을 거라 확신하지 못하면서도 전문경영과 공학을 통합한 복수학위 프로그램을 선택했다. 이 결정은 늘 나를 괴롭혔다. 자신이 진정 뭘 원하는가보다 주변 사람들의 압박에 못 이겨 그런 결정을 내린 게 아닌가, 늘 찜찜했던 것이다. 나를 되돌아볼 시간이 절실했다.

그러다 문득 나는 지금까지 나의 모든 것을 대신 정의한 시스템 안에 살고 있었다는 사실에 생각이 미쳤다. 그 시스템은 가족, 친구, 학교, 교회, 사회, 국가라는 형태로 존재하면서, 열심히 공부해서 유명한 고등학교와 대학을 나와 좋은 직업을 가져야 한다고 압박하고 있었다. 그뿐만이 아니다. 신앙과 정치관의 종류는 물론 내가 속해야 할 계층이 어느 정도여야 한다는 것까지, 무척이나 많은 것을 요구했던 것이다.

오늘날의 나를 만들어준 그 시스템에 새삼 분개하는 것은 아니다. 그 시스템을 통해 많은 것을 배웠고, 그 안에서 받은 사랑과 관심이 없었다면 나는 이렇게 성장할 수 없었을 것이다. 단 하나 내가 화가 나는 것은 누구에게나 옳은 길은 늘 하나뿐이며 다른 길은 모두 틀리고 나쁘다는, 그 시스템의 정의였다.

나의 자유와 숨 쉬며 존재하는 지금 이 순간의 중요성은 무시당했고, 삶의 대부분은 미래의 목표를 위한 과정, 즉 수단에 불과했다. 나한테 주어진 하나의 삶은 단 1년의 휴식도 없는 출생, 초등학교(시험), 중학교(시험), 고등학교(시험), 대학교(시험), 대학원(시험), 취업(시험), 업무(시험), 결혼 그리고 죽음이 전부였다. 남에게 인터뷰나 시험, 평가를 당하지 않는 공짜 단계는 죽음이 유일했다. 기업의 상품과 정치인의 미래를 평가할 수 있는 권리가 있었지만, 정작 나는 대기업의 광고와 정부의 선전 파도에 휩쓸려 다니는 작은 배에 불과했다.

어렸을 때부터, 어른들은 나에게 장차 무엇이 되고 싶은지 물어보면서도 '내가 지금 어떤 존재인지'에 대해서는 묻지 않았다. 왜 어른들은 여덟 살짜리 아이가 마음껏 배우고, 예술적인 활동을 하고, 운동하고, 친구와 놀 수 있도록 그냥 내버려 두지 않는 걸까. 사교성과 창조성이 가장 눈부시게 발달하는 그 중요한 시기에 자유롭게 놀면서 타고난 능력을 키워나가야 함에도 불구하고, 왜 어른들은 아이들을 경쟁 사회에 살아남을 수 있는 기계로 만들기로 작정한 걸까. 겨우 열여덟 살밖에 안 된 소년이 평생 무슨 일을 할 수 있을지 과연 알 수 있을까. 세계의 다양함과 수많은 기회에 대해 아는 게 더 많은 열여덟 살 소년은 자기가 원하는 게 뭔지 몰라서 여덟 살일 때보다 더 혼란스러울 수도 있다.

대부분의 한국 또는 한국계 미국 친구들은 여름과 겨울 방학 때마다 학원을 다니며 시험 준비를 했다. 나 역시 한정된 대학 자리를 놓고 다른 이들과 경쟁한다고 생각했기 때문에 여름 학기에 나갔다. 그 때문에 훨씬 더 많은 것을 배울 수 있고 재미도 있는 여행과 봉사 활동의 기회를 놓칠 수밖에 없었다. 물론 학교와 여름 학기의 수업, 사교 환경, 스포츠와 다양한 과외 활동들도 유익했지만, 보다 더 넓은 세상을 볼 수 있는 기회는 갖지 못했다. 나는 학교와 이론적 학문의 버블을 떠나 진짜 세상을 경험해보고 싶었다. 날 속박하고 있는 시스템에서 벗어나 내 눈으로 직접 세상을 보고 그 속에서 나를 찾고도 싶었다.

이슬람과 유대교, 동양 철학 수업을 좋아했던 나는, 기독교에서 종교는 머리가 아닌 마음과 영으로 접근해야 된다고 말했듯, 다른 종교 역시 학문 그 이상으로 경험해보고 싶었다. 또한 자본주의와 다른 경제 체제에 대한 수업을 통해 지금도 비(非)자본주의적인 형태의 사회들이 남아 있다는 사실도 알게 됐는데, 그 사회가 어떤 식으로 돌아가는지도 알고 싶었다. 몇 년 동안 배워온 중국어를 현지에서 사용해 보고 싶었고, 항상 신문에서만 보던 헤드라인 뒤의 진짜 중국에 대해서도 알고 싶었다. "왜 가난한 나라는 가난한가?"라는 수업에서 알게 된, 하루 1달러 이하의 생계비로 사는 10억의 인구와 2달러 이하로 사는 20억 인구를 직접 만나 그들이 어떻게 생활하고 있나 확인해보고 싶었다. 이처럼 많은 인구를 친환경 유기농사가 부양할 수 있는지 궁금했고, 세계 곳곳의 환경과 개발 문제들도 직접 보고 싶었다. 고등학교 마지막 학기 때 나의 종교적, 민족적 정체성에 대해서 에세이를 쓴 적이 있는데, 그 부분도 좀 더 깊게 들어가 보고 싶었다. 모나리자가 그렇게 매혹적인지, 파리는 진짜 그렇게 로맨틱한지 직접 느끼고도 싶었다.

그런데 이런 모든 이유 중에서도 가장 중요한 것은 인생에 있어 시간이란 언제나 보장된 게 아니라는 사실을 깨달았기 때문이다. 너무나 각별했던 친할머니와 베이스 선생님이 돌아가셨을 땐, 할머니와 선생님의 심장이 멈췄다는 것이 믿기지 않았지만, 두 분이 70대 고령이라는 점을 고려하면 어느 정도 예측이 가능한 이별이었다. 하지만 나보다 불과 두 살 많은 선배와 한 살 어린 후배의 죽음은 도무지 받아들이기가 힘들었다. 두 사람 다 착하고 천진난만하고 긍정적인 성격의 소유자들이었다. 죽기 전에 어떤 병이나 통증의 징후도 없었다.

나는 드라마틱한 것을 즐기지 않지만, 앞서 말한 일련의 일들을 통해 이번이 아니면 여행할 기회가 없을지도 모른다는 생각을 하게 됐다. 마침내 난 갭 이어Gap Year를 하기로 결심했다.

하지만 막상 결정을 하고 나니, 1년이란 시간을 생산적으로 보낼 수 있을지 확신할 수 없었다. 석 달 여름 방학도 지루해하면서 두 달만 지나면 학교로 돌아가고 싶다고 입버릇처럼 말하던 나였다. 그런데 1년을 무슨 수로 버틴단 말인가? 그런데 다행히 'Where there be Dragons(Dragons)'라는 갭 이어 회사 덕분에 1년 중 첫 3개월을 보낼 방법을 찾게 되었다. 2년 전에 드래건즈라는 회사의 프로그램에 참여했던 선배가 추천해 줬는데, 갭이어 회사 중에서는 제일 평판이 좋은 회사라 했다. 학비보다 훨씬 저렴한 비용에, 학생 아홉 명, 지도교사 세 명으로 이루어진 팀이 잘 짜인 스케줄에 의해 움직였다. 찬찬히 살펴본 결과, 시간을 낭비할 거 같지는 않았다. 그래서 우선 첫 3개월만 계획을 짠 뒤 1년을 쉬기로 했다. 드래건즈 프로그램 후에 무엇을 할지는 잘 몰랐지만, 모른다는 사실이 더 모험 있고 스릴 있게 느껴졌다.

첫 3개월을 드래건즈 프로그램과 함께하기로 결정한 뒤, 더 즐겁고도 힘들었던 결정은 어느 곳으로 가느냐 하는 것이었다. 여행을 계획하고 상상하는 것은 여행만큼 달콤했다. 드래건즈는 중국, 인도, 아마존(페루), 히말라야(네팔), 서아프리카(세네갈) 등 세계의 개발도상국 곳곳에 프로그램을 가지고 있었다. 네팔의 스님들부터 아마존의 맨가슴 여전사들까지, 마치 세계 곳곳에서 나를 부르는 것만 같았다. 나를 향한 그들의 치열한 경쟁 끝에 승리를 차지한 것은 중국이었다. 여러 가지 이유가 있었지만 중국을 선택한 결정적인 이유는 경제적인 문제 때문이었다. 하긴, 경제는 개인과 역사를 좌우하는 가장 강력한 힘 중 하나이니 어떻게 보면 지극히 당연한 일이다. 자연환경을 보자면 아마존에 더 가고 싶었고, 영성을 따지자면 히말라야에 더 끌렸으나, 결국은 비즈니스가 우선순위를 차지했다. 경영학을 공부하고자 하는 나에게 중국은 놓칠 수 없는 황금의 땅이었던 것이다.

나의 여행 이야기는 중국에서 시작해 두바이에서 끝난다. 이것이 내 모험의 시작과 끝은 아니다. 나의 모험은 첫울음과 함께 시작되었고 언제 끝날지는 모르지만, 지금 이 순간도 계속되고 있다. 하지만 이번 여행의 시작과 끝은 나의 세계 시민으로서의 성인식이라는 점에서 각별한 의미가 있다. 옛날 우리나라에도 성인식이 있었지만, 지금은 한국이나 미국이나 성인식이란 게 술 마시는 나이가 되었다는 것 이상의 특별한 의미는 없는 것 같다. 나는 나만의 성인식을 만들어야 했다. 여행을 하면서 숲속에 들어가 한 달 동안 홀로 생활하며 사자를 잡아와야 비로소 어른이 되는 케냐의 마사이족도 만났고, 일 년 동안 말을 타고 떠돌아다니며 여자를 찾아와야 어른이 되는 중국 신장의 카자크 사람들도 만났다. 하지만 나는 약 일 년 동안 여행을 다니면서 서글프게도 사자를 잡지도, 여자를 찾아오지도 못했다. 대신 책 쓸 기억이라도 가지고 돌아왔으니, 어설프지만 이 글을 '나의 성인식'으로 인정해주기 바란다.

NORTH ATLANTIC OCEAN

중국이라는 용은 생각보다 훨씬 거대했고,
무늬와 색깔이 다양하고 찬란했으며,
몸의 어떤 부분들은 전체의 일부가 아닌 다른
생물체인 듯 다양한 문화와 인종,
자연을 가지고 있었다.

SOUTH ATLANTIC OCEAN

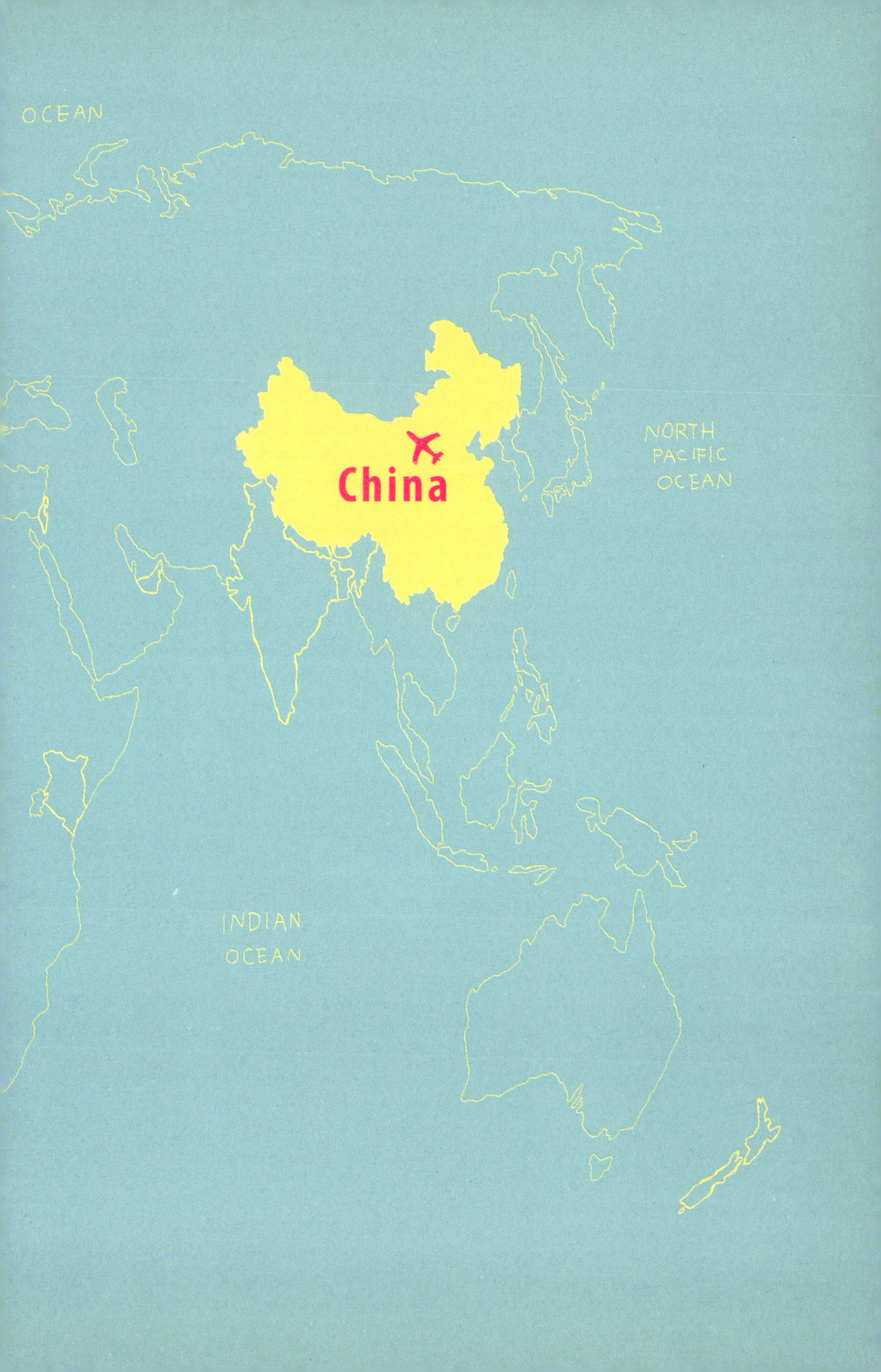

OCEAN

NORTH
PACIFIC
OCEAN

China

INDIAN
OCEAN

대륙과의 첫 인사

"고대 지도상에는 알려지지 않은 땅을 용으로 나타냈고, 익숙한 세계를 벗어나 바깥으로 나가는 것은 'Where There be Dragons(용이 있는 장소)'로 가는 것이었다."

윈난 성 쿤밍으로 향하는 비행기 안에서 나는 비로소 영어로 해도 어색하고 한국말로 번역하면 더 어설픈 회사 드래건즈Dragons의 이름의 뜻을 알게 되었다.

'용이라…….' 우리나라를 상징하는 동물이 호랑이, 미국이 독수리인 것처럼 중국을 상징하는 것은 용이다. 중국을 첫 번째 여행지로 고른 것은 회사의 이름과도 맞아떨어지는 운명적인 선택 같았다. 하지만 나는 이전에 베이징과 홍콩에 몇 번 가본 적이 있고, 제일 친한 친구들 중에도 중국 친구들이 여럿 있었으며 중국말도 좀 할 줄 알았기에 중국이 별로 용처럼 느껴지지는 않았다.

그러나 이곳에서 3개월 동안 언어와 문화, 도시와 시골에서의 홈스테이, 여행, 봉사 활동과 트래킹을 한 뒤 중국이란 나라가 새삼 신비로운 용이라는 것을 깨닫게 되었다. 이 용은 생각보다 훨씬 거대했고, 무늬와 색깔도 다양하고 찬란했으며, 몸의 어떤 부분들은 전체의 일부가 아닌 다른 생물체인 듯 다양한 문화와 인종, 자연을 가지고 있었다. 서양에서는 종종 용이 공격적이고 사악한 존재로 표현된다. 그래서인지 중국도 왠지 모르게 두렵게 느껴지는 부분이 있었는데, 내가 중국에서 발견한 용은 강력하지만 상서롭고 마른 땅에 비를 주는 영물 같은 동양의 용이었다.

용의 머리인 베이징과 나머지 몸이 완전히 다르다는 것을 처음 느끼게 해준 곳은 '구름의 남쪽'이라는 뜻을 가진 윈난 성이었다. 중국의 22개의 성(우리나라로 치면 행정구역상 도에 해당한다) 중 가장 남서쪽에 있는 윈난 성은 베트남, 라오스, 미얀마와 국경을 맞대고 있어서 마약과 인신매매로 유명한 곳이기도 하다. 이곳은 원래 죄인들을 유배 보내던 땅이었다고 하는데, 나였다면 영국 죄인들이 매일 비가 내리고 침침한 영국을 떠나 환상적인 기후를 가진 호주로 쫓겨났듯이 이곳으로 유배오고 싶었을 것이다. 그만큼 윈난 성은 천혜의 자연환경을 자랑한다. 웅장한 산과 강, 중국에 생존하는 식물 및 조류와 포유류의 반 이상이 있는 곳이자 중국 정부가 공식적으로 인정하는 56개 소수민족의 반이 살고 있는, 그야말로 보물창고 같은 곳이다.

그러나 이런 자연과 문화, 보물들을 보기 전에 윈난 성에서 맨 먼저 배워야 했던 것은 '버스 체력'을 키우는 것이었다. 한국에서는 서울부터 부산까지 아무리 밀려도 보통 버스로 대여섯 시간이면 충분하고, 미국에서도 먼 거리는 비행기로 다니기 때문에 버스 타는 시간이 길

어봤자 여섯 시간 정도였다. 그러나 중국에서 나와 일행들은 '침대버스'라는, 냄새가 지독하고 코고는 소리를 배경음악으로 틀어주는 발명품을 열두 시간이나 타야 했다. 나는 영어로 'travel-size'라고 하듯 체구가 작은 편이라서 그런대로 탈만 했지만, 키가 180센티미터가 넘는 내 친구와 선생님은 다리를 쭉 펴고 눕지도 못할 정도였다. 울퉁불퉁한 비포장도로가 절반 이상이나 되는 길을 운전기사가 험악한 속도로 몰아대니 속은 뒤집어질 것 같았고, 가파른 절벽과 협곡들은 현기증을 느끼게 했다. 가는 중간 중간 산사태도 나서 마음이 늘 조마조마했지만, 경치는 숨이 막힐 정도로 아름다웠다.

여행이 힘들었던 탓에 우리는 더 빨리 친해질 수 있었다. 열한 명의 친구들 그리고 선생님과 함께 그 길고 긴 지루함을 나누지 않았다면 결코 견뎌내지 못했을 테니까. 윈난 성에서의 여행은 수많은 장거리 버스와 기차 여행의 시작일 뿐이었다. 버스에 시달리는 사이, 우리는 장거리 여행을 즐기는 법을 배워나갔다.

마침내 처음 목적지인 중뎬(원래 티베트에서는 갈탕이라고 불리는 고산 마을)에 도착했다. 이름이 두 개라는 사실만으로도 헷갈리는데, 1997년 중국 정부는 이 작은 티베트 마을의 관광산업을 촉진시키기 위해 마을 이름을 제임스 힐턴의 소설에 나오는 '샹그릴라'로 바꾸었다. 소설에서 샹그릴라는 라마가 다스리는 땅이니, 이왕 진짜 샹그릴라로 바꾸려면 이 땅을 달라이라마에게 돌려줘야 하지 않나 하는 생각도 들었다. 실제로 갈탕은 중국의 1950년 침략과 강제 병합 전에는 티베트 땅이었고, 티베트는 현재 칭하이 성, 쓰촨 성과 윈난 성에 속해 있는 많은 마을을 포함해, 지금보다 약 두 배가량 컸다고 한다. 이렇게 여행자들을 모으기 위해 샹그릴라로 이름이 바뀐 마을도 중국, 티베트, 인도, 파키스탄 등에 꽤 여러 곳 된다고 한다. 샹그릴라는 지리적으로 어떤 곳을 지칭하는 게 아니라 작가 제임스 힐턴과 여행가들의 마음속에 존재하는 상상의 장소인데, 이렇게 마을 이름을 샹그릴라라고 만든 걸 보니 마치 영국이 관광객을 끌어들이기 위해 어느 마을 이름을 호그와트로 바꾼 것처럼 우스꽝스럽게 여겨졌다.

내가 어떻게 생각하든, 1997년 전만 해도 외국인들을 위한 숙소는 한 곳밖에 없었고 마땅히 먹을 만한 식당도 없었다고 하는데 지금은 숙소와 식당, 기념품점들이 넘쳐났다. 그래도 갈탕은 티베트 문화를 잘 간직하고 있었다. 이곳은 내가 티베트와 첫 만남을 가진 장소이자 매료당한 첫 시작점이기도 했다. 3천 미터가 넘는 고산 지역이라 몇 걸음만 걸어도 금세 숨이 차서 고산병으로 좀 고생하긴 했지만, 산 정상에서 여러 가지 색깔의 티베트 기도용 깃발들이 바람에 휘날리는 것을 보거나 작은 포탈라 궁이라고 불리는 세계에서 가장 큰 티베트 수도원을 방문하면서 힘든 것도 잊었다.

17세기에 지어진 수도원 송잔린스에는 6백 명이 넘는 수도승들이 있었고(한때 많을 때는 2천 명이 넘었다고도 한다), 8미터나 되는 거대한 불상을 포함해 많은 불상이 있었다. 수도원에는 키가 내 절반도 되지 않는 어린아이들이 뛰어다니며 놀고 있었다. 순진무구한 말썽꾸러

기 아이들을 보고 있으니 행복하기도 했지만, 한편으로는 이렇게 어린 나이에 수도승이 된 아이들이 좀 걱정스럽기도 했다. 수도원 생활에 적응하지 못한 아이들은 어떻게 될까. 유토피아를 찾아 여행을 다니는 내가 유토피아에 와서 행복에 대해 묻는 것이 좀 웃길 수도 있지만, 과연 이 아이들은 스스로 원해서 수도승이 된 것일까?

나는 내가 받았던 유아 세례나, 유대인들이 열세 살에 받는 성인식 바르미츠바에 대해서도 부담스럽게 생각했었다. 경험과 지적 능력이 부족한 어린 나이에 어떻게 신앙이라는 중요한 문제를 결정할 수 있을까? 철학자 루소는 열다섯, 열여섯 살 이전의 어린애들은 영혼 같은 추상적 개념을 이해할 수 없고 신에 대해 모르는 것이 잘못 믿는 것보다 낫다고 하면서 어린애들에게 종교를 가르치는 것이 위험하다고 말한 적이 있다. 그러나 중매결혼을 한 커플들이 자유연애를 한 후 결혼한 부부들보다 더 행복하다는 통계를 기억하며, 선택이라는 것이 항상 행복을 만들지는 않는다는 사실을 떠올렸다. 그리고 이 아이들이 수도원 주위를 날아다니는 새들처럼 자유롭고 행복하기를 기도했다. 어쩌면 매일 도를 닦는 이 아이들의 마음은 이것저것 쓸데없이 근심하는 나보다 훨씬 더 자유로울지도 모르니 말이다.

샹그릴라를 떠난 우리는 살윈 강(노 강) 계곡으로 향했고, 거기서 4일 동안 하이킹을 했다. 25킬로그램의 밥, 5킬로그램의 국수, 그리고 어마어마한 양의 당근, 옥수수, 배추, 트레일 믹스(땅콩, 건포도, 초콜릿 등을 섞은 간식) 등을 말 두 마리에 실고 등산을 했다. 우리를 이끌어준 티베트인 가이드는 우리에게 티베트 전통 노래를 가르쳐주려 애썼지만, 아쉽게도 곧 포기했다. 하이킹을 하는 동안 우리는 엄청난 광경의 산들과 아름다운 식물들을 보았고, 바깥 때가 묻지 않은 마을들을 지나갔다.

마을에서는 바이족, 누족, 티베트족 등 다양한 소수민족들을 만났다. 우리는 이들의 집에 초대받아 국수를 대접받기도 했는데, 집 안에는 십자가와 성모 마리아의 그림도 많이 있었고 작은 성당이 있는 마을도 있어 신기하기도 했다. 흔히 사람들은 티베트라고 하면 다 불교신자인줄 알지만, 이 마을에서 만난 티베트 사람들은 대부분 가톨릭 신자였다. 19세기에 왔던 프랑스 예수회 선교사들의 영향이라고 했다. 그 당시 세계 반대편에서 이런 깊은 산골까지 찾아오게 만든 그들

의 신앙심이 놀라웠고, 여행에 자신 외에 더 이상의 목적이 있었던 그들이 부럽기도 했다.

그런데 그로부터 1백 년 뒤, 이 고요한 마을에는 1백 년 전에 왔던 사람들과는 전혀 다른 절대적 확신을 가진 방문자들이 찾아오게 된다. 그 방문자들은 난폭하고 파괴적이었다. 마을의 성당은 아직도 그 반달리즘에서 회복하지 못한 흔적을 고스란히 간직하고 있었다. 벽은 온통 "마오 (쩌둥) 만세"라는 붉은 낙서로 뒤덮여 있었다. 1966년부터 10년 동안 중국을 혼란 속에 몰아넣고 수많은 문화유산을 파괴했으며 죄 없는 사람들을 죽음으로 몰아간 실패한 정치적 실험인 문화혁명의 파괴의 기운이 이 산중에도 올라왔던 것이다.

중국은 이미 현대 역사의 암흑기를 넘어섰음에도 불구하고 티베트인들에게는 여전히 문화혁명이 계속되고 있는 듯하다. 원래 7천 개가 넘었던 티베트 수도원은 1950년 중국 침략 이후 1천 7백 개로 줄었고, 그 이후 전 세계 티베트 인구인 6백만 명 중에 120만 명이 목숨을 잃었다고 한다. 문화혁명 때 많은 젊은이들이 자신의 부모를 반역자로 고발했던 것처럼, 티베트인들도 그들의 영적, 정치적 지도자이자 아버지인 달라이라마를 공식적으로 비난해야 했다. 달라이라마의 상과 불상이 있던 자리엔 마오의 상이 대신 들어섰다. 중국의 침략 전에 남자 인구 중 30~50퍼센트 정도가 수도승이었던 불교의 땅 티베트는 아쉽게도 하루하루 그 오랜 정체성을 잃어가고 있었다.

봄과 꽃과 인간의 도시, 쿤밍에서의 홈스테이

신이 빚어놓은 듯한 황홀한 선계에서 출발한 여행길은 황폐해져가는 정신문명의 땅 티베트를 거쳐 다시 쿤밍으로 돌아오니, 불과 2주 전에는 미처 보지 못했던 쿤밍의 편안함과 인간미가 새삼 느껴지는 듯했다. 유난히 봄이 길기 때문에 1년 내내 온갖 꽃들을 볼 수 있어 '봄과 꽃의 도시'로 불리는 쿤밍이 새삼 아름다웠다. 비록 처음에는 드래건즈 프로그램의 베이스캠프가 베이징이나 상하이 같은 유명한 국제도시가 아니라서 좀 실망스러웠지만, 관광객들이 적은 곳이라 중국 고유의 문화와 더 가까워질 수 있는 기회가 많을 것 같았다.

우리는 교실이자 놀이터였던 프로그램 하우스에서 설레는 마음으로 새 가족과의 6주간 홈스테이를 기다렸다. 장시간 하이킹과 버스 여행으로 몸에서는 지독한 냄새가 났고 행색은 지저분하기 짝이 없어서, 마치 다리 밑에서 주워온 고아들 같았다. 그래도 우리가 홈스테이할 곳의 중국 가족들은 무척 반갑게 맞아주었다.

중국에선 소수민족을 제외하고 자녀를 한 명 이상 낳을 수 없도록 법으로 금지돼 있다. 그래서 한족 아이들에겐 형제자매가 드물다. 나는 중국의 한자녀정책one child policy이 혹시나 우리가 새로 만나 한동안 가족이 되어 지낼 한족 아이들을 자기밖에 모르는 공주나 왕자로 만든 게 아닐까 걱정이 앞섰다. 하지만 잠깐이지만 형과 누나가 될 우리와의 만남에 흥분한 표정을 짓는 동생들의 얼굴에 이런 걱정은 사라졌다.

다른 걱정도 있었다. 홈스테이를 하는 외국인이라 하면 흔히 서양인을 상상하게 되는데, 동양인인 나를 보고 좀 실망하지 않을까 부담스럽기도 했다. 다행히도 내 홈스테이 가족은 나를 반겨주었다. 드라마로만 보던 한국인이라는 사실에 더 놀리며 좋아해주는 것도 같았다. 한 가지 나의 예상을 완전히 벗어난 상황이라고 한다면 나의 홈스테이 동생이 겨우 한 살짜리 아기였다는 점이랄까. 처음엔 같이 놀고 대화할 수 있는 상대가 아니라 조금 실망을 하기도 했지만, 아기의 부모님이 젊은 부부인데다 나를 돌보는 데 열정적이라 맘이 놓였다.

나의 홈스테이 부모님은 프로그래머와 초등학교 선생님이었고, 집은 프로그램 하우스가 있는 시내에서 북쪽으로 약 45분 거리에 있는 아파트촌의 방 두 개짜리 작은 집이었다. 나는 도착하자마자 샤워를 하기 위해 화장실에 들어갔는데, 그때 서양식 변기를 보고 얼마나 반가웠던지! 지난 2주 동안 엉성한 중국의 재래식 화장실에서 늘 쭈그려 앉아 볼일을 봐야 했다. 난생 처음인지라 화장실에 갈 때마다 미끄러져 넘어지거나 바지에 오물을 떨어뜨릴까 봐 늘 초조했다. 화장실에서 즐기던 독서는 감히 꿈도 꿀 수 없었다.

다음 날은 수업이 없던 날이라, 홈스테이의 어머니와 아기 동생이 낮잠을 자는 동안 동네 탐험을 나갔다. 프로그램 하우스의 선생님은 아무 버스라도 잡아타고 정거장 끝까지 간 후 길을 잃고 떠돌아 다녀보라고도 했지만, 멀리 가기 전에 우선 내가 지내는 동네부터 더 잘 알고 싶었다(그런데 웃긴 사실은 난 우리나라 지리도 잘 모르면서 세계 여행을 떠났다는 것이다). 밖으로 나오자마자 어느 할아버지가 연주하는 중국 전통악기 얼후의 애달픈 소리가 들려왔다. 다가가 그 할아버지에게 얼후를 연주해봐도 되느냐고 물어보았다. 그러자 할아버지는 선뜻 허락을 해주었다.

아파트를 나오는 길에서는 경비를 보던 친구(여기는 입구에 경비 아저씨가 아니라 내 또래의 군인이 보초를 서고 있었다)가 피리 부는 모습도 볼 수 있었다. 중국 사람들은 떠들썩하게 대화하는 것을 좋아하는 만큼 음악도 즐긴다. 쿤밍 중심에 있는 추이후 공원에 가보라. 항상 남녀노소가 북적거리는 공원 곳곳에서 중국 전통악기 소리를 비롯해 마이크로 증폭된 노랫소리, 바이올린이나 기타, 색소폰 연주 등 다양한 음악을 들을 수 있다. 수준과는 상관없이 항상 거리에 음악이 넘쳐난다.

아파트 단지를 나와 12차선 도로를 건넜다. 이곳은 막 개발이 시작된 지역이라 그런지 신호등과 횡단보도가 없었다. 그래서 도로 건너기가 마치 개구리가 차를 피해 다니는 고전 게임인 프로거Frogger를 실제로 하는 것 같았다. 나는 무단횡단의 선수들인 중국인들을 방패삼아 바짝 붙어서 따라 건너갔다(내 홈스테이 어머니는 아기를 태운 유모차를 끌고 12차선 도로를 무단으로 횡단하곤 했다).

골목에 들어서니 쿤밍 사람들이 좋아하는 감자튀김(맥도날드에서 파는 것보다 훨씬 더 맛있고 영양가 높은 동그란 감자튀김)을 파는 상점이 줄지어 있었고, 그 한켠에서는 남자들이 포커나 장기, 중국 전통 게임인 마작 등을 하고 있었다. 작은 장기판에 열 명이 넘는 남자들이 둘러앉아 훈수를 두느라고 떠들썩해서 정작 장기를 누가 두는 건지 구분하기가 어려울 정도였다. 나도 기차에서 어느 중국 아저씨와 장기를 둔 적이 있었는데, 한국의 장기와는 규칙이 조금 달랐다. 나의 장기 실력이 너무 형편없었는지 그 아저씨는 장기를 다 둔 뒤 연습하라며 장기판과 알을 선물로 주기도 했다.

한 블록을 걸어가 모퉁이를 돌자 많은 사람들이 과일, 채소, 옷, 과자 등 다양한 물건을 사고파는 큰 시장이 눈에 들어왔다. 시장 뒤쪽에는 정육점이 줄지어 있었는데, 중국의 가축들도 미국의 공장식 농장의 가축들과 다름없이 그 삶이 만만치 않아 보였다. 살아 있는 닭과 오리를 가둬둔 우리는 너무 좁아터져서, 날개를 펼치는 건 고사하고 발을 디딜 틈조차 없이 서로 포개져 있었다. 우리 옆에는 털을 벗겨낸 오리와 닭들이 걸려 있다가 손님의 주문이 들어오는 대로 토막이 나 건네졌다.

마침 정육점 주인이 우리에서 닭 한 마리를 꺼내는 것을 볼 수 있었다. 성대가 터져나갈 듯 시끄럽게 울면서 발버둥을 치는 닭을 틀어잡은 주인은 꺼내기가 무섭게 곧바로 목을 부러뜨린 다음 슬쩍 칼집을 넣었다. 순간, 목이 힘없이 꺾이면서 피가 솟구치더니 옆에 있던 컨테이너로 흩뿌려졌다. 주인은 닭을 큰 바구니에 던졌는데, 그때까지 미친 듯이 소리를 지르고 뛰어다니던 닭이 얼마 못가 풀썩 주저앉으며 조용해졌다. 정육점 주인과 손님들은 전혀 아랑곳하지 않은 채 떠들

吉大旧村临时市场
海
猪肉、牛肉、冰鲜
文明经商 便

고 있었다. 그때 우리 안에서 친구들이 죽어나가는 광경을 보는 닭과 오리들은 무슨 생각을 했을까.

사람들에게 신선한 육류를 제공하기 위해 눈앞에서 끊임없이 아무렇지 않게 가축을 도살하는 정육점 주인을 지켜보면서, 처음에는 보기가 거북했던 마음이 어느새 담담해졌다. 그러나 그 광경은 나의 생활 방식에 대해 내가 얼마나 무지했던 지를 다시 한 번 깨닫는 계기가 되기도 했다.

내가 평소에 흔히 먹는 육류는 늘 보이지 않는 곳에서 도살된 후 깨끗하고 보기 좋게 잘라진 반 요리의 형태였다. 내가 아침 식사로 먹었던 닭 국수 한 그릇에 넣을 고기를 확보하기 위해 이런 번거로움과 희생이 필요하다는 생각은 하지 못했다. 2년 전 여름 무렵, 나는 서울의 한 환경 단체에서 일하는 동안 환경적인 측면과 윤리적인 이유로, 또한 톨스토이, 달라이라마, 간디 등 위대한 채식주의 평화 운동가들의 클럽에 가입하고 싶어서 채식주의를 시도한 적이 있었다. 비록 몸이 결심을 못 따라가는 바람에 한 달 뒤에 포기하고 말았지만.

내가 고기를 사 먹는 행위는 시장 원리를 통해 숲과 산을 농장으로 바꾸고, 이것은 생태계와 원주민들의 삶의 터전을 파괴하는 결과를 낳는다. 아마존 숲만 해도 베어낸 삼림의 90퍼센트 이상이 가축을 키우는 데 사용되고 있다고 한다. 2006년 유엔에서 발표한 '축산의 긴 그림자'Livestock's Long Shadow라는 보고서에 의하면, 축산은 지구 전체 온실가스의 18퍼센트를 차지하고 있는데 자동차와 비행기를 포함한 모든 교통수단보다 더 큰 비율이라고 한다. 다소 입맛이 떨어지는 이야기지만 가축에서 나오는 온실가스는 대부분은 소들의 방귀와 트림인데, 소들은 1년에 10킬로그램 정도의 가스를 만들어낸다고 한다.

하지만 이 동네를 탐험하는 동안 도시의 밝고 지속가능한 미래도 볼 수 있었다. 도시 한가운데 있는 빌라촌에도 채소가 자라는 텃밭이 있었던 것이다. 미국에서 내가 먹는 음식들은 평균 2천 킬로미터 이상을 날아와 비로소 식탁에 올라온다고 한다. 실제 음식이 주는 에너지보다 몇 배나 많은 에너지가 운송에 낭비되는 게 현실이니, 이렇게 에너지 낭비 없이 채소를 키워 먹는다면 환경적으로 얼마나 바람직한가. 또한 농약을 치지 않은 채소이니, 몸에도 더 좋고 또 싱싱한데다 스스로 키운 채소를 먹으니 보람도 있지 않을까. 현재 미국의 아이비리그에서 시작해 구글, 펩시 같은 대기업, 그리고 백악관에까지 불고 있는 텃밭 붐이 이곳에서도 불고 있다니, 빅맥처럼 무겁던 마음이 금세 샐러드처럼 가벼워졌다.

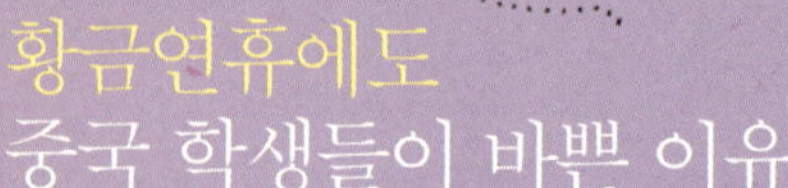

황금연휴에도
중국 학생들이 바쁜 이유

10월 1일은 1949년 중국의 건립을 기념하는 국경절로, 이때부터 일주일간의 황금연휴가 시작된다. 나는 친구 조이Zoe의 열여섯 살 홈스테이 여동생인 웨이웨이Wei Wei의 가족에게 초대받아 근처에 있는 텐츠 호(쿤밍 호라고도 한다)에 1박 2일 나들이를 가게 되었다. 이 황금연휴에 1억 명이 넘는 중국인들이 여행을 가거나 친지를 방문한다고 하던데, 과연 호수의 주차장은 만원이었고 사람들로 득실댔다. 어른들이 주차를 하는 동안 나와 조이, 웨이웨이는 먼저 호숫가에 놀러나갔다.

10월에 물놀이를 오다니, 쿤밍을 봄의 도시라고 부를 만했다. 호수 가운데는 고대 양식의 건축물이 들어선 아기자기한 섬이 있었다. 우리는 그 섬에 가기 위해 작은 배를 빌리려고 했지만 이미 동이 난 상태였고, 남은 건 10인승 자전거형 배뿐이었다. 하는 수 없이 20대 후반 정도 되는 다섯 명의 중국인 남녀와 함께 탔다. 그런데 배를 타기 전에 호숫가에서 배를 밀어내야 하는데, 동승하게 된 중국인들은 태연히 배에 오른 채 마치 우리더러 배를 밀라는 듯 빤히 쳐다만 보는 게 아닌가. 아무리 중국 사람들의 정신이 우리나라 사람들의 '빨리빨리'에 반대되는 '만만라이'라지만 너무 뻔뻔하게 여겨졌다. 결국 하는 수 없이 조이와 내가 물에 들어가서 배를 밀어야 했다.

조금은 미안했던 것일까. 그들은 호수에 많이 와봤으니 우리더러 뒤에 앉아 배를 조종해서 가고 싶은 데로 가라고 했다. 하지만 왠지 귀찮아서 선심 쓰듯 말하는 것도 같았다. 어쨌든 그렇게 함께 배를 타

고 섬에 가까이 갔다. 조이와 웨이웨이, 그리고 나는 호수에 뛰어들어 물놀이를 즐겼다. 웨이웨이는 루빅스 큐브를 다루는 실력도 최고였는데, 수영도 나보다 잘해서 조금 자존심이 상했다. 그래도 아름다운 자연에서 수영하는 게 너무 좋았다. 나는 웨이웨이보다 물 뿌리기를 더 잘해서, 결국 웨이웨이가 나에게 항복한 뒤 배 위로 도망치고 말았다.

섬에서 돌아온 뒤 우리는 호숫가 모래에서 시간을 보냈다. 조이는 평소처럼 책을 꺼내 읽었다. 예일대학에 입학한 조이는 독서광이었고 매일 먹는 음식의 양보다 더 많은 무게의 책을 읽어치우는 것 같았다. 웨이웨이와 나는 모래로 피라미드를 쌓고 두꺼비집도 만들었다. 우리는 베네치아 같은 수로 도시를 건설했고, 올라오는 물을 막기 위해 만리장성을 쌓기도 하였다. 그러고 나서 호수에 놀러온 다른 또래들 몇 명과 모래 위에서 축구를 하거나 일광욕을 즐겼다.

실컷 논 후 싱글벙글 즐거운 표정으로 저녁을 먹으러 가기 위해 웨이웨이의 가족을 다시 만났다. 그런데 웨이웨이 아버지의 기분이 별로 좋지 않아 보였다. 웨이웨이는 아버지가 마작을 하다가 돈을 잃은 것 같다고 했다. 마작 한 라운드에 6백 위엔(약 10만 원) 이상 씩 건다고 하니, 속이 쓰릴 만도 했다. 곧 다른 친구네 가족이 함께 식사하기 위해 도착했다. 대화는 자연스럽게 아버지들 중심으로 흘러갔다. 엄마들과 아이들이 조용히 식사를 하는 동안 웨이웨이의 아버지는 긴 설교를 시작했다.

아저씨의 말투에는 베이징 표준 발음이 아닌 시골 중국어의 강한

억양이 도드라져 잘 알아듣기 힘들었다. 웨이웨이에게 물었더니, 역시나 대학에 관한 얘기를 한다는 것이었다. 아저씨는 웨이웨이가 중국의 서울대인 베이징대나 현재 중국 국가주석인 후진타오와 많은 정치인들이 졸업한 칭화대에 입학하기를 원했는데, 그 대학의 경쟁률이 얼마나 치열한지 서울대나 하버드대 저리 가라 할 정도였다. 이 두 대학교의 학부 학생 수만 합쳐도 3만 명이니, 매년 뽑는 학생 수는 1만 명이 안 되는 듯했다. 중국은 한국의 수능처럼 매년 한 번, 3일간 시험을 치른 후 대학에 들어가는데, 2009년에는 1천만 명의 고등학생들이 이 두 학교에 들어가기 위해 시험을 봤다고 하니 그 경쟁률이 1천 대 1을 넘었다고 한다. 게다가 중국 전체를 통틀어 대학 정원이 1년에 570만 명밖에 되지 않으니, 대학을 가고 싶은 학생 중에 절반은 대학을 가지 못하는 상황인 셈이다. 이런 경쟁을 뚫기 위해 웨이웨이는 매일 밤늦게까지 학원을 다녀야 했고, 이렇게 황금연휴에 1박 2일 놀러 나오는 게 유일한 방학이자 휴식이라고 했다.

무서운 교육열에 거대한 수의 대학졸업생을 보면 중국이 금방이라도 미국을 따라잡을 것 같지만, 속을 살펴보면 중국 교육 또한 적지 않은 문제를 가지고 있다. 이 문제를 가리켜 중국 학자들은 '첸쉐썬Qian Xuesen 문제'라 부른다고 한다. 중국 우주항공과 로켓프로그램의 아버지라 칭송받는 첸쉐썬은 중국의 정치가이자 국무원 총리인 원자바오Wen Jiabao에게 "왜 중국은 똑똑한 사람들은 많이 배출해내는데 천재들은 배출해내지 못하냐고" 질문을 던졌다. 매 가을이 되면 중국은 왜 노벨 수상자를 배출해내지 못하냐며 조바심을 친다. 현재 노벨상을 받은 중국계 과학자들은 모두 다른 나라 국적이었고, 유일하게 2000년에 노벨 문학상을 받은 가오싱젠Gao Xingjian만이 중국에서 교육을 받은 사람이었다. 그런데 그는 자유사상을 가졌다는 이유로 중국 정부로부터 배척을 당하고 있었다.

규율 및 암기, 국가에 대한 충성을 강조하는 중국 교육은 스파르타식인데, 이런 교육으로는 올림픽 금메달리스트들을 배출할 수는 있지만 빌 게이츠나 스티브 잡스 같은 혁신적인 인물들을 배출하기에는 부적절하다. 중국은 미국보다 매년 네 배나 많은 이공계 학생들을 배출해내지만, 똑똑한 인재들은 대부분 미국이나 해외로 유학을 가버린다. 첸쉐썬도 미국의 MITMassachusetts Institute of Technology, 매사추세츠공과대학와 Cal TechCalifornia Institute of Technology, 캘리포니아공과대학에서 석사와 박사 과정을 거쳤다. 또 중국의 엘리트들은 예전에는 과학자가 되어 나라를 발전시키려고 했지만 요즘은 은행가나 공무원처럼 돈을 많이 벌고 편한 직업을 선택하기 시작했다고 하니, 아테네식 교육이 강한 미국을 과학적으로 따라잡을 수 있을까 의문이다. 과학, 예술과 문명을 꽃피운 것은 아테네였지 스파르타가 아니었기 때문이다.

중국과 한국의 수능 같은 점수가 위주인 교육 제도는 어떻게 보면 객관적이고 공평하게 보인다. 하지만 사람의 재능이 다 다르다는 것을 고려한다면, 점수로만 사람의 가치를 따지는 것이 얼마나 부적절한 것인지 깨닫게 된다. 미국 대학의 입학 과정을 보면, 성적과 시험

점수만큼 중요한 것이 에세이와 과외활동, 인터뷰 등이다. 그 덕에 나는 대학 생활에 도움이 된다는 이유로 다양한 과외활동을 즐길 수 있었다.

반대로 중국의 입학시험은 중국어, 수학, 영어 외에도 세 개의 문과와 세 개의 이과 과목을 시험 쳐야 되는데, 이런 시스템에서는 천재들이 좋은 대학에 가기 힘들지 않을까. 천재들은 한 분야서 두각을 나타내고 다른 분야에서는 그 능력이 떨어지기 쉬운데, 지금 중국의 교육 시스템은 이런 천재들을 놓치고 있는 것 같다. 또한 나는 이렇게 성적에만 집중하는 것이 팀워크를 배우고 지식을 습득하는 데 결코 바람직하지 못한 환경을 조성한다고 생각한다. 사고력, 창조력과 팀워크를 무시한 채 암기 능력만 훈련시키고, 시험 진도 때문에 학생들의 호기심은 무시당하며, 친구들은 서로를 경쟁자로 여기게 되기 때문이다. 이런 이유로 많은 논란이 있지만 하버드, 스탠포드와 와튼 같은 경영대학원은 일자리를 구할 때 학생들의 성적을 기업에 공개하지 않는다. 마찬가지 이유로 예일법대도 학생들에게 A, B, C 같은 등급을 매기지 않는다.

그렇다고 중국의 미래가 어두운 것만은 아니다. 중국에 다양한 기회가 늘어나면서 스파르타식의 중국식 근면성과 미국의 창의성, 두 장점을 가진 중국계 미국인들이 귀화하기 시작했다는 사실 때문이다. 미국 국가과학재단에 의하면, 지난 20년간 미국에서 박사 학위를 받은 중국인의 90퍼센트가 미국에 남았는데 최근 한 설문조사에서는 그 비율이 완전히 뒤집혔다. 듀크, 하버드와 버클리의 중국인 이공계 졸업생 229명 중 10퍼센트를 제외한 전원이 중국으로 돌아간다고 한다. 중국 정부 또한 '1천 명의 탤런트 계획'이라고 해서 중국으로 돌아오는 연구자들에게 좋은 보수와 연구지원비로 자국 출신의 과학자들을 끌어들이기 위해 노력 중이다. 현재 미국의 에너지 장관, 야후와 유튜브의 공동 창립자들이 중국계 미국인인 것만 봐도 미국 이공계에서 중국인 파워가 얼마나 큰지 느낄 수 있다. 이들이 중국으로 돌아간다면 미국으로서는 큰 손실이 아닐 수 없다.

좀 다른 얘기긴 하지만, 이런 면에서 나는 미국이 학비가 비싸고 국제 원조에 있어 인색하게 구는 면은 마음에 들지 않지만 그래도 전 세계 인재들에게 최고의 교육을 제공하고 이들을 세계로 내보내는 점에 대해서는 감사하게 생각한다. 또한 야후, 유튜브 공동 창립자들 모두 남한 인구의 절반밖에 안 되는 대만 태생들인데, 이런 걸 보면 인구수에 비례해 혁신적인 인물이 나오는 거 같지는 않다. 우리나라 사람들도 창업 정신을 키워 이런 회사들을 만들어나가면 좋겠다.

소수민족,
먀오족과의 묘한 나흘

우리는 금방 쿤밍에서의 일과에 익숙해졌다. 오전에는 중국어 수업, 오후에는 ISP independent study project, 자율학습프로젝트와 중국 전통악기 배우기, 중의학, 혹은 도교나 태극권 등의 다양한 문화 수업을 한 뒤 저녁에는 홈스테이 하는 집에 돌아가서 가족과 함께 식사하고 하루를 마무리했다. 그런데 우리가 너무

잘 적응해서 편안하게 하루하루를 지내는 것이 영 못마땅했던지 선생님은 우리를 미지의 땅에 데리고 가기로 했다. 그것도 갑작스럽게! 밤에 기온이 쌀쌀할 테니까 따뜻한 옷을 많이 가지고 오라는 간단한 연락을 받은 우리는 한밤중에 짐을 싸서는 다음 날 아침 마치 망명을 가듯 기차를 탔다.

열두 시간쯤 달렸을까. 우리가 도착한 곳은 윈난 성 옆에 있는 구이저우 성이었다. 구이저우 성은 "3리 크기의 평지도 없고 사흘간 날씨가 좋은 적도 없으며 겨우 3원 모으기도 어렵다"는 속담의 고장으로, 중국에서도 가장 가난한 곳 중의 하나라고 한다. 하지만 윈난 성과 비슷하게 문화적, 자연적으로는 많은 소수민족들과 동식물들이 자생하고 있는, 풍요로운 곳이었다.

이곳에서 우리는 화려한 의상과 거대한 은 장식품들로 유명한 먀오족과 많은 시간을 보냈다. 먀오족들은 중국 정부가 인정하는 55개 소수민족 중 하나인데(소수민족 중에는 조선인과 러시아인도 있다) 사실 문화의 뿌리가 다른 네 개의 민족이 뒤섞여 서로 의사소통이 불가능한 언어를 하는 이들을 통틀어 먀오족으로 부른다고 하니, 이런 식으로 보면 중국의 실제 소수민족 수는 훨씬 더 많을지도 모른다. 우리가 만났던 먀오족들은 크게는 몽족이지만, 여자들의 전통복장의 색깔 등에 따라 녹몽, 흑몽, 백몽족으로 나뉘고 또 서로 다른 건축양식과 사투리, 문화를 가지고 있다고 하니 중국 문화의 다양성은 끝도 없는 듯 보였다.

몽족들은 중국 역사의 시작과 함께 몇천 년 동안이나 한족들의 골칫거리였다. 이들은 원래 양쯔 강 근처에 거주하다가 한족들에게 밀려 점점 남쪽으로 이동했다. 청나라 때는 평균 30년마다 소규모 반란을, 평균 60년 주기로 대규모 반란을 일으켜 심하게 탄압을 당했고 어느 마을은 80퍼센트 이상이 죽거나 강제로 이주를 당했다고 한다. 그래서 태국, 베트남과 라오스에도 몽족들이 많이 살고 있다. 탄압의 결과로 이들의 근거지였던 구이저우 성에 대규모로 한족의 이동이 이루어졌고, 먀오족은 이곳 구이저우 성 인구에서 겨우 12퍼센트를 차지할 뿐이다. 몇 세기에 걸친 독립을 위한 항거에 실패한 먀오족은 이제 독립을 포기하고 중국의 일부임을 받아들였다.

첫날밤은 대략 1천 가구가 사는 먀오족 마을인 시장에서 홈스테이를 했다. 여기서 우리는 맛있는 전통 음식을 먹고 전통 노래와 춤 공연을 보았다. 먀오족에게는 글이 없는데, 전설에 의하면 먀오족은 고대의 어느 시기에 고유의 글을 잃어버렸지만 메시아가 오면 그 증거로 글을 다시 되찾을 것이라 믿고 있다고 한다. 그 대신 이야기와 노래와 춤이 상대적으로 발달했는데, 노래는 가사가 몇 줄짜리부터 1만 5천 줄이나 되는 것까지 있다고 한다. 먀오족 남자들은 사랑을 고백할 때도 노래로 하는데, 이때 그 남자가 맘에 들면 여자 역시 그 응답으로 노래를 한다. 그래서 우리는 먀오족 누나들한테 유치원에서 배웠던 영어 노래를 가르쳐주었다. 그러자 먀오족 누나들은 매번 가성으로 높은 음에서 낮은 음으로 마치 미끄러지듯 음계를 타고 내려오

듯 노래하면서 알콜 농도 50도가 넘는 중국 전통 백주를 우리 잔에 따라주는 것으로 답례했다. 드래건즈 프로그램의 규정상 술을 마시면 안 되지만, 예쁜 누나들이 주는 술이라서 우리는 유혹에 빠졌다.

다음 날 아침, 우리는 산을 오르기 시작했다. 시장은 편하고 아름다운 곳이었지만 너무 서구화된 곳이어서 원래 그대로의 모습을 간직한 먀오족 마을을 찾아가기 위해서였다. 우리는 내셔널지오그래픽에 나올 만큼 아름다운 계단식 논들을 몇 시간이나 넘어간 끝에 백비촌 마을에 당도했다. 1백 가구가 채 되지 않는 이 먀오족 마을에서 외국인

이라곤 우리들뿐이었다.

전통적으로 먀오족 마을에는 추장이 존재했는데, 정치적으로 가장 높은 지위를 지니고 있었다. 우리는 추장님과 얘기한 뒤 이곳에서 며칠을 보내기로 했다. 시대를 막론하고 정치적으로 최고 자리에 오르면 마을이나 국가를 침략하고 복종시키려는 과대망상증 환자가 되기 쉬운데, 작은 마을 하나만 통치하는 것만으로도 만족할 줄 아는 이 먀오족의 추장들은 그 어느 정복자들보다 훌륭해 보였다.

마을 대부분이 숙소 제공이나 먀오족 공예품을 파는 관광업에 종사하는 시장과는 달리 백비촌의 주민들은 농업을 하며 살고 있었다. 여인들은 쌀이나 채소를 재배하고 남자들은 대개 나무로 집이나 가구를 만들었다. 먀오족의 집은 대부분 나무와 흙, 돌로 만든 3층집인데 1층엔 가축이 살고 2층엔 사람이, 3층은 작물을 보관하는 창고였다.

이 마을의 자급자족은 놀라울 정도였다. 내가 머물던 집의 경우 침대와 작은 탁자, 의자 등 모든 가구가 다 마을에서 만든 것이었다. 마을엔 일주일에 한 번 외부에서 물건이 배달되는 상점이 있었는데 어린아이들이 좋아하는 사탕과 음료수가 전부였다. 옷은 여자들이 직접 만들어 입고 음식도 하루 세 끼를 모두 마을에서 생산된 것을 먹는다.

같이 홈스테이를 했던 시카고 출신의 친구 찰리와 나는 식사 때마다 똑같은 상추국과 밥, 그리고 돼지기름을 먹었다. 사흘 동안 유일하게 바뀐 반찬은 돼지기름 대신 등장한 달걀부침이었다. 하지만 그것도 곧 동이 나서 우린 밥과 상추국만 먹어야 했다. 매일 육류나 생선 같은 질 좋은 단백질을 먹을 수 있다는 것이 얼마나 큰 축복인가 생각하면서도, 한편으로는 먀오족처럼 이렇게 친환경적이고 자기가 열심히 일해 재배한 음식을 먹을 수 있다는 것 역시 축복이 아닐까 생각했다.

음식이 너무 밋밋한 탓인지 고산병 때문인지, 친구 한 명의 건강이 나빠졌다. 다행히 마을에서 서양 의료를 할 줄 아는 의사를 만나 치료를 받을 수 있었다. 이곳에선 서양 의료 때문인지 먀오족 전통의 풍부

한 민간요법과 신비한 이야기를 가진 전통 무당들이 사라지고 있다고 했는데, 그 사실이 슬프게 느껴졌다. 먀오족은 한 사람에게 여러 개의 영혼이 있다고 믿는데, 옛날에는 사람이 아프면 무당을 불러 아픈 사람의 잃어버린 영혼을 다른 세계에서 찾아와야 한다고 믿었다.

그런데 한 가지 아이러니하면서도 서글픈 사실이 또 있었다. 마음속으론 이런 마을들이 관광화되는 것을 꺼려하면서도 이렇게 우리가 찾아다니는 자체가 자연 속에 살아가는 마을의 상업화를 촉진시킨다는 사실이었다. 새로운 것을 찾는 모험 정신은 좋지만, 다른 사람들이 갔던 곳은 시시하다며 더 이색적인 경험을 찾아 굳이 외딴 마을을 찾아온 우리의 행동이 마음에 걸렸던 것이다. 몇천 년간 계속되어온 인류의 문화 교류라는 관점에서 보자면 잘못된 것이 아니지만, 두 문화가 서로 공존하는 관계가 아닌 포식성 관계라면 교차하지 않는 게 더 좋을 수도 있다.

마르크스는 사회의 정치, 법, 철학과 문화 등은 경제적 생산이라는 기반 위에 있는 것이라 주장하며 경제가 역사에 크게 영향을 미치는 강력한 힘 중 하나라고 했다. 한쪽 문명이 강제적 무역이나 경제적 식민 등의 큰 충돌

을 통해 미처 준비도 갖추지 못한 쪽의 경제체제를 완전히 장악해버리면, 장악당한 쪽의 사회는 혼란에 빠질 수밖에 없다. 그 정도가 다소 가볍다 하더라도 한쪽의 경제체제가 다른 쪽보다 훨씬 더 우월해 보일 때, 상대적으로 가난한 사회는 부유한 사회의 철학, 문화, 예술 등에 상대적으로 열등감을 느끼고 초라해질 수밖에 없다. 우리나라에서 백인들은 대우받고 흑인들이 무시당하는 가장 큰 이유 중 하나도 그들의 경제 상황 때문이 아닐까? 내가 티베트를 동경하는 것도 이런 물질적 판단에서 벗어나 그들의 문화를 잘 간직하고 문화의 가치가 사회의 경제력과는 각각 독립적이라는 것을 알고 있기 때문이다.

나는 평등하게 살고 있는 (마을 추장님의 집도 겉에서 보면 다른 집들과 별로 차이가 없었다) 이 마을에 우리가 들어옴으로써 괜히 부를 과시하고 질투심을 부추겨 기존의 행복을 깰 수도 있다는 생각에 불편했다. 우리들 같은 아이들, 꼭 부잣집의 아이들이 아니더라도 한국이나 미국에서 중산층만 되더라도 쉽게 가질 수 있는 노스페이스 셔츠나 나이키 신발, 손목시계, 핸느폰, 노트북과 아이패드만 해도 이곳 사람들이 1년 내내 일해야 벌 수 있는 돈보다 훨씬 더 비싼 것들이었다. 우리는 여행용 배낭 안에 이 마을의 사람들이 집에 가지고 있는 물건을 모두 합한 것보다 더 비싼 것을 가지고 다니는 셈이다. 게다가 우리는 이런 마을에 구경 올 수 있지만, 마을 사람들은 한국이나 미국에 가보고 싶어도 갈 수 없다. 이런 비대칭의 만남을 이들은 어떻게 받아들일까? 이러한 고민을 하면서 나는 전자제품이나 비싼 물건들을 최대한

가방에 쑤셔 넣은 채 밖으로 꺼내지 않았고, 최대한 이들의 삶의 방식에 융화되려고 했다.

하루는 찰리와 내가 산에 계단처럼 층을 내어 만든 논들을 산책하다가 논에서 일하는 중년의 아줌마와 아저씨를 만났다. 우리가 돕고 싶다고 했더니 기뻐하면서 허락해주었다. 우리는 거머리가 돌아다니는 논에 들어가서 추수 작업을 도왔다. 아저씨가 낫으로 줄기를 자르면 우리는 그것을 들어다가 큰 통에다 집어넣었다. 그러자 낟알들이 통 안으로 굴러 떨어졌다. 네 명이 함께 하니 일도 금방 끝이 났다.

짧은 노동은 즐거웠고 집에서 매일 먹는 밥이 어떻게 생산되는지 배울 수 있어서 좋았다. 더 일하고 싶었지만 날이 저물고 있었다. 아줌마 아저씨가 저녁에 우리를 초대했다. 고작 한 시간 남짓 도운 것뿐인데 낯선 우리를 초대하는 그 관대함에 감동했다. 비록 우리가 머무르는 곳에서 식사를 준비하고 있어서 그냥 돌아가야 했지만, 그분들의 집에 가서 따듯한 차를 마시고 수건도 선물로 받았다. 두 분 다 중국어를 할 줄 몰라서 대화는 잘 이어지지 못했지만, 웃음과 보디랭귀지로 금세 친구가 될 수 있었다.

마을에서 보내는 마지막 날, 우리는 산에 흩어져서 혼자 생각할 시간을 가지기로 했다. 산 중턱에서 계단식 논을 내려다보고 있노라니 내가 이 마을 주민과는 다른 세상의 사람이라는 사실을 절실하게 깨닫게 되었다. 물질적인 풍요로움과 세계 곳곳을 돌아다닌 경험을 가진 나였지만, 이 마을에서 본 가족 같은 끈끈한 공동체, 자연과의 친밀함, 그리고 나를 가끔 역겹게 하는 과도한 자본주의가 완전히 배제된 그들의 소박한 삶이 부럽기도 했다.

세계에서 제일 강력한 은행가라고 하는 미국 연방준비제도이사회의 의장 벤 버냉키는 사우스캐롤라이나 졸업 연설에서 행복의 가장 중요한 조건은 친구나 가족과 많은 시간을 보내고 사회와 공동체의 관계를 중시하는 것이라고 했다. 여기 마을 사람들은 모두 태어날 때부터 죽을 때까지 서로 모든 것을 알고 지내니 이런 공동체가 또 어디 있을까.

누가 더 높은 논을 차지하고 있는지는 알 수 없지만, 모든 논들은 흐르는 물로 연결되어 있다. 위층의 경치가 좀 더 멋있을지도 모르지만 나는 꼭대기가 아닌 중턱에 앉아 있었고, 중턱의 경치에 만족했다. 또 나비는 위층 아래층 상관없이 층층마다 날아다니니 무엇을 더 바랄까?

언젠가 다시 한 번 백비촌에 가고 싶다. 꿈틀대는 용처럼 구비치는 계단식논, 산 정상에 걸려 있는 신비한 구름, 그리고 아이들의 미소가 지금도 그립다.

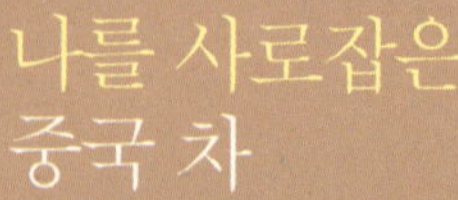

나를 사로잡은 중국 차

구이저우 성에서 돌아온 후 쿤밍에서의 두 주는 금방 지나갔다. 남은 기간 동안 다른 지역 여행을 계획하고 각자의 관심에 따라 시작했던 ISP의 졸업 프레젠테이션을 준비해야 했다. 나는 ISP로 쿤밍의 한 차 선생님께 중국어로 차를 배웠고, 프레젠테이션 때는 친구들을 위해 다례를 시연했다.

세계 곳곳 다양한 차가 있지만 중국의 차는 백차, 홍차, 녹차 등 색깔 별로 크게 여섯 가지로 나뉜다. 대만은 우롱차, 베이징은 재스민차 등 지역마다 유명한 차들이 있다. 나는 윈난 성의 꽃인 보이차를 하루 1리터 넘게 마시면서 공부했다. 윈난 성에서 보이차를 배운다는 것은 프랑스에서 와인 공부를 하는 것과 같지 않을까. 한 편(357g)에 몇십, 몇백만 원 하는 보이차도 마셔볼 기회가 있었는데, 돈 한 푼 못 버는 학생 주제에 벌써 고급차와 와인부터 좋아하니 큰일이다.

보이차는 역사적으로 윈난 성, 홍콩, 광둥 성뿐만 아니라 티베트에서도 인기가 높았다. 윈난 성의 차와 티베트의 말을 교환한 차마고도는 실크로드보다 더 오래된, 세계에서 가장 역사가 깊은 교역로 중 하나다. 몇천 미터의 고산 지역에 살아, 채소나 과일로 섭취해야 하는 비타민이 부족했던 티베트인들에게 비타민이 풍부한 차는 생명수나 다름없었다. 티베트 불

교 역시 이 차마고도를 통해 중국에 전해졌다. 험준하고 높은 산을 타는 게 위험하기 짝이 없는 일이긴 하나 차와 말, 그리고 불경을 가지고 숨이 멎을 듯한 비경들에 취해 다녔을 것을 생각하니 내가 만약 먼 옛날의 차 상인이었더라도 잘 살았을 것 같다.

드래건즈에서는 ISP를 자기가 원하는 대로 선택할 수 있게 해주었는데, 친구들은 쿵후나 지역 경제개발, 중의학, 중국 요리, 전통 미술, 매춘 문제 등 다양하게 과목들을 골랐다. 내가 차를 고른 이유는 차 마시는 것을 개인적으로 좋아하기도 했지만, 나중에 차 사업을 하고 싶었기 때문이기도 했다. 나는 쿤밍에 머물면서 단 세 개의 카페에서 출발해 지금의 국제적 기업으로 성장한 스타벅스의 CEO 하워드 슐츠의 책을 몇 권 주문해 읽기도 하고 쿤밍 시내의 찻집 여러 곳을 둘러보기도 했다.

커피마니아 분들에게는 죄송하지만, 나는 차가 커피보다 몇 배나 더 좋은 음료라고 생각한다. 맛, 향, 색깔, 건강 효과, 음료를 둘러 싼 역사와 문화 등 모든 면에서 차는 커피에 뒤지지 않으며, 그 종류도 무궁무진하게 다양하다. 그럼에도 불구하고 차는 아직 커피만큼 상업화되지 않은 아이템이기도 하다. 그래서 더욱더 미국이나 한국에 찻집을 차리고 싶다는 열망이 강하다. 스타벅스가 커피를 인스턴트커피에서 원두커피로 업그레이드시켰듯이, 나 역시 지금의 차 봉지로 대표되는 인스턴트 차 시장에 찻잎으로 바로 우려서 내놓는 오리지널 차를 소개하고 싶다. 차는 동북아시아에서만 해도 상류 계층이나 지

식인들의 사랑을 받아온, 우리나라에서도 문화적, 역사적 가치가 높은 상품이다. 이런 좋은 상품을 현대인에게 맞춰 세련되게 되살리고 싶다. 서양 사회는 동양에 대해 이국적인 동경을 갖고 있기 때문에 어쩌면 미국에서 더 반응이 좋을 수도 있다. 한편으론, 1850년에 서양 회사들이 처음 중국에 도착했을 때 '차이나드림China Dream'이라는 표현을 썼다고 하는데, 나 역시 거대한 중국 시장을 무대로 사업을 해보고 싶은 생각도 있다.

나는 행동력이 빠른 편인데, 결심하면 바로 행동으로 옮기는 편이다. 그래서 용돈은 물론 비상사태를 대비해 갖고 온 신용카드까지 동원해 차와 차기들을 무려 몇십 킬로그램이나 사서 부모님이 계신 한국으로 부쳤다. 물론 판매용으로 보낸 것이다.

원래 외국에서 사업을 하기란 힘든 법이지만, 특히 중국의 경우 법적으로나 현실적으로 결코 쉽지 않다고 한다. 나는 운 좋게도 찻집에서 주인과 얘기하다 그의 소개로 만난 한 조선족 아저씨의 도움을 받을 수 있었다. 원래 한국 식당에서 요리사를 하다가 차에 매료돼 하루 몇 시간씩 차를 마시고 공부하며 수집하는 분이었다. 그분을 통해 좋은 차를 싼 가격에 살 수 있었고, 훨씬 더 싸고 빠르게 한국까지 배달할 수 있었다. 그래도 혹시나 하는 마음에 홈스테이 아버지와 차 선생님께도 적당한 가격에 사는 건지 검증까

지 받았다. 차 시장에서 상점 주인들과 가격을 흥정하며 이런 저런 얘기를 나누는 것도 재미있었고, 아직은 많이 부족하지만 사업의 스릴도 느낄 수 있었던 흥미진진한 경험이었다. 중국 것이라고 하면 무조건 질이 낮다는 편견이 있어 한국으로 보낸 차를 그리 많이 팔지는 못했지만, 차와 경영을 더 공부해서 커피에 뒤져 있는 차의 위상을 높이기 위해 어서 빨리 달려나가고 싶다.

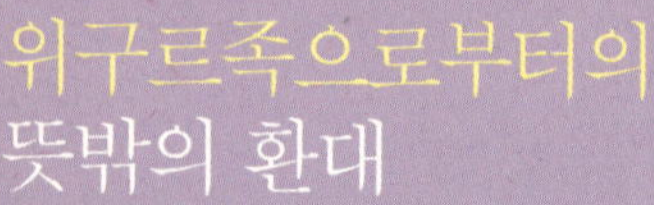

위구르족으로부터의 뜻밖의 환대

남은 여정을 짤 때 선생님은 우리에게 많은 자율권을 주었는데, 내가 이후의 여행을 계획하는 데도 좋은 연습이 되었다. 선생님은 우리가 할 수 있는 활동들과 도움받을 수 있는 연락처가 적힌 드래건즈 가이드북을 주었다. 우리는 상하이나 홍콩, 중국의 하와이라는 하이난성 등을 생각해봤지만, 왠지 북서쪽으로 마음이 끌렸다. 개발이 잘된 중국의 동쪽과 남쪽 지역에 가면 중국 경제 발전의 기적을 만날 수 있겠지만, 그런 큰 도시들은 나중에 혼자 여행하기에도 어렵지 않은 곳들이었다. 그러나 신장(신장웨이우얼자치구)은 우리에게 신비한 사막이자 실크로드의 땅이었다. 우리는 쿤밍에서 신장자치구의 수도 우루무치행 비행기를 탔고, 그렇게 험난한 서역 여행이 시작되었다.

우루무치는 한족들의 대거 이동으로 주민 대부분이 한족이었지만 위구르 고유의 문화도 잘 간직하고 있었다. 그 덕택에 난 완전히 다른 나라에 와 있는 기분이었다. 시내 중심에는 큰 바자(상점가)가 있었고, 아름다운 이슬람 건축도 만났다. 도로의 각종 표기는 한자에서 터키어에 가까운 위구르어로 변했고, 우리의 주식은 밥, 중국식 국수, 돼지고기에서 위구르 베이글(인도의 난과 비슷하다), 두꺼운 수제 국수, 그리고 돼지고기를 먹지 않는 모슬렘인 위구르족을 위한 양고기로 바뀌었다.

吐鲁

여기서는 사람을 구경하는 재미도 쏠쏠했다. 중앙아시아 사람들인 위구르족은 우리가 흔히 생각하는 아시아인도 유럽인도 아닌 완전히 다른 인종처럼 보였다. 동아시아에서 매력적으로 보이는 밝은 피부 톤과 큰 코와 큰 눈을 가진 위구르족이 차별을 당한다는 것이 실감나지 않을 정도였다.

여자들은 각양각색의 베일로 머리를 가리고 있었다. 어떤 여자들은 머리를 전혀 가리지 않고, 어떤 여자들은 얼굴만 보이고, 아니면 눈만 보이기도 했다. 서양 매스컴에서 '가부장 사회의 여성 탄압의 상징'으로 낙인찍힌 부르카(얼굴 전체를 가리는 두건)를 쓰고 있는 여자들도 적지 않았다. 하지만 내가 위구르 모슬렘과 얘기해본 바로는 부르카를 쓰는 것은 그런 흑백논리 같은 이슈가 아니라는 것을 깨달았다. 베일을 쓰는 것이 물론 가족이나 남편의 강요 때문에 하는 경우도 있었지만, 대부분은 여성 자신의 의지로 신앙과 순결의 상징으로 쓰는 것이었고 남자들의 찝찝한 시선에서 해방되기 위한 목적도 있었다. 여자들이 스타가 되기 위해선 벗어야만 하는 서양의 천박한 추세에 반대하는 여성 모슬렘이야말로 진정한 페미니즘을 이끌고 있는 것이 아닐까 하는 생각도 들었다.

19세기 초만 해도 유럽인들에게 여성 모슬렘을 연상해보라고 하면, 프랑스의 화가 장 오귀스트 도미니크 앵그르의 〈오달리스크〉 같은 수많은 낭만주의 그림에서 나타나듯 하렘에서 물 담배 후카를 너무 많이 펴 침대에 발가벗고 섹시한 포즈로 누워 있는 여성들을 상상했을

것이다. 하지만 지금 여성 모슬렘을 연상하라고 하면 많은 사람들이 〈타임〉 표지에 나올 만한, 몸 전체를 가리는 부르카를 입고 하루 종일 감옥처럼 집에 갇혀 있는 순종적인 여성들을 생각한다. 서양 사회는 지난 2백 년 동안 여성 모슬렘에 대해 마치 지구 온난화는 아랑곳하지 않고 오로지 옷을 겹겹이 껴입는 모습들만 상상해왔다. 그런 모습들을 보면서 우리는 예나 지금이나 모슬렘에 대해 제대로 아는 게 없다는 생각이 들었다.

또한 남성 모슬렘이라고 하면 모두 종교적 신념을 위해 자살 폭탄 테러를 일삼는다고 생각하기 일쑤다. 현대 사회는 정보의 바다에서 익사를 하기 쉬운 구조이기도 하지만, 그렇다고 무분별한 정보를 잣대 삼아 그 사회 구성원 전체를 단순하게 규정 지어버리는 것은 참으로 어리

석은 행동이며, 그래서는 정확한 그림을 그릴 수 없다고 생각한다.

우루무치에서 우리는 20대 초반의 위구르족 청년 아지를 만났고, 그가 추천해준 맛있는 위구르 음식을 먹으며 많은 대화를 나눴다. 식당에 들어가면서 그는 정치적 이야기는 누가 들을지 모르니 묻지 말라고 했지만 위구르족이 한족 밑에서 2급 시민으로서 겪고 있는 많은 슬픔을 나눌 수 있었다. 또 우리에게 진짜 위구르 문화를 경험하고 싶으면 투루판이나 카스(카슈가르)로 가라고 조언해주었다. 중국 정부가 티베트의 수도 라싸에 한족들의 이민을 촉진해서 티베트를 한족화한 것처럼, 우루무치에도 한족의 이민을 장려해서 지금은 한족이 도시 인구의 75퍼센트 이상을 차지하고 있다고 했다.

다음 날 우리는 아지가 추천한 대로 우루무치를 떠나 투루판이라는 작은 오아시스 도시에 도착했다. 마침 내가 도착한 날은 이슬람에서 성스러운 날로 여기는 금요일이었

다. 그래서 이곳에 도착하자마자 근처에 예배를 드리는 곳이 있는지 물어보니 2백 년 역사를 가진 중국 최대의 첨탑인 수공탑에서 2시에 시작하는 예배가 있다고 했다. 나는 곧장 택시를 타고 포도밭 사이의 백양나무 길을 지나 아름다운 기하학적 꽃무늬로 뒤덮인 수공탑에 도착했다.

책가방과 배낭을 앞뒤로 메고 달렸던 내 모습이 예배 드리러 온 사람들에겐 좀 불경스럽게 보였던 게 아닌가 싶었지만, 신은 외면보다 내면을 보신다고 하니 괜찮을 거라 생각했다. 가방을 입구에 맡기고 시계를 보니 벌써 2시 20분이었다. 모든 남자들은(여자들은 예배에 참석할 수 없다) 앞에 앉은 이맘(이슬람 목사)을 바라보며 둘러앉아 있었다. 나는 제일 뒷자리에 앉았다. 무슨 말인지 알아들을 수 없어서 조금 지루하기는 했지만, 듣는 것만으로도 감미로운 언어였다. 동양인은 나밖에 없었는데, 나를 한족이라고 생각하고 기분 나빠하지는 않을까 걱정되기도 했다. 또 어두운 색깔의 예복을 입은 위구르족 사이에서 파란색 노스페이스 재킷과 회색 운동 바지로 튀는 게 마음에 걸렸지만, 그래도 진지하게 그들의 예배에 집중하기 위해 애썼다.

깊어지던 나의 명상은 옆에서 조그만 흰색 바구니를 내민 노인으로 인해 깨졌다. 헌금 시간인가 싶었다. 지갑이 바깥에 둔 가방에 있었기 때문에 그냥 바구니를 옆으로 넘겼다. 그런데 그 바구니를 받은 분이 살며시 웃으면서 바구니를 내 머리에 올려주는 게 아닌가. 그제야 모두 다 머리 위에 조그마한 모자를 쓰고 있다는 것을 알게 되었고, 예배 때 겸손의 상징으로 머리를 가린다고 이슬람 수업에서 배웠던 것이 기억났다. 나의 가슴은 뛰었다. 이 공동체에 환영받았다는 생각에 온몸이 따뜻하게 느껴졌다.

나오는 길에 시끄러운 한족 관광객들과 고막이 터질 듯 크게 음악을 틀어놓고 기념품을 파는 한족들 때문에 성스러운 경험에 방해를 받았지만, 그래도 값진 시간이었다. 버스를 기다리면서 위구르족 몇 명과 대화를 나누게 됐는데, 보통 예배 중에는 관광객들을 입장시키지 않는다고 했다. 나는 분명 위구르족처럼 생기지도 않았고 모슬렘도 아니고 큰 가방을 두 개나 메고 있던 관광객일 뿐인데 왜 나에게 같이 예배할 수 있게 허락해준 것일까. 이 의문의 답은 아직도 알 수 없지만, 지금도 그들의 환대에 감사하고 있다.

잃어버린 자아를 다시 찾은 땅

투루판에서 중국 서부 끝에 있는 카스로 가는 기차 안에서 24시간 내내 마음속으로 왜 '죽음의 땅'이라고 불리는 이 사막 한가운데를 와야만 했는지, 그리고 여기에 오기 위해 이 지루한 장거리 기차를 타야만 했는지를 이해할 수 없었다.

물론 우루무치와 투루판은 중국 다른 곳에선 볼 수 없었던 위구르족만의 독특한 문화를 갖고 있었다. 위구르 국수, 케밥, 말린 과일, 칼, 전통악기, 카펫, 향수 등 다양한 기념품을 파는 위구르 시장은 무척 재미있었다. 또한 앞으로 카스에서 방문할 예정인 일요 시장은 세계에서 제일 큰 야외시장이라고 했다. 이 유명한 카스 시장이 있는 고(古) 도시는 중국 정부가 허물어 버리고 더 현대식으로 관광객들을 위한 테마공원을 만든다고 하니, 역사책으로 사라지기 전에 가봐야 했다. 하지만 소수민족들은 벌써 충분히 만난 것 같았고 이렇게 힘없이 무력한 위구르족보다는 중국 주류인 한족에 대해 더 배우고 싶은 마음이 새록새록 솟기도 했다. 친구들의 권유에 따라 억지로 여기까지 왔지만, 사실 나와 비슷한 사람들이 사는 동부로 가고 싶은 심정도 컸다.

그러나 내 또래의 위구르 친구들을 만나 같이 시간을 보내면서 미국에서 사는 한국인인 나와 중국의 위구르족들이 처한 환경이 생각보다 비슷하다는 사실을 발견하고 놀랐다. '신장'은 중국어로 '새로운 변경'이라는 뜻을 가지고 있는데, 청나라 후반인 19세기가 되어서야 중국 땅의 일부가 되었다 한다. 그 후 1933년 잠깐 독립국가로 있었던 것 말고는 중국의 속국으로 묶여 있던 눈물의 역사였다. 1949년에 신장자치구 인구의 90퍼센트를 차지하던 위구르족은 한족의 이민과 위구르족들의 이동 때문에 현재 50퍼센트도 안 된다고 한다. 그들의 땅에서 소수가 되어버린 것이다.

대부분의 위구르인들은 모슬렘이고 위구르어를 구사하기 때문에 한족 주류 사회에서 정치경제적으로 제외되고 있었다. 중국어를 못하거나 한족 파트너나 정부 공무원과의 긴밀한 관계가 없으면 사업을 할 수 없는 나라가 중국이다. 또한 정치적인 입지를 다지려면 반드시 공산당에 가입해야만 한다. 그러니 중국어가 서투르고 민족 정체성을 결정하는 중요한 요인이 이슬람인 위구르족은 결과적으로 중국 사회에서 정치경제적으로 권력을 가질 수 없는 태생적 한계가 있다.

이들이 2류 시민의 신분을 벗어나 상류층이 되는 유일한 방법은 한족 문화에 동화되는 것뿐이다. 비록 지난 몇 년간 중국 정부가 몇백억 달러를 신장에 투자했지만 이 경제 발전의 해택은 한족에게 돌아가고 있다. 우루무치에서는 현대식 고층 빌딩을 많이 봤지만 그런 곳에서 일하거나 거주하는 사람들은 대부분 한족이었고, 위구르족은 거의 비포장도로에 쓰레기 더미로 뒤덮인 슬럼 가까운 지역에서 살고 있었다. 관광객이 많이 오는 우루무치에 전통 바자도 땅값이 올라가면서 상점 주인들은 대부분 한족들로 변했고, 길거리에서 구걸하는 위구르족도 적지 않았다. 신장에서 석유가 발견되면서 많은 직업이 생겨나고 있지만, 석유 정제소에서 일하는 사람들 역시 대부분 한족이라고 한다.

나는 초등학교 4학년이던 2000년에 한국을 떠나 미국으로 갔고, 쭉 영어로 교육을 받아왔다. 뉴질랜드와 미국에서 교육을 받은 것은 축복이었지만, 한편 그 때문에 문화적인 손실도 적지 않았다. 어쩌면 한국인으로서의 정체성을 지키는 데 게을렀던 내 잘못이었는지도 모르겠다. 하지만 1년의 대부분을 외국에서 보냈기 때문에 나는 한국의 공휴일이 언제인지도 몰랐고, 외국에서 한국 문화나 한국인들의 견해나 성향에 대해 질문을 받으면 나는 그럴듯하게 만들어 대답하거나 부모님께 물어보는 편이었다. 〈뉴욕타임스〉와 〈이코노미스트〉 같은 잡지와 신문은 자주 읽어 미국과 서양 세계의 정세에는 기본 상식이 있었지만, 한국 사정은 CNN 같은 해외 언론에 보도된 것 외에는 아는 것이 거의 없었다.

호메로스부터 라파엘로, 키르케고르와 스트라빈스키까지 서양 문학, 예술, 철학과 음악과는 나름대로 친밀했다. 하지만 우리나라나 동양의 고전 등은 읽어보지 못했고, 우리나라의 유명한 화가나 음악가는 한 명이라도 제대로 이름도 댈 수 없었으며, 율곡 이이나 이황 같은 정치가 및 철학자들은 지폐에서 본 게 아는 것의 전부였다. 술조차 나는 소주나 막걸리는 마시지 않았고 맥주나 와인, 칵테일을 즐겼다. 가족과 친구들 몇 명이 한국에 살고 있었지만 내가 한국에서 살아야 한다고 느끼지도 못했다. 유학 생활 중 단 한 번도 무언가 중요한 걸 놓치고 있다는 기분이 들지 않았고, 한국에서 유학 온 친구들이나 동생과도 영어로 더 자주 대화했다.

그런데 위구르 친구를 따라 위구르 클럽에 갔을 때 이제까지의 내 관점에 변화가 생기기 시작했다. 피곤해서 숙소로 돌아가려다가 위구르 친구 하산Hassan이 예쁜 위구르 여자를 만나게 해주겠다고 해서 고등학교 동창이자 한국 친구인 규리와 선생님 제스Jess와 함께 클럽에 갔다. 첫 클럽은 나이가 어느 정도 든 아줌마 아저씨밖에 없었고, 두 번째로 간 클럽은 내 또래 젊은이들이 더 많았다. 신기한 것은 서양이나 중국 한족 음악이 아닌 전통 위구르 음악에 전통 위구르식으로 춤추고 있었다는 점이다. 나도 모르게 살짝 감동을 받았다.

신장자치구에서는 고등학교 때까지는 위구르어나 중국어 둘 중 하나를 선택해서 배울 수 있지만 대학부터는 위구르 문학까지 중국어로만 가르친다. 따라서 위구르족이 고등학교를 위구르어로만 배우고 다니면 대학에 입학하기 전 2년 동안 중국어를 배워야 한다. 이런 불이익에도 불구하고 내가 만난 위구르 친구들은 모두 위구르어를 선택해서 고등학교를 다니고 있었다. 경제적 논리에 따른다면야 중국에 융화되는 것이 훨씬 더 편하겠지만 위구르인들은 그들의 문화를 지키기 위해 치열하게 노력하고 있었고, 당당히 자신들을 위구르인이라고 말했다. '위구르'를 그들의 언어로 'ئۇيغۇر'라고 쓰는데, 한자인 '維吳爾'보다 훨씬 더 역동적이며 아름다웠다. 그들의 글조차 경직된 한족의 법에서 자유롭고 싶은 욕구를 나타내는 것 같았다.

신장자치구에 사는 위구르인들보다 훨씬 더 자유롭고 평등한 사회에 살고 있는 나는 분명 축복을 받았다. 한국인이 유엔 사무총장이 된 국제화된 시대를 살기에 민족 문화의 보존과 개인의 출세 중에 하나만을 선택해야만 하는 위구르인처럼 강요된 선택이 없다는 것이 다행스러웠다. 물고기가 물의 중요성을 모르고 우리가 공기의 소중함을 미처 깨닫지 못하듯, 차별당하고 외로운 위구르의 땅 신장에 와서야 한국인으로서의 정체성이 얼마나 중요한지 자각했고, 전통과 문화는 지키는 자의 것이라는 사실을 절실히 깨달았다.

나는 늘 국적 없이 그냥 유랑자로 떠돌아다니는 것이 꿈이었다. 하지만 내가 한국인이라는 건 변함없는 사실이 될 것이다. 후에 어떤 색깔의 여권을 가지고 살지 모르겠지만, 어쨌든 한국 문화는 나를 키워준 어머니 같은 존재이다. 어머니와 견해차가 있을 수 있고, 갈등이 있을 수 있으며, 싸울 수도 있지만 결코 부인할 수 없는 존재라는 건 분명하다. 다른 문화와 친해지고, 사귀고, 결혼을 하게 되더라도 나를 낳아준 문화와 전통에 대해 어머니를 대하듯 변함없는 마음으로 지켜가야 한다는 것을 새삼 깨달은 것이다.

제국의 심장,
세계의 중심이 되다

신장자치구를 떠나기 전 며칠간 우리는 타슈쿠르간(중국과 국경을 맞댄 파키스탄의 접경에 위치한 조그만 타지크족의 산골 마을)에 들러 홈스테이를 체험했다. 이곳의 카페에서 파키스탄 커피를 마시기도 했는데, 하필이면 그날 미국 전투기들이 파키스탄에 반테러 폭격을 가하는 바람에 민간인 사상자들이 나와 우리는 무척이나 어색했다. 미국에 대한 그들의 증오심을 생각하면 우리가 마실 커피에 독을 탄다고 해도 어쩔 수 없는 일이었다. 하지만 파키스탄인인 주인 부부는 더없이 친절했다. 가는 길에는 카라코람 고속도로를 타야 했는데 옛 실크로드를 따라가는 이 고속도로는 해발 4천 5백 미터가 넘는 세계에서 제일 높은 고속도로다. 그래서 고산병에 한 번 크게 고생한 적이 있던 친구 두 명은 카스에 남아 선생님과 함께 낙타를 타고 주변을 여행하기로 했다. 처음에는 친구 두 명을 떼어놓고 온 것이 마음에 걸렸지만, 웅대한 적색 산맥을 하이킹하면서 오히려 남겨놓고 온 것이 다행이라 여기게 됐다.

비즈니스를 배우는 학생으로서, 내 학문의 선배라 할 수 있는 옛날 상인들이 이런 험한 사막과 산을 넘어 동서 문화 교류를 이끌었다는 게 자랑스러웠다. 비록 동양의 유교사회에선 상인들이 천대를 받았지만, 그들은 모험심과 호기심으로 (물론 욕심도 있었겠지만) 자기의 목숨과 가진 모든 것을 걸고 이 죽음의 땅을 거쳐간 것이다. 20세기 말 카라코람 고속도로를 짓는 데 20년 동안 1천 명에 가까운 사상자가 있었다고 하니, 도적떼들이 활개를 쳤던 옛날에는 얼마나 위험했을까.

요즘의 비즈니스, 특히 화려한 성공을 자랑하는 월스트리트의 은행과 대기업들은 자기 목숨 대신 국민의 세금을 가지고 카지노에서 도박을 하듯 사업을 한다. 회사가 돈을 잃어도 경영진들은 수억 원의 보너스를 받고, 가끔 운이 안 좋은 기업가들만 감옥행 신세가 될 뿐이다. 그 옛날 목숨을 걸고 물류의 역사를 이끌어온 탐험적이고 도전적이며 영웅적이었던 상인의 전통은 안타깝게도 현대 대기업에서는 찾아보기 힘든 것 같다.

다시 카스로 돌아온 우리에겐 결코 쉽지 않은 여정이 기다리고 있었다. 2주에 걸쳐 광대한 사막과 들판을 가로지르는 70시간짜리 장거리 기차를 타고 베이징으로 가야 했다. 드래건즈 프로그램의 마지막 여정이었다. 베이징에 도착하는 즉시 우리는 3개월간의 동고동락을 끝내고 헤어지게 된다. 그 시간이 다가오면 올수록 우리의 우정은 더욱 깊어지고 있었다.

나는 두 가지 사건을 통해 친구들에게 큰 감동을 받았다. 첫 번째 사건이 벌어진 건 우리가 타슈쿠르간에서 카스로 돌아오는 버스를 한 시간쯤 타고 왔을 무렵에 벌어졌다. 내가 여권을 넣어둔 가방이 사라졌다는 사실을 뒤늦게 알아챈 것이다. 여권은 조그만 가방에 함께 넣어서 선생님이 항상 보관했는데, 어찌된 것인지 나의 여권 가방만은 어디 있는지 찾을 수가 없었다. 카스에서 또 바로 기차를 타고 떠나야 했기 때문에 타슈쿠르간으로 돌아갈 시간이 없었다. 하는 수없이 중

국인 선생님 리어에게 부탁해 마을로 돌아가서 여권 가방이 있는지 찾아본 후, 다음 기차로 다시 와주십사 부탁드렸다.

그런데 이게 웬일! 리어가 떠나고 한 30분쯤 지난 뒤 친구의 배낭 안에서 여권 가방을 발견한 게 아닌가. 새벽 4시 반에 일어나 정신없이 짐을 싸다 보니 여권이 든 빨간 가방을 내가 친구의 세면 가방으로 착각해 친구 배낭 안에 넣어버렸던 것이다. 티켓을 환불받을 수 없어서 우리는 기차에 탄 채 초조하게 창밖을 바라보며 리어가 어서 돌아오기만을 기다렸다. 나로 인해 팀이 스트레스를 받고 한바탕 소란을 겪은 것도 미안한데, 리어까지 기차를 놓치게 되면 정말 미안하고 괴로워서 견디기 힘들 것 같았다. 그런데 경적이 울리고 기차가 천천히 움직이기 시작하는 순간, 리어가 플랫폼으로 뛰어 들어오는 것이 보였다. 그리곤 정말 영화의 한 장면처럼 기차에 올라탔다. 누가 먼저랄 것도 없이 모두 크게 소리를 지르며 환호했다. 고맙게도 리어는 전혀 짜증도 내지 않았고, 나의 탓도 하지 않았으며 오히려 농담으로 분위기를 풀어주었다. 내가 받은 감동이 얼마나 큰지 상상하지 못할 것이다.

두 번째 사건은 이렇다. 그룹의 일정과 예산을 계산해보니 시간과 돈, 둘 다 부족했다. 우루무치에서 비자를 연장하느라고 며칠을 허비했고 쿤밍에서 상당히 떨어진 신장자치구에 다녀오느라 프로그램에 지정된 돈을 거의 다 써버렸던 것이다. 어쩔 수 없이 불교 예술로 유명한 둔황의 막고굴과 진나라, 당나라 등 수많은 제국의 수도였던 시안을 스케줄에서 잘라내야 했다.

두 곳 모두 신장보다 더 가고 싶었던 곳이었는데, 어느 한 곳도 갈 수가 없게 되자 실망이 이만저만이 아니었다. 그런데 그 사실을 알게 된 선생님들이 나에게 큰 선물을 해주었다. 그룹 전체가 갈 비용은 안 되니, 마크 선생님과 나만 시안에 가보고 오라는 것이었다. 친구들도 아무도 불평하지 않았고 오히려 정말 가고 싶어 하는 곳에 가게 되었다며 함께 기뻐해주었다. 나만 시안에 가고 싶어 하는 게 아니라는 것을 잘 알고 있었기에 제안을 덥석 받아들이기가 정말 미안했다. 하지만 친구들이 사진도 많이 찍고 시안 얘기를 전해달라며 오히려 용기를 북돋워주었다. 선생님들과 친구들의 배려로, 나는 그토록 그리던 시안에 갈 수 있었다.

신장자치구에서 시작한 우리의 비단길 여행을 동쪽 루트의 끝인 시안에서 마무리하는 것은 썩 잘 어울리는 여행의 결말 같았다. 비단길의 실제 끝은 경주이지만, 대다수의 지도에는 시안이 실크로드의 끝으로 표시되어 있다. 고대 도시 시안은 근엄한 장벽으로 나를 맞이했고, 베이징에선 많이 사라진 옛 고도의 모습도 고스란히 남아 있었다.

베이징의 쯔진청(자금성)과 이허위안(중국 황실의 여름 별궁)이 왕족들의 역사라면 베이징의 구시가지인 후퉁은 서민 역사의 현장인데, 아쉽게도 중국 정부가 2008년 올림픽을 대비해 도시를 정비한다는 명목 아래 후퉁 지역의 대부분을 철거해버렸다. 그래서 지금은 1천 가구 정도밖에 남지 않았다. 이 사실에 안타까워하던 영국의 찰스 황태자가 중국 정부에게 후퉁을 잘 보존해달라며 탄원했던 적도 있다고 한다. 유럽에서 중세 도시의 분위기가 남아 있는 곳에 가면 얼마나 좋은가. 그에 반해 동북아시아에는 시안처럼 역사를 잘 간직한 도시나 지역이 얼마 되지 않을뿐더러 오래된 건축물을 자랑스럽게 여기는 게 아니라 서양에 뒤졌다는 생각에 고유한 건축 역사를 잘 보존하지 못하는 실정이라 안타깝기도 했다.

나에게는 시안의 테라코타 군인들과 시내를 둘러싼 장벽, 베이징의 만리장성, 쯔진청과 톈안먼(천안문) 광장이 제국의 장엄함과 힘을 말해주는 상징이었다. 1974년 발견된 테라코타 군인들, 즉 병마용들은 진시황이 자기의 무덤을 지키기 위해 기원전 3세기에 70만 명이 넘는 장인들을 동원해 8천 명이 넘는 실제 사람 크기의 병사 인형과 말, 전차 등을 만든 것이라 한다. 지금은 다 회색 조각이지만 원래는 다른 색깔로 칠해져 있었고 조각 하나하나가 다른 얼굴이라고 하니 놀랍기만 하다. 진시황의 무덤은 보존을 위해 아직 다 발굴되지 않은 상태다. 화려한 지하 궁전이 있다는 설도 있으니, 언젠가는 시안으로부터 대단한 고고학적 발견 소식이 들려올 지도 모르겠다.

진시황의 병사 인형들이 마치 친구라도 되는 양 나란히 서 있는 걸 보니 먼저 베이징에 간 친구들이 그리웠다. 같이 있다면 얼마나 좋았을까 하는 생각에 더욱 그립기도 했고, 그들과 함께 있는 시간이 며칠도 채 남지 않았다는 사실이 섭섭하기만 했다.

세계의 유명 관광지를 다니다 보면 인류 문명의 영광 뒤에는 항상 잊힌 수많은 피와 땀과 고통의 그림자가 있다. 만리장성은 몇 미터마다 한 사람이 죽어나갔을 정도로 많은 피를 요구했다. 이집트의 피라미드, 인도의 타지마할에 이르기까지 고된 노동과 생명까지 받쳐야 했던 노동자들이 있었을 것이다. 비록 이름은 없지만 가치 있는 인류 문명에 밑거름이 되어준 이들에게 새삼 감사하게 된다.

세상을 움직이는 가장 강한 힘은 사랑이라고 하는데, 남겨진 건축물들을 보면 죽음이 더 큰 테마인 것 같다. 진시황의 묘나 피라미드처럼 몇천 년간 살아남은 유적들은 대부분 사후 세계에 대한 두려움 때문에 탄생한 것이다. 타지마할은 사랑 때문에 건축되었다고 하지만 생각해보면 이것도 왕이 왕비와 자기의 사후를 위해서 지은 무덤이다. 정말 사랑했다면 살아 있을 때 이런 멋진 건물을 지어주어야 하는 게 아닐까. 만리장성도 흉노족을 비롯한 북방 민족의 침입으로부터 살아남기 위해 지은 것이다. 유럽도 마찬가지다. 유적지의 대다수를 이루는 대성당과 성들도 다 침략자들과 사후에 대한 두려움, 또 성인들의 죽음을 기념해서 건축됐다. 혹시나 언젠가 외계인들이 인류의 건축물을 본다면 인간이 사랑은 믿지 못하고 죽음에 대한 두려움에

벌벌 떨면서 살았다고 생각하진 않을까.

나는 만리장성이 관광지가 된 사실이 너무 좋았다. 만리장성과 독일의 베를린장벽이 관광 명소가 된 것처럼, 언젠가 우리나라의 DMZ(비무장지대)도 역사적 관광지가 될 날을 기대해본다. 중국의 경제 발전도 무역의 만리장성을 허물면서 시작되었고 유럽 국가들도 내부의 벽을 허물고 유럽연합, 즉 EU로 하나가 되면서 정치, 경제적으로 더 강력해졌다. 9.11사태 이후 테러리즘과 투쟁하며 서로 벽을 쌓기 쉬운 상황인데, 대화와 이해를 통해 서로를 향해 마음을 활짝 열면 좋겠다.

나는 베이징에서 카스에서 헤어졌던 친구들과 합류했다. 오랜만에 만난 얼굴들, 무엇보다 나를 배려해준 그들이었기에 베이징에서의 재회가 무척이나 반가웠다. 드래건즈 프로그램의 목적 중에 하나가 현지인들처럼 생활하는 것이라서, 여행의 대부분이 한국 돈 1천 3백 정도의 빠듯한 예산을 가지고 싼 음식으로 한 끼를 해결했다. 하지만 마지막 저녁 시사만큼은 좋은 레스토랑에 가서 베이징오리 같은 평소 침만 흘리던 음식들을 모두 주문해 마음껏 먹었다.

저녁 식사 후, 호스텔로 돌아가서 마지막 밤의 의식을 치렀다. 불을 끄고 초를 한 명당 한 개씩, 모두 열두 개를 켠 다음, 침묵 속에서 촛불을 보며 지난 3개월간의 기억을 떠올려보았다. 우리에게 일어난, 모든 놀랍고, 창피하고, 우습거나 혼란스럽거나 영감을 받거나 깨우침으로 다가왔던 사건들을 다시 되새기면서 지난 석 달이 너무 빠르게 지

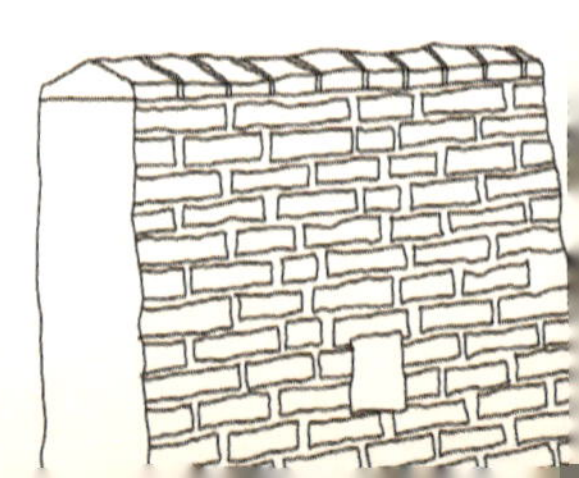

나갔다는 생각이 들었다. 팀워크는 강해졌다 약해졌다 반복했고 그럴 때마다 팀을 떠나 혼자 있기를 원했던 적도 많았지만, 결과적으로는 기막히게 좋은 팀워크를 유지했다. 드래건즈 프로그램엔 금지 규정도 많았지만 아무도 쫓겨나지 않았고, 같은 장소에서도 저마다 다른 특별한 경험을 만들었다. 마지막으로 서로에게 편지를 쓴 뒤 잠자리에 들었고, 다음 날 아침 일시적으로 작별을 했다.

조이는 나를 따라 한국으로 와서 우리 집에서 며칠 동안 쉬다가 떠났는데, 그 뒤 내가 런던에 갔을 때는 조이의 집에서 며칠간 신세를 지기도 했다. 에밀리는 나중에 유럽에서 2주 동안 나의 여행 파트너가 되어주었고, 규리는 매년 여름 방학마다 한국에서 만나고 있으며, 여름에 뉴욕에 놀러 갔을 때에는 크리스의 집에서 자기도 했다. 그렇게 중국에서 맺은 멋진 우정은 끊이지 않고 계속되고 있다.

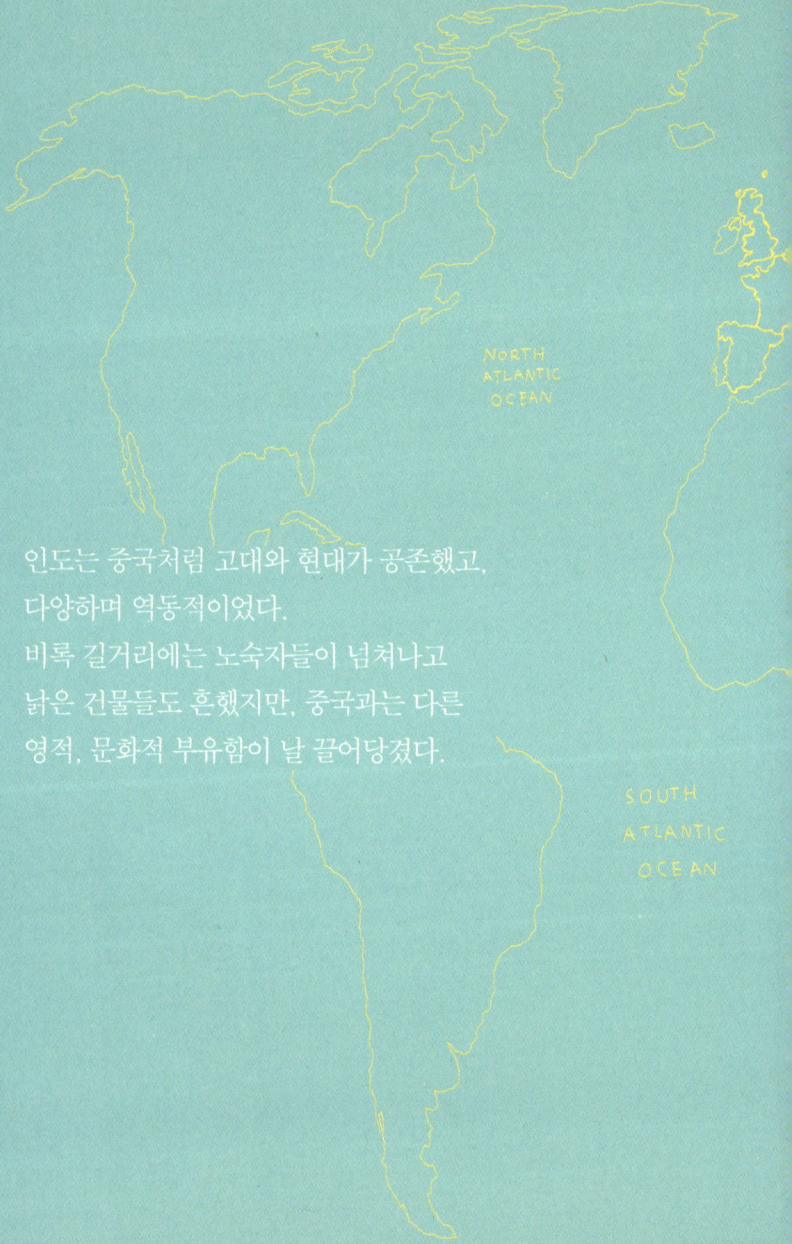

인도는 중국처럼 고대와 현대가 공존했고,
다양하며 역동적이었다.
비록 길거리에는 노숙자들이 넘쳐나고
낡은 건물들도 흔했지만, 중국과는 다른
영적, 문화적 부유함이 날 끌어당겼다.

OCEAN
NORTH PACIFIC OCEAN
India
INDIAN OCEAN

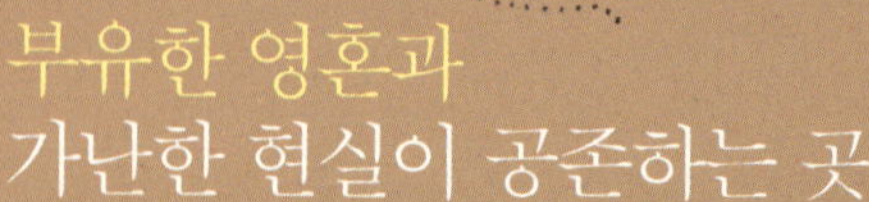

부유한 영혼과
가난한 현실이 공존하는 곳

나는 중국이 거친 나라라고 생각했는데, 인도에 비하면 아무것도 아니었다. 비록 정치적으로는 민주화가 진행되어 있어서 몇십 년 후의 중국의 모습을 보는 것 같았지만, 경제적으로는 몇십 년 전의 중국을 보는 것 같았다. 개인 평균 GDP는 중국의 3분의 1도 안 되는 1천 달러 수준이었고, 사회 구성원 간의 불균형은 중국보다 훨씬 심했다. 세계 최고의 갑부 다섯 명 중 두 명이 인도인이고 뭄바이에 사는 억만장자들이 뉴욕에 사는 억만장자들보다 평균적으로 더 많다는 사실만 봐도 나머지 보통 인도인들은 얼마나 가난하게 살고 있는지 짐작할 수 있다.

그럼에도 불구하고 인도는 충분히 매력이 있었다. 중국처럼 고대와 현대가 공존했고, 다양하며 역동적이었다. 비록 길거리에는 노숙자들이 넘쳐나고 낡은 건물들도 흔했지만, 중국과는 다른 영적, 문화적 부유함이 있었다. 흔히 사람들이 인도를 생애 마지막 여행지라고 하는 것도 인도의 진정한 맛이 보이는 것이 아니라 보이지 않은 것이어서 그런 게 아닐까.

하지만 유감스럽게도 내가 인도에 와서 처음 만난 것은 분열이었다. 마치 정치적 이데올로기가 한반도를 두 조각 낸 것처럼 인도는 종교적 이데올로기로 인해 심각한 사회 분열의 병을 앓고 있었다.

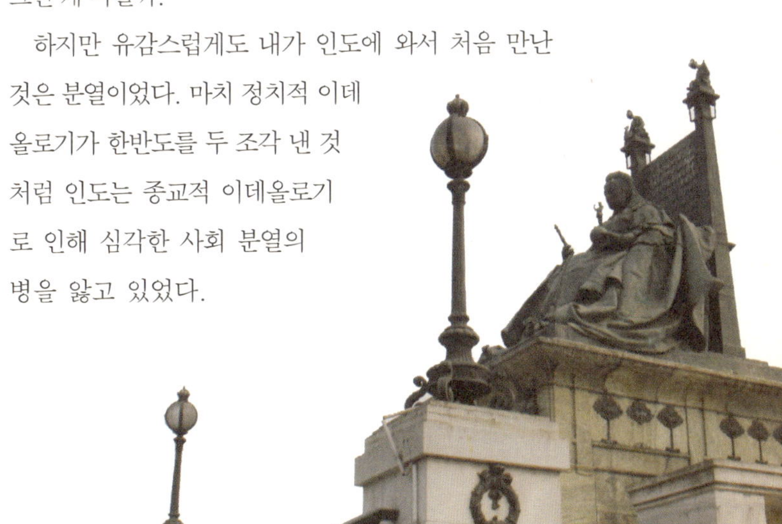

인도는 세계적인 종교의 메카로 불교, 힌두교, 시크교, 자인교의 탄생지다. 나를 인도로 이끈 가장 큰 이유 중 하나가 바로 그 종교의 다양성 때문이었다. 그러나 인간의 구원과 평화를 목적으로 태어난 그 종교들은 서로 평화적으로 공존하지 못한 채, 무력을 정당화하는 수단으로 전락해버렸다는 사실이 날 슬프게 했다.

내가 델리공항에서 택시를 타자마자 택시 기사는 나에게 말했다. "한국에서 오셨나요? 우리 인도 사람들은 평화를 좋아하고 모두와 친구가 되고 싶어 하죠. 하지만 미치광이 파키스탄 사람들은 우리를 폭탄으로 죽이려 들어요."

인도 인구의 80퍼센트를 차지하고 있는 것이 힌두교 신자들인데, 그중에 내가 만나 사람들 대부분이 모슬렘에게 반감을 갖고 있었다. 이것은 지식인층도 마찬가지였다. 1956년 파키스탄은 이슬람을 국교로 삼고 인도에서 분리됐다. '위대한 영혼' 간디는 인도 독립 후 지도권을 모슬렘에게 넘겨주더라도 인도가 하나로 남기를 원했지만, 간디의 하나 된 인도를 위한 노력은 그를 강경파 힌두교도에게 암살당한 순교자로 만들었다.

이후 힌두교도들은 인도로, 모슬렘들은 파키스탄으로 이동하는 중 종교전쟁이 벌어졌다. 인도와 파키스탄에 접경한 주 펀자브에서만 해도 50만 명이 넘는 인도인들과 파키스탄인들이 살해됐다. 2008년 11월엔 178명의 인도인이 뭄바이에서 파키스탄 테러 단체에 의해 살해당해 다시 한 번 국경이 뜨겁게 달아올랐다. 택시 기사가

나에게 모슬렘 얘기를 꺼낸 것도 이 사건 때문인 것 같았다.

이런 불안한 기류를 온몸으로 느끼며 델리에서 하루를 머물고 난 뒤, 갈등이 그나마 덜한 지역인 동쪽의 콜카타로 날아갔다. 고등학교 동창 제프를 만나기 위해서였다. 제프는 고등학교에서 장학금을 받아 1년 동안 인도에서 동양 철학과 종교를 공부하는 중이었는데, 다람살라에서 달라이라마와 공부를 하고 네팔에서 몇 주간 트래킹을 한 뒤, 나보다 몇 주 앞서 콜카타에 와 있었다.

콜카타는 델리와 비슷했는데, 여기도 거지들과 노숙자들 천지였고 적재량을 훨씬 넘어선 트럭처럼 터져나갈 듯이 복잡했다. 콜카타 시내를 다니던 나는 몇 번이나 차에 치일 뻔했다. 인도의 거리는 세계에서 가장 복잡한 교통 혼잡으로 몸살을 앓고 있었다. 도로를 가르는 중앙선도 없었고 쉴 새 없이 울려대는 경적과 고함에 정신이 하나도 없었다. 나는 아이팟으로 음악을 들으며 길을 다니곤 했는데, 이곳에서는 무언가를 듣는다는 것이 불가능했다. 자동차, 자전거, 릭샤, 그리고 소가 끄는 짐수레까지 뒤엉켜서 거리를 누비는 통에 보행자 보도란 건 아예 존재하지 않았다. 늘 목숨을 위협받는 거리를 피해 지하철을 이용하기도 했다. 지하철은 비교적 현대식으로 깨끗하긴 했지만, 긴장해야 하는 건 마찬가지였다. 사람이 너무 많아서 숨쉬기조차 힘든데다 인파를 뚫지 못해 내려야 할 역을 놓치는 불상사도 있었다.

거기다 내가 묵었던 호스텔은 외국인 여행자가 많이 투숙하는 곳이라 거지들이 늘 진을 치고 있었다. 한 아기를 안은 깡마른 여인은 항

CESC
Call
2 or 4403-1912
To report POWER INTERRUPTION
To report POWER THEFT
For Queries on CRES

상 호스텔 앞을 어슬렁거리다가 나만 보면 다가와 아기에게 먹일 음식을 사야 한다면 돈을 구걸했다. 동정심과 짜증이 뒤섞인 상태로 나는 인도에서는 꽤 큰돈인 150루피(3천 5백 원)짜리 분유와 토스트 두 쪽을 사드리기도 했다.

그러나 나는 테레사 수녀의 사랑의선교수녀회에서 그렇게 하지 말아야 된다는 것을 배우게 됐다. 성실하게 일을 하지 않고 남에 의존하는 버릇이 생기는데다가 그들의 대부분은 거리를 장악하고 있는 마피아들에게 고용된 직업 거지들이기 때문이라는 것이다. 내가 선심을 베푼 음식들을 도로 상점에 되팔아 돈을 챙겨가기 때문에, 정 음식을 사주고 싶다면 포장을 뜯어서 되팔지 못하게 하라고 알려주기도 했다. 이제는 〈슬럼독 밀리어네어〉라는 영화를 통해 세상이 다 아는 사실이 됐지만, 이곳에선 마피아들이 아이들을 거지로 만들기 위해 장님으로 만드는 일도 실제로 벌어지고 있었다.

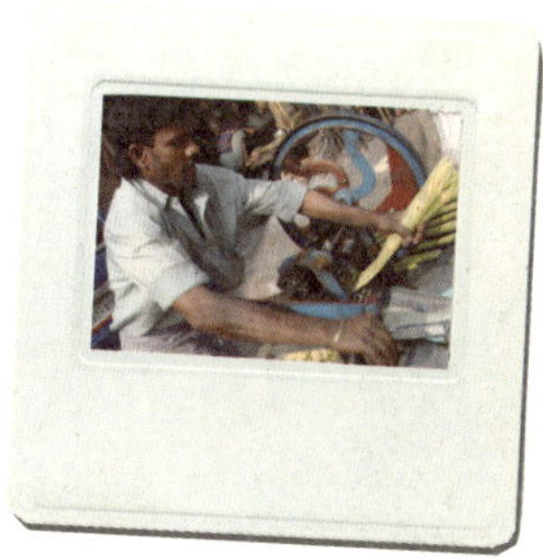

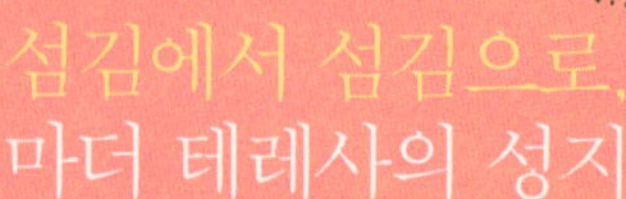

섬김에서 섬김으로,
마더 테레사의 성지

불모의 땅 콜카타가 세계에 알려지게 된 것은 바로 '사랑의선교수녀회Missionaries of Charity' 때문이다. 1950년 테레사 수녀가 세운 사랑의 선교수녀회는 이곳 콜카타를 중심으로 전 세계 123국 750개 지역에서 활동하고 있으며, 여기에 소속된 수녀들만 해도 4천 명이 넘었다. 나와 제프는 이 본부에서 머물며 봉사 활동을 하기로 했다.

이곳에서는 매일 새벽 6시에 기도회가 열렸다. 나는 아침에 일찍 일어나는 게 무척 힘이 들었지만, 하루를 기도와 수녀들의 천사 같은 노래로 시작하니 기분은 그만이었다. 청빈을 실천한 테레사 수녀의 삶을 본받아 수녀들은 사리(인도에서 여자가 두르는 천 옷) 세 벌, 샌들 한 켤레, 내복 네 벌, 십자가, 로자리(기도서), 접시, 스푼과 가방 외에는 개인적으로 물품을 갖고 있지 않았다.

무엇보다 테레사 수녀와 함께 지냈던 수녀와 신부들에게 듣는 그분의 검소한 생활은 듣는 것만으로도 감동 그 자체였다. 수녀님이 쓰던 방은 아무런 장식도 없이 의자나 침대 같은 가구 몇 개만 있었고, 푹푹 찌는 여름에도 모기장이나 선풍기조차 없이 살았다고 한다. 수녀님이 돌아가신 뒤 일기가 공개되면서 영적 삶이 세상에 알려지게 됐는데, 그중 가장 놀라웠던 부분은 가난한 자들과 일하기 시작하고 나서도 자주 하나님에게서 멀어지거나 하나님에게 거절당한 듯한 경험을 했다는 기록이었다. 하나님이 원하셨던 삶을 산 수녀님이 그런 경험을 했다는 것이 믿어지지도 이해되지도 않았지만, 수녀님은 그럴수록 더욱 하나님과 깊은 교류를 나눔으로써 가난한 사람들의 목마름과

고독감에 공감할 수 있었다고 한다. 그분의 치열한 신앙생활과 실천에 저절로 고개가 숙여졌다.

그녀는 생전에 힌두교도인 인도인들에게 종교를 전파하려 한다는 이유로 배척을 당했으며 심각한 인구 증대 문제에도 불구하고 낙태와 피임을 반대해서 비난을 받기도 했다. 하지만 그녀가 죽었을 때 인도 정부는 가톨릭의 상징인 그녀를 위해 특별한 장례식을 치루어주었고, 그녀가 묻힌 곳은 종교를 초월한 성지가 됐다. 사랑의선교수녀회가 사용하고 있는 두 채의 건물도 모슬렘과 힌두교도들로부터 기부받은 것이라 한다. 세상에 사랑 따윈 없다고 믿는 사람들에게 사랑을 보여준 테레사 수녀의 치열한 삶이 종교 간의 장벽을 허물고 서로를 인정하도록 만들었던 것이다.

그런데 테레사 수녀의 삶은 창업 학도인 나에게 또 다른 시각으로 생각하도록 해주었다. 그녀는 지난 세기를 통틀어 손꼽을 만한 창업가이자 경영가이기도 했던 것이다. 그녀는 나와 같은 나이인 열여덟 살에 인도에 와서 20년 동안 학교에서 교사와 교장으로 일하다가 1950년 콜카타에 와서 맨손으로 사랑의선교수녀회를 시작했다. 그로부터 10년 뒤인 1960년에 다른 지역으로 수녀회를 확장했고, 1965년에는 베네수엘라까지 진출했다. 1980년대와 90년대에는 공산주의 국가인 소련에도 진출했으며, 이후 모든 대륙에 수녀회를 세웠다. 뿐만 아니라 1963년에는 사랑의선교신부회, 1976년에는 사랑의선교묵상회, 1980년대에는 사랑의선교평신회 등의 새로운 브랜드를 만들어 수녀들에게 국한되었던 활동 조직을 신부와 일반 가톨릭 신자들에게까지 확장했다. 테레사 수녀는 〈타임〉 등 잡지와 신문에 특필되며 1979년 노벨상 등 다양한 상을 받으면서 미디어도 훌륭하게 관리했다. 전 세계 백만 명이 넘는 자원 봉사자를 동원해 안정된 인건비를 유지하면서도 직원들의 사기와 직업 만족도는 한층 높여갔다. 그녀는 대학도 다니지 않았고 제대로 경영 수업을 배운 적도 없다. 돈 대신 사랑으로 세계적인 네트워크를 가진 글로벌 기업을 만들었다. 물론 이 모든 것은 개인적인 야망이 아니라 하나님의 영광과 가난한 자들을 위한 것이었지만.

일을 시작하기 전, 세계에서 모여든 70명 가량의 자원 봉사자들은 우유에 홍차를 섞은 인도식 차 차이와 바나나, 빵으로 아침을 같이한다. 아침 미팅 중에는 그날을 마지막으로 떠나는 분들을 위해 작별 노래도 하고 봉사를 준비하는 마음으로 짧은 기도와 찬

송가를 부르기도 한다.

나는 열흘간만 그곳에 있기로 했다. 인도에 있을 수 있는 시간이 한 달밖엔 되지 않았기에 많은 시간을 콜카타에서 머물 수가 없었다. 몇 달씩, 혹은 인도에서 머무는 기간 내내 이곳에서 봉사를 하는 사람들에 비교하면 인도에서 머무는 기간의 3분의 1정도만 여기 있겠다는 것이 다소 이기적일 수도 있다. 그 점이 마음에 걸렸던 나는 아침에는 정신적, 육체적 장애가 있는 어린이들을 위한 다야단에서 일하기로 했고, 오후에는 말기불치병으로 투병하고 있는 노인들과 아저씨들이 있는 칼리갓에서 일하기로 했다.

그런데 막상 봉사를 시작하고 나서야 정작 중요한 것을 잊고 있었다는 걸 알게 됐다. 봉사는 마음만 먹으면 되는 게 아니었다. 봉사할 준비는 전혀 하지 않은 채 온 것이었다. 처음 며칠간은 하루에 고작 일곱 시간 봉사 활동을 하는 것조차 적응을 못해 일을 마치고 돌아올 때쯤이면 파김치가 되곤 했다. 그리고 처음 시작할 때의 기대감마저 사라지더니 일이 귀찮게 느껴지기 시작했다. 나는 전문적인 의료 기술도 없고 힌디어나 벵골어(벵갈리어)도 한마디 할 줄 몰랐다. 그러니 할 수 있는 것은 설거지와 빨래, 그리고 노인들을 마사지 해드리는 게 고작이었고, 애들과 같이 걷거나 놀아주는 게 전부였다. 그러다가 급기야 늦잠을 자서 아침 봉사를 빼먹기도 하고 봉사 자체보다는 다른 봉사자들과 교류하는 것을 더 기대하기도 했다.

그러다 보니 봉사를 하는 일이 감정적으로 힘들고 혼란스럽기만 했다. 이런 상황을 맞으리라곤 예측하지 못했다. 칼리갓에서는 매주 몇 사람이나 되는 노인이 돌아가셨다. 매일 내가 음식을 나눠주었던 분이 더 이상 이 세상에 없다는 사실을 어떻게 받아들여야 할지 몰라 당황스러웠다. 화장실에 가서 볼일을 본 뒤 혼자 처리를 하지 못해 내가 치우고 바지를 갈아입혀드려야 하는 노인들을 어떻게 대해야 되는지 혼란스러웠다. 그뿐만이 아니었다. 태어나면서부터 마음대로 움직이지 못하는 아이들도 있었다. 테레사 수녀는 "아이는 세상에 존재하는 하나님의 아름다움이고 하나님이 가족에 주는 제일 위대한 선물"이라고 했지만, 아이들의 부모는 그 선물을 거절했다. 아이들을 버린 것이다. 난 단순히 내가 그들보다 더 상황이 좋다는 이유로 그들을 불쌍하게 생각하고 싶지 않았다. 그렇다고 해서 내가 그들을 위해 별달리 할 수 있는 일도 없었다. 그저 무심하게 대하려고 애를 썼던 거 같다. 마음속으로는 내내 어떤 죄책감과 책임감, 연민과 동정 사이에서 갈팡질팡하며 결론 내리지 못하면서.

그러면서 내가 왜 봉사 활동을 해야 하는지 다시 생각해보았다. 내가 다닌 고등학교의 모토는 '자신을 위한 것이 아닌'이었고, 우리 학교가 개인주인적인 미국 사회에서 이런 모토를 가질 수 있다는 것을 스스로 자랑스러워했다. 하지만 봉사 활동은 원래 남을 위한 것이어야 함에도 불구하고 사실 나 자신을 위한 것이 적지 않았음을 인정할 수밖에 없었다. 지속가능하지 않고 불공평한 삶을 사는 사람들에 대한 죄책감을 덜기 위해서이거나 봉사 활동 시간을 채우기 위해서, 아

니면 주위의 사람들에게 감동을 주기 위해서이거나 내가 그들보다 낫다는 것을 느끼기 위해서, 아니면 혹시 대학이나 취업 원서에 좋은 인상을 주기 위해서는 아니었는지……. 그냥 순수한 마음으로 봉사하고 싶었지만 이런 회의적인 질문에서 헤어날 수가 없었다. 자기가 사는 동네에도 도움이 필요한 이웃들이 많은데 굳이 세계 반대편에 봉사 활동을 가는 사람들에 대해 나는 항상 비판적이었는데, 어쩌다가 보니 나도 그런 사람들 중 한 명이 되어 있었다.

이런 회의에도 불구하고 정신없이 봉사 활동을 하는 동안에 신기하게도 나의 마음은 정화되고 있었다. 탈무드의 어느 이야기에 의하면, 제자가 랍비한테 봉사 활동을 할 때 자기의 기분이 좋아지는 것이 봉사의 의미를 불순하게 하고 남이 아닌 자기를 위한 것으로 만드는 것이냐고 물었다. 그러자 랍비는 행동 자체가 의도를 정화할 수 있으니 그런 걱정은 하지 않아도 된다고 했다. 바이올린 연주자가 음악에 빠지지 않고 돈이나 명예 등을 생각하고 연주한다면 좋은 연주를 할 수 없듯이, 나도 정신없이 봉사하는 일에 빠지다 보니 어느새 나의 마음도 점차 정화되어가고 있었던 것이다. 테레사 수녀는 "평범한 일을 비범한 사랑으로 하라"고 했다. 나 역시 지저분한 바닥을 닦으면서 동시에 마음을 닦아가며 모든 일에 사랑을 심으려고 노력했다.

봉사 활동을 시작하기 전, 사전 교육을 받을 때 한 수녀님이 하신 말씀이 떠올랐다. 도움을 받아야 할 환자인 아이들과 노인들보다 도움을 주고 이들을 섬기러 온 봉사자들이 더 많이 도움을 받고 배우고 돌아간다는 것이었다. 그 말은 사실이었다. 실제로 내가 그들을 위해 해준 건 별로 없었다. 숱한 날들을 건물 안에 갇힌 채 정신적, 육체적 장애를 가지고 사는 그들이었지만 늘 웃는 얼굴이었고, 삶을 향한 의욕을 잠시도 놓지 않았다. 그들이 오히려 나에게 희망, 행복, 겸손과 사랑에 대해 일깨워주었다. 봉사 활동을 하면서 스스로에게 던졌던 의문들에 대해서 아직도 정확한 답을 찾지는 못했지만, 그런 질문들은 어느새 사라져버렸다. 대신 그 자리에 남은 건 테레사 수녀의 말 한마디였다.

"당신은 반드시 아름다운 삶을 살아야 해요. 그리고 세상의 권력과 돈, 쾌락보다 훨씬 더 중요한 것, 즉 서로 사랑하고 사랑받기 위해 창조되었다는 사실을 잊지 말아요."

열흘간의 침묵,
비파사나 명상

휘영청 밝은 달빛 아래 도심이 온통 뿌연 연기로 뒤덮인 채 술이 개울처럼 흘러내리는 콜카타의 밤. 그 전경이 한눈에 들어오는 곳이 바로 내가 묵던 호스텔의 꼭대기 층이었다. 어느 날 밤 그곳에서 야경을 보고 있는데 낯선 사람이 내 옆에 와 앉았다. 마치 히피 같은 그 미국인은 나보다 형이었는데, 흐트러진 머리에 헐렁한 인도 전통 옷을 입고 있었다. 그는 부다가야에서 비파사나 명상을 하고 오는 길이라고 하면서, 비파사나가 자기의 삶을 완전히 바꿨다며 꼭 한 번 해보라고 권했다. 봉사 활동을 끝내고 딱히 갈 곳을 정하지 못하고 있던 나는 그와의 만남이 어떤 계시처럼 느껴졌고, 그 계시를 따르기로 했다.

우선 인터넷으로 비파사나 명상에 대해 이것저것 자료를 찾아 읽어보았다. 나를 변화시켜줄 값진 모험이 될 거라는 기대감과 함께 두려움도 생겼다. 중국에서 참가했던 드래건즈 프로그램의 선생님 제스는 내가 인도에 간다는 말을 듣고는 “인도는 너 자신을 잃게 만들 수도 있고, 찾게 만들 수도 있어”라고 말했었다. 나는 비파사나 명상을 신청하는 순간까지 무슨 일이 일어나는 건 아닐까 걱정스러웠다.

늘 나의 관심을 끌고 있는 달라이라마도 비파사나를 한다고 하니 조금 흥분이 되기도 했지만, 10일 동안 엄격한 규칙을 지키는 건 쉬울 것 같지 않았다. 내가 좋아하고 잠시도 없으면 살 수 없을 것 같은 책, 글쓰기와 달리기는 금지사항이었고 말을 하면서 스트레스를 푸는 내가 '숭고한 침묵'을 유지할 수 있을지도 걱정이었다. 나보다 훨씬 더 똑똑하고 잘난 사람들이 많은 것은 알지만, 그런 대로 나 자신이 맘에 드는 편이다. 그런데 그런 나 자신의 지성, 성격, 유머나 열정이 비파사나를 하는 동안 변해버리거나 혹은 없어지지 않을까 두렵기도 했다. 하지만 그보다 더 간절히 나의 정신과 깊은 심연 어딘가에 숨어 있을, 진정한 자신을 찾고 싶었다. 결국 믿음을 가지고 도전하기로 결심했다.

명상 첫날은 금방 흘러갔다. 새벽 4시에 일어나고 열 시간씩 명상을 하는 게 힘이 들기도 했지만, 처음 해보는 명상은 흥미로웠고 밤 9시에 종소리가 울릴 때 나는 만족스럽게 잠자리에 들 수 있었다. 비파사나의 첫 단계는 원숭이처럼 제멋대로 구는 마음을 통제하는 것이었다. 자기의 모습을 움직이는 물이 아닌 잔잔한 물에서 보듯 마음이 가라앉아야 자기 성찰이 가능하기 때문이다. 우리는 숨 쉬는 것에 정신을 집중했는데, 중요한 것은 숨쉬기 연습이 아니라 관찰하는 것이었다. 숨이 들어갔다 나오는 것에 집중하면서 마음을 가라앉히고 마음을 강렬한 부정적 성향에서 해방시키려고 노력했다. 시간이 지나면서 정신은 더 날카로워졌고, 통찰력이 생기기 시작했다. 나는 인중에 있는 온 감각에 집중하면서 천천히 다른 몸 부위로 관찰을 넓혀가면서 몸 전체를 느낄 수 있도록 집중했다.

그러나 둘째 날은 첫날처럼 수월하지 않았다. 내 엉덩이와 다리는 참을 수 없을 정도로 쑤셔왔다. 정신은 굶주린 원숭이처럼 더 사납게 떠돌아 다녔다. 이렇게 벅찬 일과를 9일 동안 계속해야 된다니 하늘이 노랗게 변하는 듯했다. 결국 나를 도와주시는 봉사자분께 사물함의 열쇠를 부탁하고 가방을 찾아 떠날 준비를 했다. 키 큰 아르헨티나인이었던 봉사자분은 그래도 떠나기 전에 선생님께 감사를 전하는 것이 예의라며 인사를 한 후 가라고 했다.

"지금까지의 시간, 감사드려요. 그런데 저 떠나야겠어요."

"어딜 떠나? 이제 시작인데?"

"저는 더 이상 못 참을 거 같아요. 여기 열여덟 살짜리는 저밖에 없고, 9일이나 더 있다간 미쳐버릴 것 같아요."

"조금만 더 버텨봐. 잘할 수 있을 거 같은데. 명상에는 나이가 없어. 아주 어린아이도 할 수 있어."

"죄송한데, 저 갈게요. 짐도 다 쌌어요."

"원래 좋은 약이 쓴 법이야. 둘째 날과 여섯째 날이 제일 힘들지만, 불행은 곧 지나가."

선생님은 이렇게 애매모호하게 말씀하시면서 의자에서 일어나셨다. 나는 당황했고, 선생님께 좀 화가 나기도 했다. '가도 된다는 거야, 안 된다는 거야.' 판단하기가 어려웠지만 결국 나는 다시 주저앉았다.

그리곤 이내 그의 조언에 감사하게 됐다. 그의 말대로 다음 날은 조금 더 쉬워졌고, 내 몸도 점점 더 명상에 익숙해졌다. 또한 금지된 책과 공책, 펜을 돌려받은 뒤 하루하루가 더 편안해졌다. 나는 책 읽고 글 쓰고 하루에 몇 시간씩 명상을 빼먹었지만, 오히려 그렇게 한 것이 명상을 좀 더 쉽게 만들어주었다. 명상 중 생각을 비워야 되는데, 생각을 비우니 수많은 새로운 사상적 관점들과 창업 아이디어들이 떠올랐고 그것을 정리할 수 있어서 좋기도 했다. 그래도 하루에 일곱 시간쯤 되는 명상과 비파사나의 창시자 고엔카의 저녁 강연으로 불교에 대해서도 많이 느끼고 배웠다.

시작하기 전의 우려들은 다 사라졌고 내 정신은 더 뚜렷해졌다. 평온한 마음을 가지는 것이 열정적인 삶을 사는 것과 양립할 수 있다는 사실과, 차분한 마음이 세상의 자극에 대한 수동적 반응에서 자신을 자유롭게 해주어서 더 활동적으로 그리고 열정적으로 살 수 있게 해준다는 것도 배웠다. 또한 육체의 감각에 대해, 또 몸과 정신의 관계에 대해서도 더 깊이 깨달았다. 짧았지만 해탈에 가까운 몸의 소멸을 느꼈고, 영원한 것은 없다는 불교의 진리를 경험적으로 느꼈다. '나' 역시 세상으로부터 분리된 존재가 아니며, 모든 존재는 연결돼 있다는 불교의 원리를 이해할 수 있게 됐다.

마지막 밤에는 '숭고한 침묵'이 '숭고한 대화'로 바뀌었다. 대화가 허용되자 10일 동안 내내 간지러웠던 등을 긁는 듯한 시원한 느낌이었고, 중간에 딴 짓을 좀 하기도 했지만 명상 코스를 끝낸 내가 자랑스럽기도 했다. 일주일 만에 듣는 내 목소리가 이상하게 들렸다. 사람들과 명상 경험에 관한 토론을 했다. 어떤 형은 명상 중에 옆에 앉았던 인도 아저씨가 지독한 냄새를 풍기며 항상 코를 골며 자는 바람에 힘이 들었다고 불평을 하기도 했다. 나는 처음이었지만 계속해서 명상을 하는 사람들이 많았는데, 그들은 다른 스타일의 명상에 대해 얘기하기도 했다. 나는 앉아서 명상을 했지만 걸어다니며 하는 명상도 있었고, 나는 몸 전체를 쓸어가며 관찰했지만 몸의 몇 부분을 정하고 그곳을 집중적으로 관찰하는 방법도 있었다. 잠자지 않고 50분 명상, 10분 휴식 이렇게 논스톱으로 하는 명상도 있으며, 기간이 최저 10일에서 50일 넘게 하는 명상 코스도 있다고 한다. 이야기를 듣다 보니 내가 과연 그런 경지에 오를 수 있을지 궁금했다.

명상이 끝난 뒤 나는 곧 그곳을 떠나야 했지만 함께했던 사람들과 있고 싶어서 하루를 연기했다. 우리는 석가가 깨우침을 얻은 보디 나무Bodhitree가 있는 마하보디 사원을 다시 방문했는데, 마침 무슨 행사가 있었는지 사원은 온통 빨강, 오렌지, 나무색, 진홍색의 두건을 걸친 다양한 인종의 스님들로 가득했다. 보디 나무 밑에서 우리는 함께 명상을 했는데, 전에 느끼지 못했던 강한 기와 진동을 느낄 수 있었다. 또 일본 사원에 가서 일본 선불교 형식으로도 명상을 하기도 했다. 침묵에서 명상하는 비파사나와 다르게 계속 연주되는 북과 종과 구호chant에 따라 명상을 했다. 그날은 닐즈 아저씨의 생일이라서 놀이

터에 가서 손으로 미는 어린이용 바이킹을 타고 맛있는 전통 인도 카레도 먹으며 즐겁게 보냈다. 알렉스 형과 나는 비밀리에 케이크를 준비했지만, 맛이 없어서 애들과 노숙자 분들에게 나눠드렸다.

다음 날 아침에는 달리기를 하다가 불교의 4대 성지 중 하나인 부다가야에 있는 여러 나라의 사원을 볼 수 있었다. 다양한 불교 건축양식을 보는 재미가 있었다. 한국 사원도 발견해서 반가운 마음에 얼른 들어가 한국 스님을 만나보기도 했다. 한국 사원은 그다지 멋있어 보이지가 않았는데, 우리나라는 태국처럼 불교가 절대 다수가 아닌데다 종파도 너무 많아 건축 기금을 모으기가 어려웠다고 한다. 우리나라에서 제일 위대한 스님 중 한 분인 신라시대의 원효대사는 여러 중국과 인도의 종파들을 통일해 통불교를 제창했고, 조선시대까지만 해도 한 종파 밑에 모든 불교 신자들이 모였다고 한다. 그런데 현재 우리나라의 불교 종파의 숫자는 50개가 넘고, 기독교 종파의 숫자도 70개가 넘는다고 한다. 종교의 다양성은 좋지만, 종파의 수가 많다는 것은 의견 충돌이 있을 때마다 타협하는 것이 아니라 떨어져 나간다는 것을 의미하기도 하니, 너무 많은 종파가 있다는 것이 건강한 모습 같아 보이진 않았다.

비파사나 명상원과 부다가야 시내에는 중국, 한국, 일본의 동북아시아인들보다 유럽인들과 미국인들이 훨씬 더 많았다. 나는 동양의 불교는 서양에서 환영받고 있고 서양의 기독교는 동양에서 환영받고 있다는 사실이 재미있다. 스웨덴이나 덴마크 같은 국가에서는 주기적으로 교회를 다니는 인구의 비율이 5퍼센트도 안 되고, 유럽의 교회는 관광지나 식당, 바bar 등으로 변하고 있지만, 불교나 힌두교에 관한 관심은 늘어나고 있다. 과학자들과 철학자들 말고도 비틀즈만 봐도 인도에 요가를 배우러 갔고 영화배우 올랜도 블룸과 키아누 리브스, 영화감독 조지 루카스, 애플의 스티브 잡스, 골프 선수이자 섹스 중독자 타이거 우즈, 내가 좋아하는 작가들인 잭 케루악과 J.D. 샐린저 모두 불교 신자들이다.

반면 기독교는 동양에서 크게 성장하고 있다. 우리 부모님도 기독교 신자로 열심히 신앙생활을 하고 계신다. 그 영향으로 나 역시 어렸을 때는 교회에 매주 나갔다. 서양에서 이렇게 인기 있는 불교가 한국에선 관심이 서서히 줄어들고 있고, 서양에서 과학자들과 인텔리들에게 비난을 받는 기독교가 한국에서 크게 환영받고 있는 게 나는 흥미롭다.

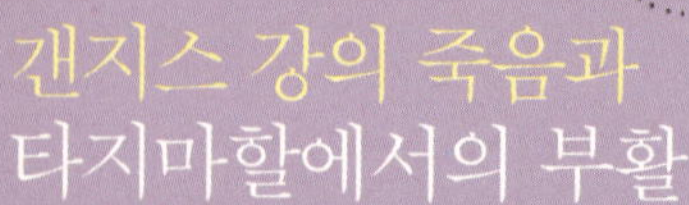

갠지스 강의 죽음과 타지마할에서의 부활

불교 성지 부다가야를 떠난 나는 힌두교의 성지이자 세계에서 현존하는 제일 오래된 빛의 도시 바라나시로 향했다. 원래 자정에 도착할 예정이었지만, 역시 인도답게 새벽 3시 반이 되어서야 기차가 겨우 도착했다. 나는 깨워줄 사람이 없어 졸린 것을 참고 눈을 부릅뜨고 있느라 죽는 줄 알았다. 릭샤를 타고 시내로 들어갔을 때가 새벽 4시쯤이었는데 그때가 강가의 일출을 즐기기 가장 좋은 시간이라고 해서 호스텔에 짐을 내려놓은 뒤 곧장 강으로 달려가 조그마한 카누를 타고 강으로 나갔다. 아직도 사방은 어두웠고 졸음이 쏟아졌다. 그러다 깜박 잠이 들었는데, 만약 뱃사공 아저씨가 소리를 지르지 않았더라면 갠지스 강에 빠져 피부병에 걸릴 뻔했다. 내가 계속 졸자 사공 아저씨는 나에게 노를 저으라고 했다.

갠지스 강은 힌두교의 제일 성스러운 강이지만 공장의 화학물, 농장의 농약, 또 사람들의 오물 때문에 세계에서 제일 더러운 강 중의 하나이기도 하다. 갠지스 강은 극락과 중생이 사는 세상, 그리고 저승을 잇는 유일한 강이면서 여신이기도 한데, 힌두교 고대 경전에 의하면 갠지스의 여신은 흰 얼굴에 하얀 옷을 입고 보석으로 몸을 장식했다. 하지만 강을 통해 보는 그녀의 몸은 찝찝한 흑색에다 보석이 아닌 일반 목욕수 기준의 1백 배나 되는 오염물질이 휘감고 있었다. 그래서 세계야생동물기금협회WWF는 갠지스 강을 세계의 심각한 위기에 처한 10대 강 중 하나로 꼽았고, 국제부흥개발은행World Bank에서는 갠지스 강 정화를 위해 인도에 10억 달러를 빌려줬다고 한다. 그럼에도 불구하고 이 강물에 목욕을 하면 죄를 용서받고 해탈한다고 믿는 힌두교 신자들은 새벽부터 나와 열심히 몸과 옷을 씻는다.

어쨌든 노를 저으면서 점점 잠이 깨기 시작했는데, 문득 화장터가 눈에 들어왔다. 기독교와 유대교는 천국에 갈 때 몸이 필요해서 땅에 매장을 하지만 힌두교나 불교는 영혼은 벌써 몸을 떠났고 다른 몸으로 돌아온다고 믿기 때문에 화장해버린다고 뱃사공 아저씨가 설명해주었다. 나는 화장터에 다가갈 수 있을 만큼 가까이 갔다. 반 이상 탄 시신 두 구가 놓여 있었다. 나는 사람 몸은 금방 타 없어지는 줄 알았는데, 사공 아저씨의 말에 의하면 몸이 완전히 타는 데는 세 시간 이상이 걸린다고 한다. 나 역시 죽으면 자유롭게 날아다니는 분자가 되고 싶은 마음에 화장을 하고 싶은 마음도 있었다. 그런데 세 시간 이상 타야 한다고 하니, 그냥 땅에 시원하게 묻히는 것도 괜찮을 것 같았다. 아니면 좀 지저분해지겠지만 티베트인들의 천지 장례처럼 독수리들이나 새들에게 마지막 자비의 행위로 육신을 내어주는 것도 썩 나쁘지 않을 것 같다.

검은 연기와 함께 한 사람의 육체가 점점 재와 연기로 변하는 것을 처음 보면서 놀라기도 했지만 마치 삶의 모래시계를 구경하는 느낌이 들었다. 우리는 모래알이 얼마나 있는지 모른다. 모래시계의 모래가 다 떨어지고 나면 뒤집어서 시간을 지속시킬 수도 있고, 모래시계가 깨진다면 시공간을 초월한 무한하고 영원한 존재가 될 수도 있고, 그냥 썰렁하게 끝일 수도 있다. 이 중 어떤 것인지 알 수 없지만 중요

한 것은 모래 한 알 한 알이 아깝지 않게 살아가야 하는 것 아닐까. 비록 결국 생이 끝난다는 게 아쉽기는 하지만, 《반지의 제왕》의 작가 톨킨도 "인간의 죽음은 비로소 자유로워지는, 엘프들이 부러워하는 신의 축복"이라고 하지 않았는가?

다시 타고 있는 시신을 바라보았다. 장작더미 위에는 가려진 시신이 두 구가 타고 있었는데, 남자 시신 주위에는 사람들이 많았지만 여자 시신 주위에는 아무도 없었다. 그것을 보며 나는 혼자 죽는 것이 두려워졌다. 지난 여름, 할머니 장례식에 참석하지 못한 것이 죄스럽게 느껴졌다. 할머니는 뇌졸증으로 몇 년 동안 병상에 계시다가 갑자기 돌아가셨는데, 그때 나는 친구들과 미국 북서부로 캠핑을 갔었다. 서둘러 한국으로 돌아가긴 했지만, 이미 장례식까지 다 끝난 뒤였다. 할머니의 장례식에도 가지 못한 내가 다른 사람들이 나의

장례식에 오기를 바랄 수 있을까? 이런 게 어쩌면 유학 생활의 아픔인지도 모르겠다.

아침에 강가를 돌고 오니 피곤이 쏟아졌다. 한숨 자고 일어나서야 겨우 정신이 들었다. 그래서 타블라와 요가를 배우러 갔다. 타블라의 박자는 정말 오묘했고 두 개의 다른 북을 손가락, 엄지, 손바닥 등 손 모든 부분을 사용해서 북을 두드리고, 때리고, 미는 재미가 있었다. 선생님이 연주하는 것을 들으니 내가 제일 좋아하는 베이스 기타 연주자 중 한 명인 빅터 우튼의 펑키한 비트를 타블라 연주에서 가져온 게 아닐까 생각될 정도였다. 그는 베이스에 타블라 리듬을 적용시킨 천재였다. 그의 연주는 동서양의 멋있는 만남이었다. 요즘 클래식, 팝, 재즈 등을 막론하고 원시적인 힘이 느껴지는 타악기 리듬을 선호하고 있기 때문에 타블라도 점점 인기가 높아지지 않을까? 우리나라의 사물놀이도 세계적인 가수 샤키라와 첼리스트 요요마 등과 협연한 적이 있으니까 더욱 발전시켜 태권도처럼 세계에 널리 문화적으로 알려졌으면 좋겠다.

요가 레슨 때는 '웃는 요가'를 배웠다. 생소한 요가였는데, 앉아서 팔로 닭처럼 파닥거리며 춤을 추다가 선생님이 웃으면 따라서 열심히 웃는 것이었다. 웃는 게 몸에 좋다지만 억지로 웃는 것이 익숙하지 않아서인지 좀 힘들었다. 그런데 선생님은 진짜 배꼽이 빠져라 웃었고, 그 모습에 나도 자연스럽게 따라 웃게 되었다. 선생님은 아기들은 하루에 4백 번 웃는데 어른들은 열일곱 번밖에 웃지 않는다고 했다. 그러면서 웃으면 더 행복해지고 오래 살게 되니, 일석이조라고 말해주었다. 그 후에 스트레칭을 했다. 돌처럼 뻣뻣한 내 동작은 선생님과 전혀 닮은 것 같지 않았다. 선생님은 자연스러운 것이 제일 중요한 것이라고 말하며 억지로 잘하기 위해 스트레스를 받을 필요가 없다고 했다. 레슨은 마지막 숨쉬기 연습으로 끝났다. 여담이지만, 타이트한 옷을 입은 아름다운 여자들을 보고 싶다면 요가를 하러 가는 게 제일인 거 같다.

바라나시에서의 이틀은 금방 지나갔다. 그 다음 날 나는 운 좋게 기차표를 구해 타지마할이 있는 아그라에 갈 수 있었다. 아그라에 도착해서는 아침을 먹은 후 탐험 삼아 시내에 조깅하러 나갔다. 그러다가 강 앞에서 공짜로 타지마할을 구경할 수 있는 장소를 발견했다. 그런데 그 명당은 벌써 캐나다에서 온 어떤 형이 앉아 있었다. 그 형은 5년 동안 아시아에 있었다고 했다. 원래는 나처럼 고등학교와 대학 사이 1년만 갭 이어를 하려고 1년 정도 일본에서 영어를 가르치려고 했던 것이 어느새 5년이나 됐다고 한다. 대학 학위 없이도 상하이에서 영어를 가르치며 시간당 20달러 넘게 벌 수 있으니, 중국이나 인도에서 사는 데는 충분하다고 했다. 이제 중국어도 잘하고 중국인 여자 친구도 생겨서 좋긴 하지만, 올 8월에는 스페인에 있는 대학에 들어가서 공부를 계속할 예정이라 했다. 그 형은 타지마할과 아그라의 다른 보석들을 제대로 보려면 3일은 필요하다고 했지만, 이미 어린애들부터 할아버지들에게까지 끝도 없는 구걸과 환전 사기를 당한 적이 있는 나로서는 인도가 당장 떠나고 싶을 만큼 지긋지긋한 곳이기도 했다.

그 자리를 떠나 아그라 성을 보고 돌아온 뒤 나는 샤워를 하고 타지마할과의 데이트를 준비했다. 타지마할은 하얀 대리석으로 옷을 입고 있었다. 나는 검은 색의 깨끗한 칼라 있는 셔츠를 꺼내 입었다. 그렇게 만난 그녀, 타지마할은 그동안 만났던 건축물 중 가장 가슴을 뛰게 했다.

죽음 없이는 탄생도 없는 법. 우리 지구의 생명체가 탄생하는 데 필요한 만큼 충분한 화학 성분을 만들기 위해서 3세대에 걸쳐 별들이 죽어야 한단다. 세상에서 제일 사랑스러운 이 건축물도 죽음 때문에 태

어났다. 1631년 무갈 제국의 황제 샤자한은 자기가 사랑했던 세 번째 아내가 열네 번째 아이를 낳다가 숨을 거두자 그녀를 위해 세계에서 제일 아름다운 무덤을 짓기로 결심했다. 일꾼 2만 명, 코끼리 1천 마리를 동원해서 22년 동안 무덤을 지었다. 이슬람 세계 곳곳에서 온 40종의 보석도 이 무덤에 사용됐다. 바그다드, 터키, 스리랑카, 인도 전국에서 최고의 예술가와 건축가들이 동원됐는데, 잔인하게도 샤자한은 이 무덤이 완성된 뒤 건축을 감독한 이를 감옥에 가뒀다고 한다. 다시는 타지마할 같은 아름다운 건물을 못 짓게 하려고 말이다.

인도 시인 타고르는 타지마할을 "영원의 얼굴 위의 눈물"이라고 했는데, 여러 면에서 적절한 표현 같다. 영국 시인 키플링은 타지마할을 "모든 순수한 것의 전형"이라고 했고, 샤자한 자신도 "이곳에 들어오면 모든 죄가 씻겨 나간다"고 했을 만큼 웅장하고 깨끗한 아름다움을 자랑한다. 하지만 현재의 타지마할은 그런 말들이 무색할 정도다. 아그라 공업단지와 차들의 매연, 산성비 때문에 타지마할은 누렇게 변했고, 아름답던 문양들도 지워지고 있었다. 그래도 다행히 1994년 인도 정부가 타지마할로부터 반경 5백 미터 이내로는 차량 통행과 공업단지의 입주를 제한하면서 조금씩 나아지고 있으니 그마나 다행이라고 해야 할까. 다음에 내가 사랑하는 사람과 다시 올 때까지 이 사랑스런 여인이 순수한 모습을 간직하고 있기를 바란다.

망명자들의 안식처,
다람살라

티베트의 망명 수도이자 달라이라마가 살고 있는 다람살라는 타지마할이 있는 아그라에서 일곱 시간짜리 기차를 두 번 타고 다시 버스를 세 시간이나 타고 가야만 하는 먼 거리였다. 하지만 그런 고생을 할 만큼 보람이 있는 곳이었다. 다람살라는 중국 공산당에 억압당하는 티베트와 달리 종교와 문화의 자유가 허용되어 있어서 오히려 티베트 문화를 만끽하기에 더 좋은 곳이라고 한다. 밤 10시가 넘어서야 도착한 나는 배가 고파 뗌뚝(수제비 같은 티베트식 국수)을 먹었다.

밤새 푹 잠을 자고 난 뒤 상쾌한 기분으로 조깅을 나갔다. 도시의 첫 인상은 좀 실망스러웠다. 시선을 끄는 것이 별로 없었다. 미국의 저명한 건축가 프랭크 로이드 라이트의 사무실에 걸려 있는 티베트 수도 라싸의 포탈라 궁 같은 전통 티베트식의 건축들을 보고 싶었다. 하지만 한편으론 나의 기대가 상하이 임시정부에서 경복궁을 찾는 비논리적인 것이기도 했다. 다람살라의 아름다움은 외적인 것이 아니라 내적인 것이었고, 이곳은 정신없는 인도와 대조되는 산 속의 영적 안식처였다. 어쩌면 포탈라 궁 같은 호화스런 건축이 없는 것이 수양을 하기엔 더 좋을지도 모르겠다는 생각도 들었다.

상쾌한 바람에 날리는 다채로운 기도용 깃발prayer flags이 눈을 즐겁게 했다. 신전 옆에 있는 기도 바퀴prayer wheel을 돌리는 것도 재미있었는데, 이 두 가지는 불교가 들어오기 전 티베트의 토속 종교에서 유래된 것이라고 한다. 기도 깃발은 하늘을 정화하고 신들을 누그러뜨리는 역할을 하는데, 기도를 하늘로 가지고 올라가는 풍마windhorse가 그

려져 있다. 연속되는 빨강, 초록, 노랑, 파랑과 백색의 기는 각각 티베트의 5원소인 불, 나무, 흙, 물과 철을 상징하는데, 바람이 불 때마다 저절로 기도를 암송하는 것이라고 믿고 있다고 한다. 그 말을 들으니 바람마저도 신성하게 느껴졌다. 기도 바퀴 안에는 1.5킬로미터가 넘는 기도문이 들어 있다고 하는데, 한 번 돌릴 때마다 기도가 한 번 '암송'된다고 한다. 20세기 초까지만 해도 기계라는 게 없었던 티베트에는 이 기도 바퀴가 도시에 있는 유일한 바퀴였다. 삶은 옛 모습을 고수하면서도 신앙에 있어서는 일찌감치 최고 기술을 받아들였다는 점이 재미있었다.

이런 이야기들이 흥미로워서, 처음에는 기도 깃발이 신기해 몇 개 사기도 했다. 그러다 나중에는 아예 장사를 하기로 마음먹고 1백 개쯤 사서 서울의 집에 부쳤다. 그리곤 이곳에 있는 NGO와 상점 등을 돌아다니면서 내 아이디어를 나눴는데, 이 깃발을 미국이나 유럽에 팔면서 티베트 사람들을 경제적으로 도와주고 싶다고 숭고한 척하며 얘기했던 것이다.

그래서 티베트 망명 정부도 방문하게 되었다. 망명 정부는 시내에서 약 2킬로미터 떨어져 있었는데, 내가 가본 정부 기관 중에 가장 간편한 경호 체계를 갖고 있었다. 국회 도서관과 회의실을 지나면서도 검문 같은 것은 없었는데, 어쩌면 그 와중에 티베트 대통령과 스쳐 지나갔을지도 모를 일이다. 청사에 들어가서 직원과 얘길 했는데, 그는 미국에서 MBA를 마치고 시티그룹에서 일했다 한다. 그러다가 돈은 못 벌더라도 티베트 정부를 위해 일하고 싶어서 돌아왔다고 했다. 그는 내게 인도의 밀크티 차이를 주면서 기도 깃발을 파는 웹사이트 몇 개를 보여주었다. 이미 판매 시장이 형성되어 있다니, 간단한 시장 조사도 없이 청사부터 달려온 내가 조금 어처구니없이 느껴지기도 했다. 웹사이트에서는 40센트짜리 깃발을 15달러에 팔고 있었다.

이 기도 깃발은 세계 곳곳으로 팔려나가거나 선물로 사는 사람들로 인해 이미 다 동이 난 상태였다. 나는 티베트 공예, 또 이스라엘과 케냐에서 샀던 민족 미술품들을 미국과 유럽에서 꽤 많이 팔았다. 학기 중 인터넷을 통해 미국 곳곳에 팔았고, 여름에 유럽에 갔을 때도 내가 갔던 지역의 음악 축제에서도 꽤 팔았다. 바르셀로나에서는 아시아의 이색적인 물품들을 파는 상점에 바로 팔기도 했다. 축제가 있을 때는 새벽까지 핫도그를 파는 친구 옆에서 일을 하며 장사를 했는데, 열다

섯 개밖에 팔지 못했다. 하지만 깃발 하나에 3유로씩 받아 원가의 열 배 이상 이익을 올렸다는 점이 뿌듯했고, 깃발 장사를 하며 사람들과 대화하는 기회가 생긴 것도 즐거웠다.

나는 티베트의 아름다운 전통 불교 그림인 탕카thangka와 3D 명상 지도인 만다라mandala도 구입해서 팔고 싶었지만, 이 두 가지가 어떻게 만들어지는지 알고 나서는 포기했다. 티베트 미술은 개인의 해석이나 표현이 아니라 구도 행위였다. 그래서 화가가 누구인지는 중요하지 않고 색깔도 전통과 상징성을 고려해서 엄격하게 규정돼 있다. 나는 서양처럼 개인의 영광을 위해서가 아닌 종교성을 나타내는 그림이 이렇게 아름답다는 것이 신기했다. 이렇게 성스런 신앙의 표현인 예술품을 상품 취급하듯 막 판다는 게 좀 부끄러운 일 같았다.

이런 예술품들은 다람살라에서는 티베트의 문화와 언어 보존을 위해 노력하는 단체인 노블링카Norbulinka 협회에 가면 많이 볼 수 있다. 다람살라의 기념품점들과는 비교도 안될 만큼 비싼 값이긴 하지만, 진품이자 고급인 티베트산 공예품들을 팔고 있다. 나는 티베트 정도의 문화적 파워라면 좀 더 비싼 값에 팔 수 있을 텐데 과연 서양의 부유층을 겨냥해서 적절한 마케팅을 하고 있는지가 궁금했다.

이곳에서 한국에서 2년 동안 살아서 한국말을 유창하게 잘하는 스님을 만나기도 했다. 그 스님을 통해 티베트 종교 탄압의 현실에 대해 들을 수 있었는데, 그 스님 역시 중국의 핍박을 피하고 불교를 공부하기 위해 열여덟 살 때 티베트를 탈출했다고 한다. 불교는 중국 정부가 공식적으로 공인한 다섯 개 종교들 중 하나이지만, 티베트 불교는 예외다. 이들은 자기의 전통 종교를 자기의 땅에서 자유롭게 믿으며 공부할 수 없다. 그래서 이 스님은 야크 고기 말린 것과 티베트 빵만을 들고 히말라야 산맥을 넘었다. 종교의 자유를 위한, 목숨을 건 행군이었다. 그리하여 결국 3주 만에 다람살라에 도착했다고 한다. 중국 국경수비대를 피한다 해도 히말라야의 험준한 산에는 굶주림과 동상과 예측 불가능한 산사태 등 죽음의 위협이 도사리고 있다. 그럼에도 불구하고 매년 3천 명이 넘는 티베트인들이 히말라야 산맥을 넘는다고 한다.

인도에 있을 때는 인도 현지인과 제대로 만나지 못했는데 이곳에서는 현지인을 많이 만날 수 있었다. 하루는 저녁 때 길거리에서 우연히 같이 명상 코스를 했던 티베트 형 타시(그의 이름은 흔한 티베트 이름인데 '행운'이라는 뜻이라고 한다)를 만났다. 우리는 같이 〈슬럼독 밀리어네어〉를 보러 갔다. 형은 조용히 관광을 하고 싶어 사람들이 많지 않은 겨울에 왔다고 하면서, 이맘때쯤이면 눈이 와야 한다며 걱정했다. 겨울에 눈이 적으면 여름에 물이 부족해 다람살라로 모인 노숙자들이 거리에서 죽는 일들이 많다는 것이다. 신문을 보니 유럽에는 사상 최대의 기록을 깨는 엄청난 폭설이 쏟아졌다고 한다. 심각한 기후 변화가 온몸으로 느껴졌다.

어느 날인가는 아침 조깅을 끝내고 호스텔에 돌아가는 길에 한 티베트 아저씨가 나를 불러 세웠다. 어제도 내가 뛰는 것을 보았다며 자신은 새벽 기도에서 돌아오는 길이라고 했다. 나는 그와 함께 아침을 하기로 하고, 근처 식당으로 갔다. 그는 고등학교도 졸업하지 못했지만 독학으로 유창하고 지적인 영어를 구사할 줄 알았다. 그는 티베트 주식인 야크버터 차 대신 홍차와 간단한 빵을 먹었는데, 현재 종교적으로 보름달이라서 채식을 하고 있다고 했다. 보름달이 무슨 상관이냐고 물어보니, 티베트인들은 모든 에너지와 카르마karma가 보름달이 뜨면 두 배가 된다고 믿는다고 한다. 그래서 보름달이 뜨는 날엔 동물을 죽이는 것을 피한다고 했다. 덧붙여 요즘은 티베트인들과 인도인들이 결혼하는 경우가 많지만 자신은 순수한 티베트인이라고도 강조했다. 여기서는 사람뿐 아니라 동물들도 자주 보곤 하는데, 원숭이가 많았다. 전설에 따르면, 티베트인은 원숭이와 나찰녀(요괴) 사이에 태어난 자식의 후손이라고 하니, 이곳에서 카르마를 쌓는 가장 빠른 방법은 원숭이와 친해지는 게 아닐까. 바라나시에서는 집이나 거리마다 소들 천지였는데, 이곳은 원숭이 천지여서인지 도시가 활기차 보이고, 여행길이 외롭지 않게 느껴졌다.

티베트인 하면 흔히 세계적으로 존경을 받는 달라이라마를 가장 먼저 떠올릴 것이다. 운 좋게도 나는 이곳에 와서 달라이라마를 본 적이 있었다. 하루는 같은 호스텔에 있던 한국인 형, 누나들과 함께 신전에 갔다. 신전으로 가던 중 우리는 신전 옆에 사는 한국인 요가 선생님으로부터 달라이라마가 두 시간

안에 신전을 나와 자신의 집 앞을 지나간다며 알려주었다. 우리는 그곳에서 기다렸다. 아니나 다를까, 한 시간이 지나자 신전의 문이 열렸고 검은색 지프차들이 행렬을 지어 나갔다. 나는 기다리는 내내 달라이라마를 만나면 하고픈 말을 준비했지만, 달라이라마는 차에서 나오지 않았다. 애써 준비한 말을 할 기회도 사라졌다. 나는 첫 차에서 웃으면서 손을 흔들어준 사람이 달라이라마인지도 몰라서 사진도 찍지 못했다. 그런데 옆에 있던 티베트 여인은 단 1초라도 그를 본 것이 감동이라고 말했다. 티베트인들은 달라이라마가 인간의 모습을 한 자비의 보살이라 믿는다고 하니 1초를 보기 위해 한 시간을 기다릴 만큼의 가치가 있는 것 같았다.

티베트는 점점 고유문화를 잃어가고 있고, 다람살라에서 티베트 종교와 문화를 지켜나가려고 노력하고 있지만 장래는 불투명하다. 티베트에서 두 번째로 높은 라마인 통찰력의 보살 '판첸라마'는 1995년 여섯 살의 어린나이에 달라이라마의 지명을 받았는데, 그 사실이 알려지자마자 중국 정부가 비밀리에 보호한다는 명목 아래 감금하고 있어 지금은 그가 어디에 있는지 아무도 모른다. 중국은 다른 판첸라마를 지명했지만, 티베트인들은 중국의 판첸라마를 인정하지 않고 있다. 2007년에는 중국 정부가 새 달라이라마도 중국 정부의 인정을 받아야 된다고 강력하게 요구하고 있기 때문에 달라이라마는 자신이 마지막 달라이라마가 될 수도 있고 다시 환생한다고 해도 중국 땅 내에서 환생하지 않는다고 말한 바 있다. 현재 달라이라마의 나이는 일흔

다섯이다. 정치적으로만 불안한 것이 아니라 종교적으로도 실존적 위기에 닥칠 것 같다. 이러한 상황에도 불구하고 항상 웃음을 잃지 않는 그의 얼굴에 사람들은 희망을 가지는 것도 같지만, 티베트인들의 미래는 아직도 어둡기만 하다.

다람살라의 티베트 박물관에서는 조국을 빼앗긴 티베트인들의 슬픔을 더 실감나게 느낄 수 있었다. 인상적인 통계가 있었는데, 전 세계 6백만 명의 티베트인 중 120만 명의 티베트 사람들이 중국 정부에 의해 죽임을 당했다는 사실이다. 전시실에서 보았던 티베트인 포로의 피에 젖은 셔츠와 라싸 시내에서 중국 경찰에게 구타당하는 티베트 젊은이들을 담은 동영상은 실로 충격이었다. 나는 방명록에 이렇게 적었다. "티베트인들이 세계에 보여줬던 동정심이 그들의 삶에도 보여지고, 평화가 티베트 고지와 한반도에 가득하기를."

이처럼 불투명한 미래를 가진 '세계의 지붕'에 독립을 가지고 오르는 것은 거대한 산을 오르는 것만큼 힘들다는 것을 알고 있다. 노블링카 협회의 인형 박물관에는 9세기에 티베트가 당나라의 수도인 장안을 정복했었다는 기록이 있었는데, 당시 세계에서 제일 강대했던 당나라가 정복당했다는 주장이 좀 믿음직스럽지 않았지만 한때 티베트에도 영적인 힘 이상으로 군사적 힘이 강했던 때가 있었나 보다, 하고 추측할 뿐이다.

하지만 티베트가 영적인 힘을 가꾸는 데 몰두하는 동안 중국은 물질적으로 강해졌다. 서로의 강점을 나눠 가지면서 공존하면 좋겠지만, 지금은 중국이라는 새로운 제국의 시대이고 그 제국은 정복의 야욕을 발산하고 있다. 정치적으로 티베트는 매우 곤경에 처해 있다. 이 땅의 고뇌를 아는 나만 해도 만일 내가 좋아하는 중국에 갈 수 없게 된다면 티베트를 공식적으로 지원하는 걸 고민스러할 것이다. 그러니 정치 지도자들에게는 이런 부담이 오죽할까.

Hotel Friends Corner

종교적 상처를 넘어 관용의 광장으로

그 다음 여행의 목적지는 시크교의 성지 암리차르였다. 다람살라에서 암리차르로 가는 버스가 하루 한 번 새벽 5시에만 출발한다고 하니, 인도 사람들은 새벽형 인간인가 보다. 나는 제시간에 못 일어날까 봐 걱정했지만 다행히도 버스를 놓치지 않았다. 그 덕에 호주에서 온 데릭Derek과 키위(뉴질랜드)에서

온 스콧Scott을 버스에서 만났다. 둘 다 나보다 나이가 많은 형들이었는데, 데릭은 몇 년 전 티베트의 수도 라싸에 가본 적이 있다고 했다. 그때 만난 티베트 사람들은 중국의 점령을 그렇게 부정적으로 생각하지 않고 조화롭게 잘 살아가고 있다고 했다. 데릭은 다람살라에 있는 티베트 박물관이 오히려 자극적이며 한족과 티베트족의 관계를 왜곡시키는 면이 있다고도 말했다. 그런 의견을 들으니, 나는 라싸에 가서 데릭의 말을 확인해보고 싶은 마음도 들었다.

암리차르에 도착하여 제일 처음에 간 곳은 시크교의 성지인 황금사원이었다. 환대는 시크교의 중요한 덕목 중 하나로 종교나 카스트, 인종을 넘어 시크교들은 누구나 필요로 한다면 공짜로 침대와 음식을 제공한다. 사원의 식당은 24시간 내내 열려 있었고, 꽤 맛있는 차파티(난과 비슷한 빵), 밥과 다양한 카레 요리들이 하루에 4만 명에게 제공된다. 가이드북에서는 황금사원을 타지마할과 비교해놓았는데, 결코 과장이 아닐 만큼 멋졌다. 인상적인 금색 지붕의 주 사원은 마치 섬처럼 청금색의 맑은 물에 둘러싸여 있었고, 이 물은 다시 하얀 건물들로 둘러싸여 있었다. 줄서서 들어가는 주 사원 안에는 타블라와 가타와 비슷한 전통악기 시타, 그리고 건반의 합주가 매혹적으로 울려 퍼졌고, 시크교 경전을 낭독하는 소리가 가득했다. 정오와 밤 10시, 오전 5시 반에 갔을 때 항상 예배와 성가가 진행되고 있었는데, 24시간 365일 예배가 계속되는 것이 강렬한 인상을 주었다.

황금사원의 하얀 건물의 벽에는 여러 시크교 성인들과 지도자들의

그림이 붙어 있었는데, 머리가 없고 목에서 피를 흘리는 군복을 입은 전사가 인상적이었다. 그는 한손에는 칼을 들고 다른 손에는 피가 흐르는 자신의 머리를 들고 있었는데, 들은 바에 의하면 전쟁 중 싸우다가 그의 머리가 잘려 날라갔다고 한다. 하지만 암리차르에 돌아와서 제대로 된 장례식을 치르고 싶었던 그는 머리를 집어 들어 보여주며 단호하게 계속 싸웠다. 이런 강인함 때문에 시크교도들은 힌두교들에게 무식한 촌놈 취급을 받기도 한다. 하지만 아이비리그에 터번을 두른 시크교도들이 넘쳐나는 것을 보면 모두 그런 건 아닐 것이다.

사원 안에는 30명 정도의 외국인이 있었는데, 여기서 다양한 사람들을 만났다. 나처럼 고등학교를 졸업하고 갭 이어로 인도의 여러 전통 악기를 배우러 온 멕시코인 알란Alan과 덱스터Dextor도 있었고, 호주에서 온 데미안Damian은 말레이시아에서 시작해서 자전거를 타고 동남아시아, 인도와 중동을 거쳐 유럽으로 가고 있다고 했다. 데미안은 나보다 나이가 많았는데, 원래 엔지니어였다고 했다. 직업이 맘에 들지 않아서 일을 그만두고 여행한 지 1년 반이 넘었다고 했다. 유럽 끝에 도착하면 비행기를 타고 대서양을 건너 자전거로 북미를 횡단할 계획이라고 했고, 아마 2년쯤 더 여행할 것 같다고 했다. 그 역시 나처럼 비파사나 명상 졸업생이었는데, 명상 중 집에 돌아가게 된다면 고등학교 선생님이 되고 싶다는 것을 깨달았다고 한다. 그는 네 번 명상 코스를 했다고 하는데, 그래서인지 느긋하고 온유한 비파사나 향이 많이 풍겼다. 미래에 그에게서 배울 학생들은 왠지 행복할 것 같은 느낌이 들었다.

장시간 기차와 버스를 타는 것에 지치고 운동을 좋아하는 나는 데미안처럼 델리까지 자전거를 타고 가고 싶었지만, 시간상 기차를 타야 했다. 이렇게 기차를 타고 보니 기차가 여행 수단 중 제일 이상적인 형태라고 한 스위스 출신의 작가 알랭 드 보통의 찬사가 떠올랐다. 그는 여행을 생각의 산파라고 했는데, 움직이는 비행기나 배, 기차만큼 내적 대화에 도움을 주는 장소도 드물다고 했다. 또한 큰 생각은 큰 풍경을 필요로 하는 것처럼, 새 생각은 새 풍경을 필요로 하고, 풍경의 흐름은 생각의 흐름을 도와준다고도 했다. 우리의 마음은 어떤 기억, 동경, 자기 성찰, 또 독창적인 생각을 두려워하고 비개인적, 행정적, 실용적인 상태로 되돌아가려고 하는 성향이 있는데, 창문 밖 경치는 이런 성향에서 마음을 자유롭게 해준다는 것이다. 그중에서도 기차가 최고라고 했는데, 기차는 차나 비행기의 풍경처럼 단조롭지도 않고 가슴을 답답하게 만들 만큼 느리지도 않으며 물체를 식별 못 할 정도로 빠르지도 않기 때문이다.

데미안은 장거리 여행이라 돈을 아끼기 위해 시크교 사원과 불교 사원에 자주 묵었다면서, 상대적으로 교회와 수도원들이 나그네를 잘 재워주지 않았다고 말했다. 이상했다. 예수님은 약하고 가난한 자들을 위해왔다고 했는데 제일 돈이 많은 종교인 세계의 교회들과 로마 바티칸에서는 왜 시크교 성전처럼 필요한 사람들에게 음식과 숙소를 제공하지 않을까? 그래도 내가 콜카타에서 일한 테레사 수녀의 사랑의선교수녀회도 가톨릭 단체이고 보스턴에서 만난 적 있는 한비야 씨가 일하는 월드비전도 기독교 단체이니, 한 단면만 보고 일방적으로 비판할 일은 아닌 것 같다.

오후에는 친구들 몇 명이랑 택시를 타고 파키스탄과 인도 국경 지역으로 가서 군인들의 행진 의식을 보았다. 두 나라 군인들은 다 농구 선수들만큼 키가 컸다. 진짜 거인들만 뽑았나, 아니면 몇십 센티미터 되는 굽이 높은 군화를 신고 있나 의심스러울 정도였다. 걷는 것도 팔과 다리를 90도로 크게 저으면서 서로 더 폼 나게 행진하려고 했다. 관광객들에겐 이런 허세가 가미된 쇼가 재미있기만 했다. 파키스탄과 인도 군중들은 한일 축구경기를 응원하듯 열심히 소리 지르며 자기네 군인들을 응원했다. 심지어 내려와서 춤추는 여자들도 있었다. 이게 건전한 광경인지는 모르겠지만, 한반도 휴전선 일대의 살벌한 상황보

다는 이런 유머가 나쁘진 않을 것 같았다.

밤에 더 화려한 금빛을 자랑하는 사원으로 돌아온 나와 데미안은 사원에 마지막으로 작별 방문을 했다. 사원을 걷다가 우리는 나이 많은 시크교도 한 사람을 만났는데, 그는 우리에게 시크교의 중심 교리들을 설명해주었다. 터번, 긴 수염(시크교도들은 성스러움을 상징하는 머리와 수염을 깍지 않는다)과 항상 칼을 차고 다니는 중후하고 군국적인 모습과 대조적으로, 실생활에서는 평화주의적이고 포괄적인 종교라고 설명했다. 사원 사방에 입구가 있는 것은 종교, 계급, 출신에 상관없이 모든 사람들을 받아들인다는 의미라고 했다. 시크교는 힌두교의 카스트제도와 브라만 계급의 종교 의식 독점에 대한 반발로 15세기에 창시된 종교인데, 개신교처럼 의식보다 신앙을 중요시하는 종교라고 했다. 시크교는 이슬람교와 힌두교의 가장 좋은 부분을 융합해서 생겼는데, 평등이 유행하기 전에 평등을 선포했다. 창시자 구루 나나크는 "정직한 삶을 살고 소득을 다른 이들과 나누는 사람은 신에게로 가는 방법을 아는 것이다"라고 말했다. 펀자브 지역을 중심으로 퍼진 시크교는 경전도 펀자브어로 기록되어 있으며, 펀자브 주의 인구 90퍼센트 이상이 시크교도라고 한다.

제일 놀라웠던 사실은 예전엔 미처 들어보지 못했던 이 종교가 세계에서 다섯 손가락 안에 드는 큰 종교라는 것이었다. 시크교는 상처가 많은 종교인데도 불구하고 외부인에게 매우 우호적이다. 최근 1984년에는 시크교 분리주의자들과 인도 군대의 유혈사태 때문에 신성한 황

금사원이 훼손당하기도 했다. 신앙은 애국심보다 더 강할 수 있는 법. 이 사건으로 인도의 총리였던 인디라 간디는 시크교 경호원 두 명에게 암살되었고, 이 암살은 힌두교도들의 시크교도들에 대한 폭동으로 이어져 몇천 명의 시크교도들이 잔인하게 죽임을 당하기도 했다.

이런 비극적인 역사를 가지고 있는 시크교도들이 사랑과 자비로 얼마 전까지만 해도 적들이었던 사람들을 포함해 방문자들을 돌봐줄 수 있다는 것이 대단했다. 시크교도들은 인도 전체 인구의 2퍼센트도 안 되는 소수이지만, 펀자브는 인도에서 제일 부유한 주여서 국내외로 많은 힘을 행사하고 있다. 현재 인도의 총리 만모한 싱도 시크교도이다.

다음 날 아침, 나는 비행기를 타러 델리로 내려갔고 기차 안에서 인도에서 제일 맛있었던 음식을 먹었다. 내 옆에 앉아 계신 시크교도인 아저씨의 이름도 만모한 싱과 같은 '싱Singh'이었는데, '사자'라는 뜻의 이 이름은 시크교도들이 제일 좋아하는 이름이라고 알려주었다. 그는 나에게 도시락으로 싸 온 난과 카레를 나눠 주었다. 카레를 제법 먹었던 터라 거절하고 싶었지만, 그의 아내가 직접 만든 음식이라고 해서 할 수 없이 먹었다. 그런데 의외로 맛이 있는 게 아닌가. 이렇게 정성과 사랑이 들어간 음식을 먹고 나그네를 환대해준 사람을 만나고 나니, 그제야 내가 인도에서 더 많은 현지인들을 만나지 못한 것이 아쉬웠다. 다음에 기회가 된다면 유명한 건축물만 보지 말고 그곳 사람들을 더 많이 만나야겠다는 생각이 들었다.

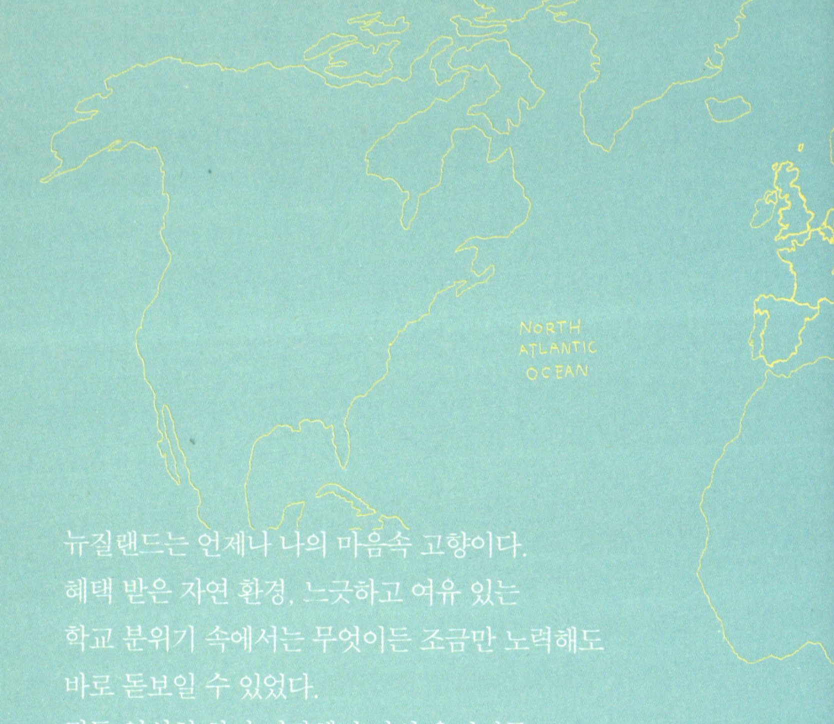

뉴질랜드는 언제나 나의 마음속 고향이다.
혜택 받은 자연 환경, 느긋하고 여유 있는
학교 분위기 속에서는 무엇이든 조금만 노력해도
바로 돋보일 수 있었다.
뭐든 열심히 하기 시작했던 나의 유년기를
지배한 그곳의 추억을 다시 느끼고 싶었다.

New zealand

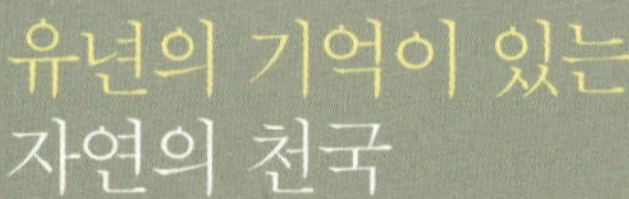

유년의 기억이 있는 자연의 천국

여행을 하다 보면 가장 많이 받는 질문 중 하나가 "Where are you from?"이다. 대부분 귀찮아서 그냥 한국에서 왔다고 하지만, 생각해보면 뉴질랜드와 뉴햄프셔 주(미국은 너무나 거대하고 다양하기 때문에 미국에서 왔다고 하기는 부담스럽다)에서 왔다고 말하는 것이 나의 성격과 사상, 그리고 정체성을 더 잘 나타내는 중요한 요소가 아닐까 한다.

엄마는 내가 뉴질랜드로 떠나기 전까지는 매사 별로 자신감도 없었고 내성적이었다고 한다. 진짜 그랬는지는 기억나지 않지만, 초등학교 때 친구들이 생일 파티에 왔는데도 혼자 문을 잠근 채 책을 읽었던 기억은 난다. 그렇다면 뉴질랜드는 나를 훨씬 더 적극적이고 모험적으로 변화시킨 곳이다. 뉴질랜드의 더 느긋하고 여유 있는 학교 환경에서는 조금만 노력해도 바로 돋보일 수 있기 때문에 나는 자신감을 갖게 되었고, 뭐든 열심히 하기 시작했다. 그런 면에서 뉴질랜드는 내가 새롭게 태어난 고마운 나라이기도 하다.

나는 10년 전 초등학교 4학년 때 한국을 떠나 뉴질랜드에 왔는데, 그때 어떻게 적응했는지 아무리 생각해도 신기하다. 영어를 알아듣지도 못하고 말하기는 더욱 불가능했을 텐데 말이다. 한국에서 영어 학원에 다녔지만 그냥 놀러 다니기만 해서 영어 실력은 바닥이나 마찬가지였다. 그래서 더욱 말이 필요 없는 운동과 친해졌는지도 모르겠다. 뉴질랜드에서는 친구들과 말이 통하지 않았기 때문에 운동을 하면서 친해지는 수밖에 없었다. 뉴질랜드는 나라 전체가 스포츠(특히 럭비)에 미친 나라이다. 잔디 공원도 흔해서 그곳에서 맘껏 뛰어 놀면서 스포츠에 대한 열정도 더 강해졌다. 축구, 농구, 테니스, 스쿼시, 럭비, 크리켓, 골프, 산악자전거, 스노보드, 프리스비, 수영 등 안 좋아하는 운동이 없을 정도로 운동을 즐겼고, 세계 여행 중에도 매일 10킬로미터씩 꼭 뛰었다. 고등학교 때는 학교 크로스컨트리 팀의 주장을 맡기도 했는데, 나의 삶의 중요한 일부가 된 달리기도 뉴질랜드에서 시작되었다. 건강에 좋고, 정신도 맑아지며, 생각하거나 음악을 들을 시간도 따로 낼 수 있고, 여행지를 구경하기에도 좋다. 또 먹고 마시는 것도 더 즐겁게 잘할 수 있게 도와준다.

나의 재즈에 대한 열정도 뉴질랜드에서 시작되었다. 아마 팝이나 락, 힙합을 들을 때 가사를 이해하지 못해서 받는 스트레스가 없어서 리듬이나 화성적으로 더 정교한 재즈에 맛을 들인 건지도 모르겠다. 내가 좋아했던 기타 선생님이 재즈를 전공했고, 공연도 자주 데려가주어서 자연스럽게 재즈 음악에 심취하게 되었다. 최근엔 대학에서 클래식 음악의 역사를 수업으로 들어서 아이팟에 클래식 음악이 차지하는 비중도 늘었지만, 그래도 자유를 사랑하는 나에게 재즈는 자유의 화신과 같은 음악이라고 할 수 있다.

또한, 뉴질랜드처럼 자연이 아름답고 잘 보존된 나라에 살지 않았더라면 내가 환경 쪽에 관심을 가지게 되었을까, 생각하기도 한다. 뉴질랜드는 비록 나라는 작지만 〈라스트 사무라이〉, 〈아바타〉, 〈반지의 제왕〉, 〈나니아 연대기〉 같은 영화를 촬영한 아름다운 땅이다. 1억 년 가까이 지형적으로 고립되어 있었고, 포유동물이 없었던 특이한 자연

환경 때문에 세계 어디서도 볼 수 없는 생물의 다양성을 보유하고 있다. 이 섬에서만 서식하는 토착 식물 2천 5백 종 중에서 80퍼센트가 다른 나라에서는 볼 수 없는 희귀식물이며, 245종의 조류 중 71퍼센트가 뉴질랜드에서만 사는 새들이다. 한마디로 뉴질랜드는 생태계의 보물창고다. 원래 85퍼센트 이상 숲으로 덮여 있던 땅이었는데, 13세기에 이주한 마오리 원주민들과 19세기에 들어온 백인들에 의해 개발된 이후 지금은 원래의 4분의 1밖에 남지 않았다. 하지만 다시 자연의 중요함을 깨닫고 환경보호에 앞장서고 있다.

뉴질랜드를 떠난 지 5년 만에 다시 뉴질랜드로 향하면서 나는 뉴질랜드가 어떻게 변해 있을지 궁금했다. 페이스북Facebook을 통해 소식을 알게 된 어릴 적 친구들을 그곳에서 만날 수 있었는데, 어릴 적 모습을 계속 간직하고 있었지만 어느새 우리의 삶이 많이 달라졌다는 것이 새삼스러웠다.

가능한 빨리 내가 살던 남섬의 크라이스트처치로 내려가고 싶었지만, 북섬 오클랜드에 친구 마크Marc의 집이 있어서 거기서 며칠 쉰 후에 차로 남섬에 가기로 했다. 마크도 나와 같은 해 졸업했고, 대학에 들어가기 전에 1년 동안 옛 고향인 코스타리카에서 봉사 활동을 한 뒤, 두 번째 고향인 뉴질랜드에서 일한 후 일본에 가서 일본어를 배우기 위해 갭 이어를 하는 중이었다. 마크는 국적이 좀 복잡했는데, 아버지는 코스타리카계 미국인이고 어머니는 뉴질랜드 사람이어서 마크는 국적이 세 개나 됐다. 마크는 코스타리카가 1949년 군대를 해제

시킨 세계에서 유일한 나라라고 말해주면서, 군비를 교육에 대신 투자하기 때문에 매년 국민의 행복지수 조사에서 가장 행복한 국가 중 하나로 뽑힌다고 자랑스러워했다. 대체로 남아메리카 국가들은 가난하지만 가족과 친구를 중요시하고 금융 자본보다 사회 자본에 더 많이 투자해서 행복지수가 높게 나온다. 멕시코나 콜롬비아만 봐도 몇 배 더 잘사는 미국보다 행복 지수가 높게 나온다.

마크의 집에서 보낸 며칠은 나에게 꼭 필요한 휴식이었다. 인도에서 마지막 열흘을 정신없이 여행한 탓에 나는 잠도 잘 자지 못했고, 먹는 것도 부실했다. 그의 집에서 따듯한 샤워를 하고 좋은 음식을 먹고 푹신푹신한 침대에서 잠을 자면서 얼마나 행복했는지 모른다. 도둑맞을 걱정도 없고 귀찮게 구걸하는 사람들도 없고 조깅을 할 때 공기는 더없이 상쾌하고 호수도 투명했다. 친구들과 소파에 앉아 맥주를 한 잔 마시며 대형 TV로 영화를 보는 것이 행복했던 적은 거의 처음인 것 같았다.

며칠 휴식을 취하고 난 뒤, 우리의 장거리 자동차 여행이 시작됐다. 우리는 북섬 북쪽 끝에서 남쪽으로 향했다. 가는 길에 지금도 잘 보존된 호빗 마을 '마타마타'를 지나 목적지 웰링턴으로 향했다. 북섬 최남단의 중심지였던 웰링턴은 〈반지의 제왕〉이 나온 뒤 도시 이름을 공식적으로 한 주 동안 '중간계'로 바꾸기도 했다. 뉴질랜드는 나라 전체가 〈반지의 제왕〉에 열광해서 뉴질랜드 항공은 비행기에 호빗을 그

weta
OPEN
CAVE

려넣기도 했고, 국회의원 한 명은 "반지의 제왕 장관"이 되기도 했다. 덕분에 관광 수입도 톡톡히 올렸다. 과도한 것 같기도 하지만 〈스타워즈〉가 모로코에서 찍었음에도 불구하고 그 사실이 잘 알려지지 않아 관광 특수의 기회를 놓쳤던 모로코의 사례를 본다면 뉴질랜드는 순발력이 돋보이는 나라이다.

웰링턴은 뉴질랜드 영화 산업의 메카라서 '웰리우드'라고 불리기도 한다. 우리는 이곳에서 '웨타 스튜디오Weta Studio'라고 하는 〈반지의 제왕〉과 〈나니아 연대기〉의 특수효과 촬영을 담당한 영화 스튜디오를 방문하기도 했다. 가이드북에 나오지 않은 곳인지라 아무도 모르는 보석을 찾은 양 자랑스러웠다. 유명한 영화 캐릭터들이 스케치와 모형의 형태로 진열돼 있었는데, 만족할 만한 캐릭터를 창조하기 위해 수많은 다른 모델을 만든다는 사실을 알 수 있었다. 〈나니아 연대기〉의 '백색 마녀'만 해도 소름끼치는 노처녀의 모습부터 섹시한 모습의 젊은 여성의 모습까지, 열 종이 넘는 모델들이 있었다.

여행은 환상적이었고 경치는 나를 사로잡았지만, 마크에게 정말 미안한 일이 있었다. 바로 내가 운전을 못한다는 사실이었다. 이틀 동안 열 시간 넘게 걸리는 운전을 마크 혼자서 해야 했다. 미국에서도 교외에 살게 되면 차가 꼭 필요하지만, 방학 때는 서울 시내에 살고 학기 중에는 학교가 필라델피아 안에 있어서 대중교통을 이용하거나 잠깐 친구의 차를 빌려 타면 되기 때문에 굳이 운전면허증이 필요가 없었다. 지구상에 환경은 물론 인간에게도 정신적으로 치명적인 해가 될 만큼 차가 충분히 많다는 생각에 면허에 대한 필요를 더욱 느끼지 못하고 있었다. 하지만, 이번만큼은 마크에게 너무나 미안했다.

우리는 웰링턴에 차를 주차해놓은 뒤 배를 타고 남섬으로 갔다. 남섬 북쪽 끝에 있는 아벨태즈먼 국립공원에 간 우리는 함께 캠핑하고 하이킹도 했다. 그런 후 마크는 오클랜드로 돌아가고 나는 남쪽으로 여행을 계속했다. 마크와 헤어진 후 5년 전에 하고 싶었지만 너무 어려서 하지 못했던 익스트림 스포츠를 다양하게 즐길 수 있었다.

내가 뉴질랜드에서 제일 많이 한 운동은 산악자전거였다. 뉴질랜드를 떠나기 전에 막 재미를 붙여서 엄마를 졸라 좋은 산악자전거를 한 대 샀지만, 갑자기 뉴질랜드를 떠나는 바람에 산을 타야 할 그 자전거로 슬프게도 지금은 서울의 시내를 달리고 있다. 거친 도로를 달려야 하는 미국 SUV의 90퍼센트가 포장도로를 떠나지 않는 것과 비슷한데, 나는 이런 쓸데없이 폼만 잡는 낭비가 싫다. 리프트를 타고 올라가는 스키와 달리 정상까지 열심히 페달을 돌려서 올라가야 하니 더 친환경적이고 운동 효과도 높다. 열심히 땀 흘려 올라간 것에 대한 보답으로 시원하게 내려올 수 있으니 그것도 신이 났다. 자전거를 타면서 숲의 구석구석을 다니다 보면 숨어 있는 장관들도 많이 볼 수 있었다. 멋있는 자연을 배경삼아 사진을 찍는 나만의 사진 프로젝트도 시작했다.

나는 뉴질랜드에서 처음으로 파도타기도 해보고 강에서 급류타기도 해보았다. 둘 다 재미있었지만, 추위를 쉽게 타는 나로서는 잠수복

을 입고도 추웠다. 아무래도 물은 나의 원소가 아닌 거 같았다. 나무타기도 해보고 실외 암벽타기도 해보았다. 실내에서 하는 것보다 훨씬 더 재미있었다. 마리오 카트와 비슷한 루지luge도 타보고 큰 공 안에 들어가서 언덕을 굴러서 내려오는 저브zorb도 해보았다.

하지만 익스트림 스포츠의 왕은 역시 스카이다이빙이다. 나는 마카오에서 세계에서 제일 큰 번지점프를 해본 적이 있어 별로 안 무서울 줄 알았지만, 비행기에서 뛰어내리는 것은 또 달랐다. 나와 같이 뛰어내린 형은 4천 미터 상공에서 나한테 뛰어내리라고 고래고래 소리를 질렀다. 잠깐만 더 시간을 달라고 했지만, 그는 내 말을 무시하고 그냥 밀어버렸다. 처음 몇 초 동안은 정말 욕설을 퍼붓고 싶을 만큼 충격이었지만, 곧 짜릿한 쾌감을 느낄 수 있었다.

하지만, 나는 아드레날린 몇 방울을 위해 너무 거한 돈을 지불한 탓에 가지고 있던 돈이 바닥이 나고 말았다. 익스트림 스포츠는 대가도 익스트림했다. 하지만 하늘에서 자유 낙하하는 순간만큼 내가 살아있다는 것을 강렬하게 느꼈던 적은 없었던 것 같다. 평생 기억할 몇십 초의 가치가 충분했다. 그만하면 비싸고 짧긴 해도 투자할 가치가 있는 게 아닐까.

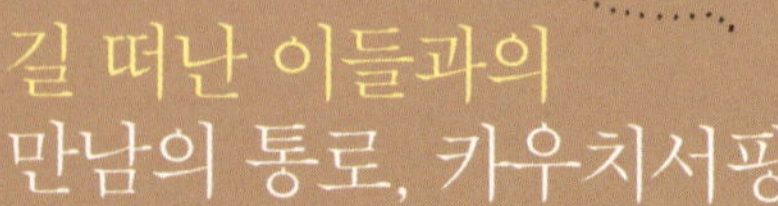

길 떠난 이들과의 만남의 통로, 카우치서핑

뉴질랜드 익스트림 스포츠를 즐긴 이후 나는 지출에 좀더 신중해졌다. 친구가 있을 땐 친구 집에서 신세를 지고, 친구가 없는 도시에서는 'couchsurfing.org'라는 웹사이트를 통해 숙소를 제공받는 방법으로 비용을 아꼈다.

특히 처음 하는 카우치서핑이 참 인상적이었다. 단순히 숙소를 제공받기 위한 목적으로 만난 사람들과 의미 있는 문화 교류를 할 수 있었고, 우정의 시간도 가질 수 있었다. 많은 사람들은 내가 카우치서핑이 무엇인지 설명하면 겁부터 먹는다. 인터넷상에서 만난 낯선 사람 집에 며칠 동안 같이 묵는 것이라 이상하게 들릴 수도 있지만, 여러 안전장치들이 있다. 홈페이지에 '낯선 사람'의 자세한 프로필과 사진이 있고 전에 카우치서핑을 했던 사람들로부터 리뷰 및 평가를 받기 때문에 좋은 평가를 가진 사람을 찾아가면 문제가 없다. 또 인터넷에서 주소와 신용카드 정보를 가지고 신분을 확인할 수도 있다. 그래도 백 퍼센트 안전하다는 보증은 없으니 카우치서핑을 하려면 사람들이 선하다는 믿음이 먼저 필요한 건지도 모르겠다.

나는 아무리 안전하더라도 두려움으로 자신을 닫고 사는 사회보다는 차라리 좀 위험하더라도 서로 믿고 마음을 열고 사는 사회에 살고 싶다. 9.11사태 이후 분명 테러리즘의 시대에 살고 있고 세상에 위험이 가득한 것은 사실이다. 나는 인도 암리차르에서 신발을 벗고 성전 안에 들어갔다가 신발을 도둑맞았고 콜카타에서는 어느 남자에게 마사지를 받다가 거의 성폭행을 당할 뻔하기도 했다. 그래도 나는 '낯선 사람'들을 믿는다. 특히 2백만 명이 넘는 카우치서핑 회원들을. 이들이 없었더라면 나는 여행자보다 '관광객'에 더 가까웠을 것이고, 이들을 통해 반대로 나의 여행은 더 안전해졌으며, 저렴해졌고, 재미있어졌기 때문이다.

제일 처음 카우치서핑 경험은 남섬에 있는 도시 넬슨에서 탬신Tamsin이라는 동갑내기 여자애 집에서였다. 그녀도 갭 이어를 하고 있었고 미국과 유럽 여행을 계획 중이였는데, 그녀는 이미 수상 경력이 있는 사진작가이기도 했다. 그 집에서 밤에 그녀의 친구들과 함께 하우스파티를 했다. 정원에는 그녀의 아버지가 직접 만들었다는 10미터 높이의 오두막이 있었는데, 우리는 그 위에서 놀며 거대한 그네를 타고 밤늦게까지 수영을 하며 춤을 추기도 했다.

크라이스트처치에서는 열아홉 살인 형 데이브Dave와 스물한 살인 형 이안Ian과 같이 즐거운 시간을 보냈다. 거실 하나에 방 두 개인 작은 집이었지만, 그의 집은 항상 카우치서퍼couchsurfer들로 넘쳐났다. 이안은 상당히 관대했고, 내가 있었던 5일 동안 칠레 누나 한 명, 에콰도르 형 한 명, 체코 형 한 명, 독일 누나 두 명과 이스라엘 누나 두 명의 카우치서퍼들이 지나쳐갔다. 그의 집은 시내에 가까워

서 미술관과 식물원도 가보고 럭비와 크리켓도 같이 보러 갔다. 데이브는 DJ 기계를 가지고 있어서 DJ하는 것을 조금 배우기도 했다. 더욱 고마웠던 것은, 같은 기숙사에서 생활했고 한 학년 위 선배였던 닉Nick이 뉴질랜드 더니든에서 교환학생으로 공부하다 나를 보러 찾아왔는데 그도 같이 재워주었던 일이다. 닉이 꼭 와인 투어를 해야 된다고 고집을 부려서 좀 비싸긴 했지만 와인 투어도 같이 했다. 바닷가와 언덕 너머로 자전거를 타고, 시내 대성당도 구경하고, 저녁에는 아일랜드 바에 가서 켈트족 음악을 들으면서 피곤을 풀기도 했다.

북섬 로토루아에 갔을 때는 할머니 할아버지이신 로레인Lorraine과 잭Jack의 농장에서 지냈는데, 뜻하지 않게 좋은 휴식을 취할 수 있었다. 마오리족 문화의 메카인 로토루아는 화산지대에 위치하고 있어서 세계에서 제일 좋은 온천수가 나오는 곳이다.

어느 안개 끼고 바람이 세게 불던 날, 나는 혼자 로토루아 호수 끝에 있는 영국 성공회 교회에 갔었는데 그곳에서 참 신비한 경험을 했다. 호수 반대편에는 화산이 흐릿하게 보였고 곳곳에서 뜨거운 연기가 뿜어져 나오고 있었다. 마치 마오리족 신화에 나오는 천지창조의 한 장면 같았다. 마오리족 신화에 의하면, 원래 세계는 빈 공간밖에 없었고 하늘 아버지와 땅 어머니가 생긴 뒤 둘 사이에 바람의 신, 전쟁의 신, 숲의 신 등이 생겼다. 그러나 부모가 서로 너무나 꽉 껴안고 있어서 자녀 신들이 아버지와 어머니를 밀어냈고, 결국 그 사이로 빛과 반신과 인간들이 나타났다고 한다.

이곳에는 나무를 사용한 마오리족 전통 건축양식으로 지어진 회의 장소가 있었는데, 영국 교회와 마주보고 서 있었다. 놀라웠던 것은 교회와 마오리족의 회의 장소 사이에 1차 세계대전과 2차 세계대전 때 참전했던 마오리족 군인들을 위한 묘지가 있었던 것이다. 뉴질랜드는 세계대전의 무대였던 유럽과 동아시아의 반대편에 있어서 전쟁과 상관없는 나라 같지만, 2차 세계대전 때에는 당시 전체 인구 백만 명 중에서 20만 명이 전쟁에 참여해 싸웠던 용감한 나라이기도 하다.

마오리족은 4천 킬로미터나 떨어져 있는, 고갱이 그렸던 타히티 섬의 사람들과 거의 차이가 나지 않을 만큼 비슷하게 생긴 부족이지만 훨씬 더 전투적이다. 19세기 초 유럽인들이 총과 술을 가지고 와서 교역을 요구하자 마오리족은 그 요구를 받아들여 유럽인들을 받아주기 시작했고, 처음에는 평화적으로 공존했다. 그러나 이민이 늘어나면서 유럽인들과 마오리족의 충돌이 늘어났고, 1840년 마오리족은 영국인들과 와이탕기 조약을 체결했지만, 영어 문서의 내용과 마오리족 문서의 내용이 다른, 불평등한 조약이었다. 그 후 영국은 마오리족에게 약속했던 영토를 무력으로 빼앗았고, 그로 인해 벌어진 전쟁에서 죽은 마오리족 전사들의 영혼이 그 땅을 떠도는 듯했다. 하지만 교회와 마오리족 회의 장소가 마주보고 서 있는 모습이 서로 공존을 말하는 듯해서 마음만은 흐뭇했다.

비록 인구 4백만 명의 남태평양 외딴곳에 위치한 조그만 나라지만 나는 뉴질랜드가 참 좋다. 별 볼일 없는 나라라고 무시당하기 싫지만,

세계에서 제일 처음으로 1893년 여자에게 선거권을 준 진보적인 나라다. 뉴질랜드 럭비 팀은 74퍼센트의 역사적인 승률을 자랑하는 세계에서 제일 성공적인 팀이고, 2008년 올림픽에서는 이 작은 나라가 금메달 세 개, 전체 매달 아홉 개를 따 전체 순위에서 26위를 차지했다. 핵물리학의 아버지인 어니스트 러더퍼드도 뉴질랜드 사람이고, 에베레스트 산을 제일 처음으로 등정한 에드먼드 힐러리 경도 뉴질랜드인이다. 특히 에드먼드 힐러리 경은 네팔에 학교와 병원을 많이 세워서, 그가 죽었을 때는 네팔 사람들이 오히려 더 많이 슬퍼했다고 한다.

어쨌든 나한테 제일 중요한 것은 뉴질랜드는 언제나 나의 마음속 고향이라는 것이다. 이번 방문으로 제대로 인사하지 못한 친구들에게 작별인사를 전할 수 있어서 좋았고 초등학교, 중학교 선생님들을 다시 대학생이 된 모습으로 찾아뵐 수 있어서 좋았다. 사진을 아무리 찍어도 지겹지 않을 정도로 아름다운 이곳의 땅과 자연을 둘러볼 수 있어서 더 행복했다. 갑자기 떠나버렸기 때문에 늘 마음 한 구석에 남아 있던 유년 시절의 구멍을 채운 느낌이라 시원하기도 했다.

ARCTIC OCE

Italy

NORTH
ATLANTIC
OCEAN

SOUTH
ATLANTIC
OCEAN

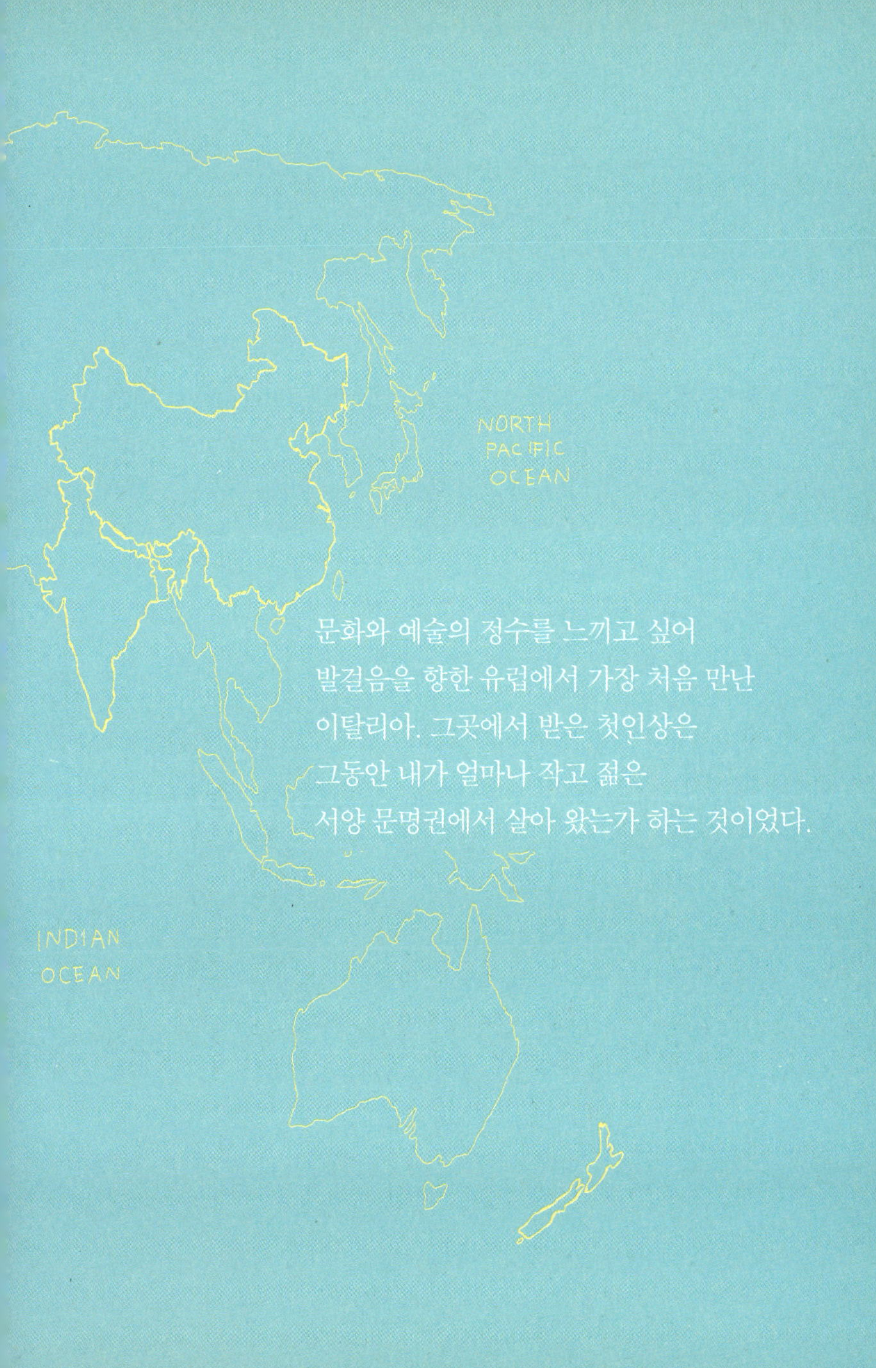

문화와 예술의 정수를 느끼고 싶어
발걸음을 향한 유럽에서 가장 처음 만난
이탈리아. 그곳에서 받은 첫인상은
그동안 내가 얼마나 작고 젊은
서양 문명권에서 살아 왔는가 하는 것이었다.

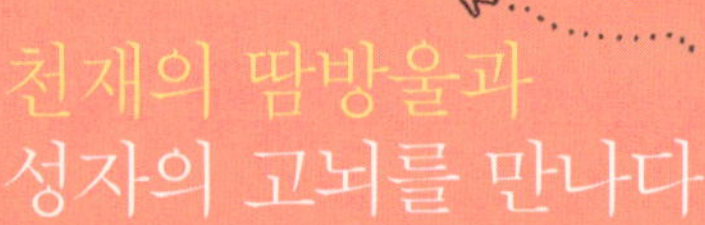
천재의 땀방울과
성자의 고뇌를 만나다

나는 유럽 대륙에 벌써 세 번이나 와본 적이 있었고, 체코 프라하에서는 석 달 동안 산 적도 있어서 스스로는 꽤나 유럽을 잘 안다고 생각했다. 그런데 이번 여행을 통해 내가 유럽의 진가를 전혀 모르고 있었다는 사실을 깨닫게 됐다.

이번의 유럽 여행은 옛 유럽, 특히 영국 귀족 자녀들의 그랜드투어 Grand Tour에 더 가까웠고, 더 자세히 유럽에 대해 배울 수 있었다. 17세기부터 기차가 보급되면서 여행이 대중화된 19세기까지, 영국의 엘리트들은 옥스퍼드나 케임브리지를 졸업한 뒤 런던에서 시작해서 파리, 제네바를 거쳐 피렌체, 베네치아, 로마 등을 몇 개월 혹은 몇 년 동안 돌아다녔는데, 이것이 그랜드투어다. 유럽 각지의 언어와 예술, 음악, 에티켓 등의 문화를 배우고 다른 국가의 귀족들과 사귀기 위해서였다. 그랜드투어는 엘리트 교육의 필수적인 부분이기도 했다.

나의 유럽 여행도 그랜드투어와 비슷한 면이 있었지만 훨씬 더 짧았고, 원래 귀족들은 제한 없이 돈을 쓰면서 쇼핑하며 최고급 음식을 먹었지만 나는 카우치서핑을 하면서 쇼핑은 눈으로만 했으며 길거리 음식과 슈퍼마켓의 싼 바게트, 치즈와 와인을 먹으며 여행했다. 또한 원래 그랜드투어는 개인지도 교사가 항상 따라다니지만, 나는 옥스퍼드에서 한국사를 연구하고 계신 강한록 박사님, 그리고 조, 에밀리, 카우치서핑의 호스트 가이드 등 여러 사람들과 함께였다. 상류층만 만나는 것이 아니라 다양한 계층의 사람들을 만났으니, 어쩌면 옛 귀족들보다 더 값진 경험을 한 게 아닐까.

나의 첫 기착지는 이탈리아 로마였다. 도착해서 처음 느낀 것은 내가 얼마나 작고 젊은 서양 문명권에서 살아왔는가 하는 것이었다. 내가 4년 동안 살았던 뉴질랜드 크라이스트처치 중심가에 있던 성당은 그 도시에서 가장 잘 알려진 랜드마크였고, 고등학교에서 그리 멀지 않았던 보스턴도 몇 개의 역사 깊은 교회를 가지고 있었지만, 로마에는 이보다 훨씬 거대한 성당들이 블록마다 있었다. 그중에서도 으뜸은 단연 바티칸의 '성 베드로 대성당'이었다. 교회라기엔 성스럽지 않은 화려함에 거부감이 들기도 했지만, 이내 성당의 웅장함에 압도당했고, 4백 년 전 6만 명을 수용할 수 있는 대성당을 지었다는 것이 놀랍기만 했다. 도둑질을 하지 말라는 십계명의 종교가 이 성당을 짓기 위해 모든 대리석을 콜로세움 같은 고대 로마 건축물에서 빼앗아 왔다는 사실이 재미있었는데, 바티칸 광장의 오벨리스크도 이집트에서 탈취해온 것이라고 한다.

바티칸은 0.44제곱킬로미터의 세계에서 제일 작은 나라로, 실제로 나는 조깅 20분 만에 이 나라 전체를 돌 수 있었다. 그래도 10억의 신자와 수많은 성인들과 천사들을 보유하고 있는 가톨릭 제국의 영적 수도다. 원래 교황령은 1870년까지 1천 년 이상 이탈리아 중부를 차지한 꽤 큰 나라였는데, 이탈리아 군대에게 밀려 영토를 다 잃고 지금은 이 작은 언덕 위에 있는 성 하나만 남은 셈이다. 달라이라마처럼 교황도 로마 시내에 있는 궁전에서 쫓겨났고, 그의 궁전은 현 이탈리아 대통령의 집무실이 되었다. 교황청은 항상 스위스 군인들이 지키

고 있는데, 사회주의 전통이 강한 유럽은 사람을 해고하는 것이 쉽지 않기 때문에 이들이 이탈리아 군대를 막아내지 못했음에도 불구하고 지금도 여전히 미켈란젤로가 디자인했던 중세의 군복을 입고서 교황청을 지키고 있다.

바티칸 투어의 하이라이트는 다빈치, 라파엘로와 미켈란젤로 등의 천재들을 만난 것이었다. 다빈치는 수학에서부터 미술, 조각, 음악, 과학, 공학, 지리, 건축, 지도학, 원예, 해부 등 두각을 나타내지 않은 분야가 없을 만큼 전형적인 르네상스인이었다. 〈모나리자〉와 〈최후의 만찬〉으로 유명한 그는 교황이 계속 귀찮게 일을 시키자 바티칸을 떠난 뒤 돈이나 명예가 아닌 자연과 인류에 관한 지적 호기심에 의해 움직였다. 그는 그림을 시작해도 더 흥미 있는 것을 찾으면 그만두었고, 검증받지 못한 새로운 기술로 그림을 그려서 주위에서는 늘 그림을 망칠까 봐 조마조마 마음을 졸였다고 한다. 그 결과 그가 남긴 작품은 30점밖에 되지 않는데, 그것마저도 대부분이 미완성이다. 그는 그림을 그리

지 않을 때는 헬리콥터와 계산기, 그리고 탱크를 고안하는 등 자기만의 다양한 관심사에 몰두했다. 그의 기계 스케치를 보고 있노라면 15세기 사람이라는 사실이 믿겨지지 않을 정도다. 또한 시대에 앞서가는 채식주의자였고, 새장에 갇힌 새를 사서 풀어주기를 좋아했다고 전해진다.

다빈치 못지않은 걸출한 르네상스인이었던 미켈란젤로도 회화, 조각, 시, 건축, 공학 등 여러 분야에 전통했다. 그는 유명한 조각 작품인 〈다비드〉, 〈피에타〉와 회화 작품인 〈천지창조〉를 세상에 내놓은 예술가이자 성 베드로 대성당의 건축가이기도 했다. 항상 외모 콤플렉스로 외로웠던 미켈란젤로(완벽한 남자상을 만들다 보면 자신의 불완전성에 불만이 생기는 것이 당연한 건지도 모르겠다)와는 대조적으로 라파엘로는 잘생긴 외모와 유명세 덕분에 교황의 총애를 받았고 연애도 많이 했지만, 아쉽게도 성병에 걸려 30대에 죽고 말았다. 라파엘로는 미켈란젤로와 다빈치의 스타일을 융합해서 미켈란젤로의 장엄한 스타일에 대조되는 자신만의 우아한 스타일을 만들어냈지만, 라이벌이었던 미켈란젤로는 라파엘로가 자신을 표절했다고 비난했다. 많은 여자와 이른 죽음 때문에 다방면에서 활동할 시간은 없었지만, 라파엘로는 50명의 화가들을 고용한 당시 최대 규모의 스튜디오를 운영해서 많은 작품을 남겼다. 〈그리스도의 변용〉, 〈아테네 학당〉 등의 걸작들을 남겼고, 한때 성 베드로 대성당의 건축가로도 일했다. 하지만 그의 건축 계획은 그가 죽고 난 뒤 미켈란젤로의 새로운 계획에 의해 백지

화됐다.

〈아테네 학당〉은 고대 그리스의 유명한 철학자들과 몇 명의 특별한 인물을 그린 것인데, 나는 가톨릭이 이단으로 여기던 그리스 철학자들이 교황의 서재에 버티고 있다는 사실이 아이러니했다. 중세 사람들은 이 그림에 나타난 소크라테스와 피타고라스 등 예수 이전의 사상가들이 지옥에 떨어진다고 믿었고, 조로아스터는 조로아스터교를 세운 고대 페르시아인이었으며, 아베로에스(이븐 루슈드)는 기독교가 아닌 중세 이슬람의 사상가였다. 나는 중세가 연속된 종교재판으로 점철된 비(非)가톨릭 종교의 탄압 시대라고 생각했는데, 세속적 철학과 다른 종교와의 활발한 교류도 있었던 시대인 것 같아 신기하기도 했다.

또한 라파엘로는 동시대 사람들의 얼굴을 〈아테네 학당〉에 그려 넣기도 했는데, 플라톤의 얼굴은 다빈치의 얼굴이라고 한다. 라파엘로가 존경했던 다빈치를 그림 중앙에 그린 것에 비해, 라이벌이었던 미켈란젤로는 어두운 비관주의 철학자인 헤라클레이토스로 묘사했다. 미켈란젤로가 혼자 놀기 좋아했던 것은 사실이라 하나, 이렇게 그림에서도 혼자 노는 왕따로 그려진 것은 좀 심한 게 아닌가 싶기도 했다. 라파엘로 자신은 고대 그리스의 전설적인 화가였던 아펠레스로 그렸는데, 자신을 꽤 잘생기게 그린 것이 나를 향해 "내 그림이 어때?" 하고 묻는 것만 같았다. 그 당시 미술은 철학보다 더 낮은, 예술이 아닌 기술로 취급되었는데 이렇게 뛰어난 철학자들 사이에 자기를

그려 넣은 라파엘로가 조금 뻔뻔하기도 하고 배포가 두둑한 것처럼 보여 슬며시 웃음도 나왔다.

라파엘로의 대표작이 〈아테네 학당〉이라면, 미켈란젤로의 회화 대표작이라고 한다면 〈천지창조〉 중 〈아담의 창조〉, 그리고 〈최후의 심판〉이라 할 수 있다. 독일의 대문호 괴테는 시스티나 성당의 미켈란젤로의 두 대작을 보기 전에는 사람의 가능성이 어디까지인지 말할 수 없다고 했었다. 실제로 천장과 벽에 그려진 두 거대한 그림을 한 사람이 완성했다는 사실이 믿기 어려웠다. 이런 대작이 고통 없이 탄생할 수는 없었을 것이다. 미켈란젤로가 이 작품을 완성하는 데 10년 이상이 걸렸고, 그의 삶과 건강은 곤두박질쳤다. 매일 고개를 뒤로 젖힌 고통스러운 자세로 천장에 매달려서 독 성분이 든 물감이 얼굴과 몸에 떨어지는 것을 참으며 일을 했다 한다. 그는 그림이 완성된 후 절름발이에 장님이 되었다. 그런 자신을 〈최후의 심판〉 속에 살을 베어져나가는 고통을 당하면서 순교한 바르톨로메오로 묘사함으로써 자신의 의지와는 상관없이 교황의 명령에 따라 강제로 해야만 했던 그 힘겨운 과정을 표현했다. 또 익살스런 복수로 그림의 모든 성자들을 누드로 묘사했고, 불평이 많았던 교황청 담당자 시세나의 얼굴은 지하세계의 재판관인 미노스의 머리에 집어넣었다. 애석하게도 그림의 성인들은 후에 다른 화가에 의해 옷과 잎사귀를 입게 되었고, 오늘날 우리는 더 이상 벌거벗은 성자들을 볼 수 없게 되었다.

바티칸 미술관에 수많은 작품들이 있었지만 세 대가들의 그림이 가장 눈길을 끌었다. 그들의 그림 자체도 내게 감명을 주었지만 놀라웠던 것은 화가라는 직업이 그들의 전부가 아니었다는 사실이다. 그들은 지칠 줄 모르는 지적 호기심으로 여러 분야를 탐구했고, 발전을 이루었다. 그들은 과학적으로 몸을 해부함으로써 그들의 예술을 더 실사에 가깝게 만들었고, 비록 교회가 이런 해부를 반대했지만 결코 포기하지 않았다. 그들은 과학과 예술의 여러 분야를 넘나들면서 천재성을 과시했다. 미켈란젤로는 원래 자신이 조각가라고 생각해서 교황의 시스티나 성당을 그리라고 요구받은 것을 거절했지만, 화가로서도 감동적으로 자신의 몫을 잘 해냈다.

일요일 오후에는 비록 잠깐이었지만, 성 베드로 광장을 가득 메운 사람들에게 인사를 하기 위해 나온 265번째 교황 베네딕토 16세를 볼 수 있었다. 그의 짧은 기도는 대중들의 천둥 같은 환호로 이어졌다. 마치 교황이 록스타 같았다. 영적인 문제에 대해서는 틀리지 않는다는 '교황무오류' 사상의 뒷받침을 받고 있는 교황은 마치 예수님 같은, 인간 이상의 존재처럼 느껴졌다. 교황은 가톨릭 대국들의 이름을 하나씩 호명했고, 그 나라에서 온 군중들은 함성으로 화답했다. 유럽에서는 기독교가 죽어가고 있고 교회 건물들이 식당과 술집 등으로 변하고 있지만, 교황의 인기는 라틴아메리카 국가들과 아프리카, 아시아 국가 신도들의 함성 덕분에 흔들리지 않을 것 같았다.

로마는 성 베드로의 순교지이자 2천 년 가까이 가톨릭 왕국의 심장이었기 때문에 바티칸 방문이 나에게 성스러운 경험이 될 거라고 생각했었다. 하지만 성당에서의 미사 시간에도 끊임없이 관광객들이 오가며 떠들었고, 성당 안은 최고급의 눈부신 금빛 장식품들로 가득해 미사에 집중하기도 힘들었다. 16세기 초 백 년이 넘게 이렇게 거대한 교회가 세워진 이유도 신에 대한 경배보다는 1517년 마틴 루터의 '95개의 조항'으로 시작된 종교개혁의 개신교들을 위풍당당함으로 무릎 꿇게 만들 목적으로 지어진 것이었다. 결국 바티칸은 콜로세움 같은 또 하나의 관광 코스에 불과하다는 느낌을 지울 수 없어 아쉬움이 컸다.

사랑할 수밖에
없는 이탈리아의 특별함

로마에 비한다면 이탈리아 중부 언덕 위에 있는 수도원 마을 아시시가 더 성스럽게 느껴졌다. 여기 이 아름다운 중세 마을에서는 하루 종일 성경을 읽거나 묵상하면서 지낼 수 있을 것 같았다. 동물과 환경, 그리고 이탈리아 전체의 수호성인이 된 프란체스코가 살던 이곳에도 많은 순례자와 관객들이 찾아오지만, 그래도 비교적 고풍스런 매력을 간직하고 있었다. 동이 틀 때, 프란체스코 수도원에서 머물던 방에서 바라보았던 그 끝이 보이지 않는 초록 들녘과 산들은 더 없이 편안했고, 석양이 질 무렵 모든 벽돌 건축물들이 붉게 빛나는 모습도 아름다웠다.

부유한 의류 사업가의 아들로 태어난 프란체스코는 원래 기사나 시인이 되고 싶었지만 가업을 이어주길 원했던 아버지의 반대를 무릅쓰고 하나님에게 일생을 바치기로 결심한다. 그는 시골을 돌아다니면서 설교했고 가난함과 순결 그리고 순종, 이 세 가지를 가치로 삼고 프란체스코회를 세웠다. 아버지에 반대하고 가출한 그가 '순종'을 중요시한다는 것이 아이러니했다. 자연을 사랑했던 그는 크리스마스 미사 때 진짜 동물들을 등장시키기도 했으며, 새들에게도 설교를 했고, 죽기 전 자기가 탔던 당나귀에게 고마움을 전하니 당나귀가 눈물을 흘리기도 했다는 일화도 전해 내려온다.

아시시를 둘러본 후 나의 이탈리아 여행은 풍광이 뛰어나고 세상에서 가장 큰 프레스코가 있는 성당과 우피치 미술관을 자랑하는 르네상스 마을 피렌체에서 끝을 맺었다. 줄리어스 시저가 세웠다는 이 도시는 중세에 금융과 무역의 중심지로서 유럽 제일의 부자 도시 중 하나였고, 지금까지도 세계에서 가장 아름다운 도시 중 하나로 손꼽힌다. 레오나르도 다빈치, 미켈란젤로, 보티첼리, 단테, 갈릴레오 갈릴레이 모두 피렌체를 고향으로 하니, 그들과의 만남이 중심이 됐던 여행을 여기서 마무리 짓는 것도 어울리는 것 같았다.

우피치는 '사무실'이라는 뜻으로, 원래 도시의 행정과 사법, 길드들이 위치해 있던 건물이 미술관으로 변한 것인데, 끝도 없이 줄이 길어 왠지 가보지 않으면 안 될 것 같은 압박감이 들었다. 나는 여기 있던 엄청난 양의 이탈리아 미술작품들이 한때 교황의 은행가들로 강력한 힘을 행사했던 메디치 가문의 한 여성 때문에 살아남게 되었다는 사실에 감동을 받았다. 피렌체가 오스트리아에 침략당했을 때 그녀는 미술품들이 피렌체에 남을 수만 있다면 메디치 가문이 소유하고 있던 미술품들을 모두 기부하겠다고 약속했고, 그 결과 값을 매길 수 없을 만큼 위대한 미술품들이 피렌체에 남게 되었다. 바티칸 미술관처럼 이곳에도 르네상스 시대의 그림이 많았지만, 종교성이 짙은 바티칸과는 달리 그리스나 로마 신화 등을 소재로 한 그림들이 많았다. 종교적인 색채가 강한 작품을 하도 많이 본 뒤라 다른 종류의 그림들을 보는 것이 반가웠다.

나는 이탈리아에 있는 동안 한국인 민박집에 머물렀다. 주인 부부도 친절했고, 좋은 사람들도 많이 만났지만 아침 저녁 한국 음식을 먹

고 여행하고 한국 사람들과 함께 지내다 보니 이탈리아가 아니라 한국에 있는 것만 같았다. 그래서 카우치서핑을 통해 이탈리아 친구 몇 명을 만났고, 가이드북엔 나와 있지 않은 학생들이 사는 동네로 초대받아 유럽에서 처음으로 하우스파티에도 가게 됐다. 거기서 늘 먹던 싼 맥주 대신 와인과 과일이 섞인 상큼한 상그리아를 마셨다. 또 유럽 사람들의 독특한 키스 인사법도 배웠다. 보통은 두 번 내지 세 번에 끝내지만, 키스하는 횟수도 틀리고 오른쪽 뺨에서 시작하는 경우와 왼쪽 뺨에서 시작하는 경우도 제각각이라 헷갈리기도 했다.

이 파티에서 이탈리아어로 부르는 오페라를 들었다. 언어를 전혀 알아들을 수는 없었지만 오페라의 언어로 불리는 이탈리아어는 무척 듣기가 아름다웠다. 여기엔 역사적 이유가 있다고 했다. 다른 유럽의 언어들은 마드리드나 파리 같은 수도의 사투리가 국가의 공식 언어가 되었다고 한다. 그러나 19세기까지 통일이 되지 않았던 이탈리아는 작은 도시국가들이 모여서 공통어를 위한 회의를 했는데, 이때 각 도시 언어들의 제일 아름다운 부분을 합쳐 현대의 이탈리어가 만들어졌다는 것이다. 또한 서양 문명에서 제일 뛰어난 시인 중 한 명으로 꼽히는 피렌체의 단테가 이 회의에서 큰 영향을 끼쳤다고 하니, 이탈리아어가 노래처럼 아름다운 것은 당연한 게 아닐까?

이탈리아어의 특별함은 여러 사람에 의해 인정받은 바 있는데, 16세기 신성 로마제국의 황제 카를 5세는 "나는 신에게 스페인어를 하고, 여자에게 이탈리어를 하고, 남자에게 프랑스어를 하고, 말에게는

SLOW DOWN
YOU ARE
ON VACATION

독일어를 한다"라고 말하기도 했다. 이때만 해도 영국은 별로 볼품없는 나라라서 황제가 영어는 언급조차 하지 않았는데, 중세에는 영국 왕족들도 영어 대신 프랑스어를 사용했다. 카를 5세는 네 가지 언어를 할 수 있는 사람은 네 명의 사람의 가치가 있다고 말하면서, 언어 배우는 것을 중요시했다. 또한 유럽에는 "천국에는 영국인은 경찰, 프랑스인은 요리사, 독일인은 공학자, 스위스인은 은행가, 이탈리아인은 연인들이고, 지옥에는 독일인은 경찰, 영국인은 요리사, 프랑스인은 공학자, 이탈리아인은 은행가, 스위스인이 연인"이라는 농담이 있다고 하는데, 여행을 하다 보면 그 말이 틀린 말은 아닌 것 같다.

그 하우스파티에서는 다른 유럽 국가에서 온 많은 학생들을 만날 수 있어 더 기뻤다. 에라스무스 프로그램Erasmus Program이라는 유럽 교환학생 프로그램을 통해 로마에서 공부를 하고 있는 이들로, 네덜란드, 슬로바키아, 프랑스 등 국적이 다양했다. 여러 유럽 국가에서 공부했던 네덜란드 철학자 데시데리위스 에라스뮈스의 이름을 딴 이 프로그램은, 같은 학비로 같은 학점을 인정받으면서 유럽 어느 도시에서나 공부할 수 있어서 많은 유럽 학생들이 이 프로그램을 통해 유학을 한다고 한다. 20년 전 시작한 이 프로그램에 지금까지 160만 명이 넘는 학생들이 참여했다고 하니, 전 세계가 에라스무스와 같은 프로그램으로 연결될 날이 오기를 기대해본다.

ARCTIC

Spain

NORTH
ATLANTIC
OCEAN

SOUTH
ATLANTIC
OCEAN

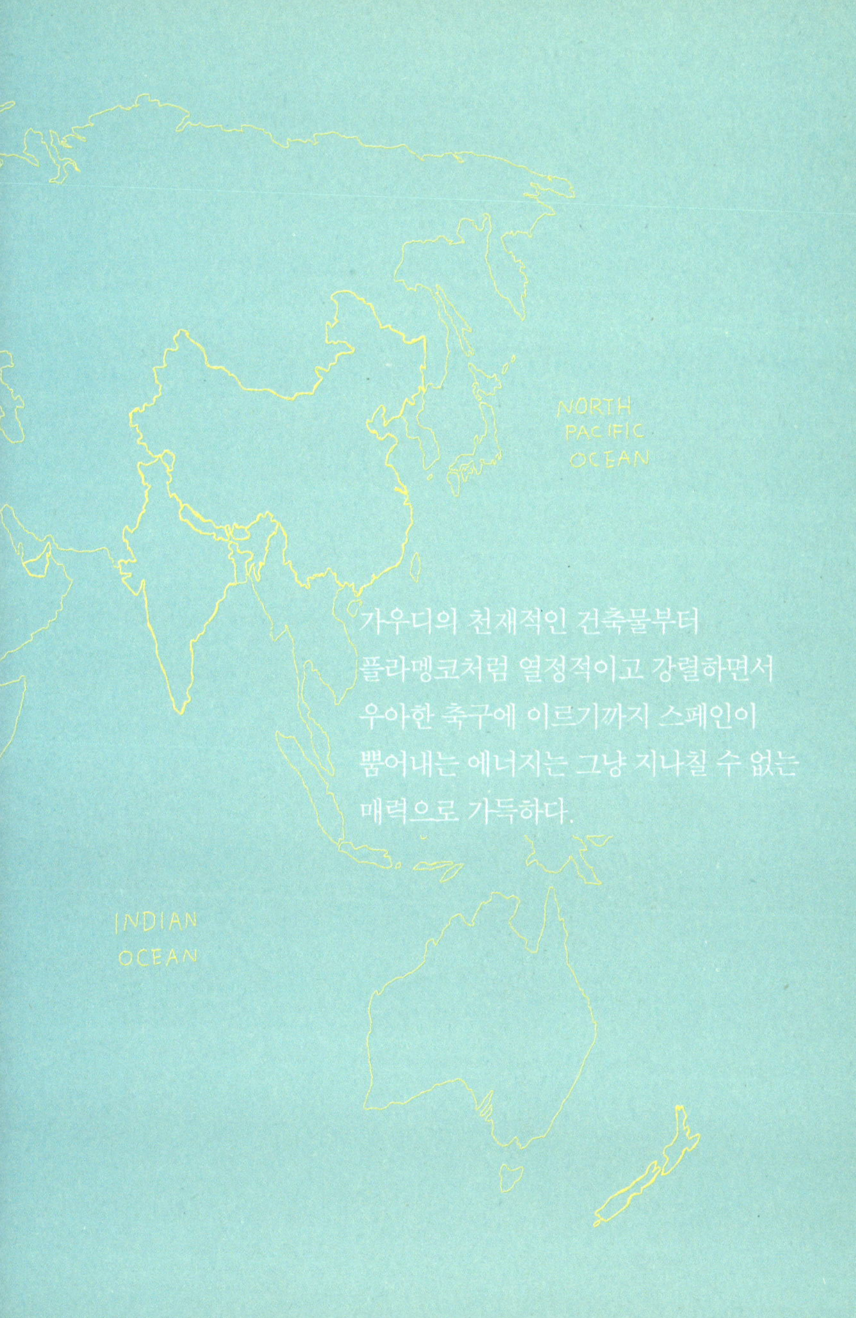

가우디의 천재적인 건축물부터
플라멩코처럼 열정적이고 강렬하면서
우아한 축구에 이르기까지 스페인이
뿜어내는 에너지는 그냥 지나칠 수 없는
매력으로 가득하다.

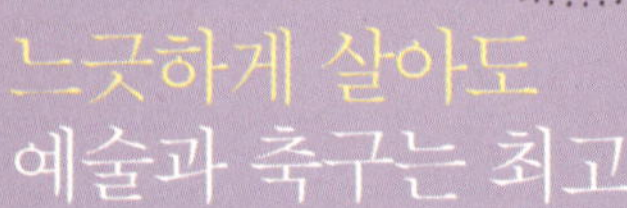

느긋하게 살아도
예술과 축구는 최고

바르셀로나는 더 많은 천재들과 조우하고, 카우치서핑 호스트 한나를 만난 펑키한 도시였다.

이곳에서 만난 첫 번째 천재는 괴상한 극채색의 물결치는 건축물들을 디자인한, 19세기 말의 모더니즘 건축가 가우디였다. 그는 얼마나 일에 열중했던지 결혼도 하지 않았다. 동시대 사람들은 가우디의 빌라를 '돌산'이라고 부르며 무시했고, 바르셀로나를 방문했던 작가 조지 오웰도 그의 건축물들을 싫어했다. 건축대학 졸업식 때에는 "우리가 천재에게 학위를 준 건지 미치광이에게 준 건지 모르겠다"는 혹평을 듣기도 했지만, 그의 천재성은 점점 인정받았다. 그가 사망했을 때에는 장례식에 바르셀로나 인구 절반 이상이 참석해 죽음을 추모하기도 했다. 한 세기 이상 건축되었고, 아직도 미완성인 사그라다 파밀리아 성당Sagrada Familia, 성 가족 성당은 그의 가장 유명한 건축물 중 하나다.

구엘 공원과 시 곳곳에 있는 그가 지은 개인 빌라들과 숨바꼭질하는 것도 재미있었다. 구엘 공원에는 다채로운 색상의 도마뱀 조각이 유명한데, 헨젤과 그레텔 이야기에 나오는 초콜릿과 과자로 지은 듯한 집도 있었다. 가우디의 빌라 지붕에 있던 외계인 같은 구조들이 기억에 남기도 한다.

그러나 제일 좋았던 '가우디 순간'은 성당 안에 숲이 있는 듯한 대성당 안에서였다. 가우디가 받은 제일 큰 영감이 가톨릭 신앙과 자연이라는 것이 좋았다(암스테르담에서 만난 한 바르셀로나 친구는 마약도 그의 영감 중 큰 것이라고 했지만). 그는 어렸을 때부터 자연을 좋아해서 동식물 조각들 외에도 자연에서 빌려온 요소들이 짙었다. 독실한 가톨릭 신자였던 그는 40년 동안 성당을 디자인했고, 생애 마지막 15년은 성당 안에 살면서 성당 건축에만 집중했다. 가우디는 자기의 성당이 가톨릭의 마지막 위대한 성소가 되기를 원했고, 인간의 건축이 하나님의 자연보다 높을 수 없다며 대성당의 탑의 높이를 이 도시 제일 높은 언덕인 몬주이크Montjuic보다 1미터 낮게 설계했다. 현재 가우디의 건축물은 유네스코의 세계유산으로 지정되어 있다. 이 한 명의 건축가가 도시에 남긴 영향은 절대적이어서, 바르셀로나는 이제 '가우디의 도시'라고 불린다.

그런데 가우디에 관해서 꼭 알아두어야 할 역사적인 배경이 있다. 가우디는 프랑스 접경 지역에 있는 카탈루냐 출신으로, 그 자부심이 남달랐다고 한다. 그래서 그의 건축물에는 종종 카탈루냐 문화의 흔적이 발견된다. 생전에 건축하고자 했던 교회에 카탈루냐 장군들의 이름을 넣어 건축 허가가 취소되기도 했고, 72세의 적지 않은 나이에 카탈루냐 축제에서 스페인어를 사용하기를 거부해 감옥에 갔다 오기도 했다.

카탈루냐는 10세기에 프랑크 왕국에서 독립한 뒤 한때 발렌시아와 살디니아 섬, 시칠리아 섬 등 이탈리아 영토까지 점령했던 서지중해의 강력한 왕국이었다. 하지만 그 후 몇 세기 동안 주변 강대국에 의해 서서히 힘을 잃다가 스페인계승전쟁 때 오스트리아 편을 든 후 탄압의 대상으로 전락하고 만다. 이후 스페인 내에서 카탈루냐 문화와 언어는 탄압과 해방의 기로를 오가다가, 1979년 자치권을 되찾으면서 비로소 평화가 찾아왔다. 지금은 스페인에서 공무원이 되려면 카탈루냐어도 필수적으로 해야 한다.

카탈루냐의 이야기가 우리에겐 무척 낯설 수도 있지만 맨체스터 유나이티드와 함께 세계에서 제일 유명한 축구 클럽 중 하나인 FC 바르셀로나(일명 바르사)도 엄격하게 따지자면 스페인 팀이 아닌 카탈루냐 팀이다. 바르샤의 로고를 자세히 보면 노란색과 빨간색 줄무늬의 카탈루냐 국기를 포함하고 있고 이 클럽의 공식 이름인 'Futbol Club Barcelona'와 팀 모토인 'Més que un club(축구 클럽 이상으로)'도 카탈

루냐어이다.

그래서 스페인 리그에서 쌍벽을 이루는 레알 마드리드와의 관계는 스포츠뿐만 아니라 카탈루냐와 카스티야 사람들의 정치적인 관계 때문에 무척 예민하다. 특히 스페인내전 때는 바르샤 회원이라는 사실이 카탈루냐 독립운동을 지지한다는 표시였다. 그래서 바르샤 클럽 회장 호세 선욜Josep Sunyol은 1936년 카스티야 독재자 프랑코의 군인들에게 총살당하기도 했다.

이러한 역사적 앙금 때문에 포르투칼의 간판 스타였던 루이스 피구가 바르샤를 떠나 레알 마드리드로 가자 팬들은 경기 중 피구에게 욕을 하고 돼지머리를 던지기도 했다. 바르샤 팬들은 때때로 괴짜 같지만, 미국 재벌이 소유한 맨체스터 유나이티드와 러시아 석유재벌이 소유한 첼시와 다르게 팬들이 소유하고 있는 구단이다. 그럼에도 불구하고 바르샤는 세계에서 두 번째로 돈이 많은 클럽이고, 셔츠에는 대기업 광고 대신 유니세프의 로고를 달고 뛰는, 내가 제일 좋아하는 축구팀이다.

내가 FC 바르셀로나의 축구 경기를 보게 된 것은 축구광인 동생 덕분이다. 동생과 난 그나마 제일 싼 30유로(약 5만 원) 티켓을 사서 구경했다. 그리고 게임 도중에 경호팀의 눈을 피해 경기장 가까이 가서 관람하기도 했다. 그날 FC 바르셀로나는 스페인 리그에서 꽤 강한 팀인 말라가와 경기를 했지만, 손쉽게 6대 0으로 승리했다. 내가 보러 간 경기에서 바르샤가 이겨 무척 기분은 좋았지만, 슈퍼스타들이 득실한 바

르샤에 대항해 이길 가능성이 전혀 없었던 말라가가 좀 안되어 보이기도 했다. 공격수만 해도 아르헨티나의 메시, 프랑스의 앙리, 카메룬의 에토(지금은 스웨덴의 이브라히모비치와 스페인의 비야도 바르샤의 선수다) 등 세계 곳곳의 스타가 모인 바르샤의 플레이를 보는 것은 놀라운 경험이었다. 이들은 빠르면서도 여유 있고 정교한 축구를 했다. 열정적이고 강렬하면서 우아하기도 한 바르샤의 축구는 플라멩코를 연상시켰다.

바르샤는 축구뿐만 아니라 예술에서도 앞서 가는데, 현재 바르샤의 경기장인 누 캄프Nou Camp를 재건축하고 있는 이는 런던의 세인트 메리 액스St Mary Axe와 독일의 국회의사당인 제국의회의사당Reichstag building의 돔으로 유명한 세계적 건축가 노먼 포스터이다. 9만 8천 명을 수용하는 누 캄프는 현재 유럽에서 제일 큰 경기장인데, 재건축을 한 뒤에는 11만 3천 명이나 수용할 수 있다고 하니, 정말 어마어마하다. 1974년 바르샤의 75주년을 기릴 때에는 20세기 현대 미술의 거장인 살바도르 달리와 후앙 미로가 그림을 그려주기도 했는데, 두 사람 모두 카탈루냐 사람으로 바르샤의 팬이라 한다.

로마가 15~16세기 르네상스 예술의 중심지였지만 피렌체가 르네상스의 천재들을 키운 고향이었듯이, 20세기 현대 미술의 중심지는 파리이지만 달리, 미로와 피카소 같은 천재들의 고향은 카탈루냐였다. 이탈리아에서 르네상스 미술의 삼위일체를 만난 뒤에, 스페인에서 20세기 미술의 삼위일체를 만난 것 같았다.

그 시기 대부분의 예술 작품들이 부르주아 사회를 지지한다고 해서 "그림의 암살"을 선언한 미로는 피카소의 기타 회화로 시작한 큐비즘이 프랑스에서 대중화된 것을 한탄하며 "나는 그들의 기타를 부셔버리겠다"라고 말하기도 했다. 이런 언행을 보면 그가 폭력적일 것 같지만 미로의 작품은 어린아이의 그림을 보는 것 같은 즐거운 맛이 있다. 물체의 본질을 잡아낸 밝은 색깔의 단순한 도형을 사용해서 여자와 새, 별 등을 나타내기를 좋아했다. 그는 원래 상업을 공부하다 화가가 되었는데, 경영학도인 나도 미술에 가능성이 있을지도 모르겠다.

STOICHKOV
8

미로는 달리를 파리에 있는 자신의 초현실주의 예술가 친구들에게 소개해주었는데, 달리는 스스로 "손으로 그린 꿈의 사진"이라고 표현한 자극적인 무의식 세계를 나타낸 그림으로 초현실주의 예술가 중 제일 유명한 화가가 되었다. 그는 32세 때 이미 세계적인 화가로 인정을 받아 트레이드마크인 거꾸로 뻗친 콧수염을 한 모습으로 〈타임〉의 표지를 장식하기도 했다. 많은 예술 비평가들은 달리의 예술적 재능이 30대에 절정에 올랐고, 그 후에는 과시 행위와 욕심으로 의해 내리막길을 걸었다고 혹평하기도 한다.

하지만 어렸을 때부터 달리는 특별했다. 그는 학생 시절 미술 역사 과목의 시험에서 "나는 죄송하지만 이제 교수님들보다 더 똑똑해서 이분들에게 시험받기를 거절합니다"라고 적어 학위를 받지 못했다. 파리에서는 "나는 히틀러가 여자인 꿈을 꿨는데 그는 나를 황홀하게 했다"라는 이상한 표현으로 초현실주의 모임에서 쫓겨났기도 했다. 지그문트 프로이트도 달리를 만나고 나서 "이 사람은 조금 간 것 같다"라고 말했는데, 달리는 이 말을 듣고 오히려 좋아했다고 한다.

그는 돈을 벌고 유명해지기 위해선 어떤 일이나 말도 마다하지 않았다. 1955년 파리의 한 강의에 꽃양배추로 가득 찬 롤스로이스를 몰고 가기도 했고, 뉴욕에서는 자기의 책을 광고한다고 한 서점에서 침대 위에 금색 예복을 입고 누워 있기도 하였다. 또 1965년에는 빈 석판화에 자기 사인만 해서 10달러에 팔기도 했는데, 이렇게 사인한 게 5만 장이 넘었다고 한다.

피카소는 스페인의 천재들 중 제일 유명하고 다재다능한 화가일 것이다. 그는 스물여섯 살에 그린 〈아비뇽의 처녀들〉로 모든 전통적인 회화의 법칙을 깨버렸다. 바르셀로나 시내에 피카소 미술관이 있었는데, 여기서 그가 화가로서 걸어온 길과 유명해지기 전의 작품들을 볼 수 있어서 좋았다. 작품을 보면, 그가 사실적인 그림을 그리는 데도 뛰어났음을 알 수 있다. 그는 일곱 살에 미술 교육을 받기 시작했는데, 이미 열세 살에 당시 화가였던 아버지보다 더 뛰어난 작품을 그려서 그의 아버지가 그림을 포기하기도 했다. 그가 선도했던 큐비즘은 여러 각도에서 본 물체를 한꺼번에 나타내는 방식으로, 어떻게 보면 한 캔버스에 나타난 3D처럼 현실적인 그림인 것 같기도 하고 어떻게 보면 너무 욕심 부리다가 망친 그림 같기도 하다.

피카소의 생애를 따라가다 보면 많은 여자들이 그에게 영감을 주었다는 것을 알 수 있다. 그는 연인을 그리기 좋아했는데, 작품을 통해서 보건대 그가 시도했던 다양한 스타일만큼이나 다양한 여자들이 늘 그의 곁에서 정신적 뮤즈가 되어주었던 것 같다.

한나와 함께라서 더 즐거운 바르셀로나의 구석구석

한나는 내가 카우치서핑으로 만난 호스트로, 피카소가 살던 동네인 바르셀로나의 심장 '라 람블라' 근처에서 루포라는 애완견과 살고 있다. 그녀는 스페인 사람 중에 특이하게 금발이었는데, 머리 색깔만큼이나 흔하지 않은 독립된 사상가이기도 했다. 우리는 라 람블라 광장에 있는 고양이 동상 앞에서 처

음 만났는데 그녀는 체리 필터의 낭만 고양이만큼이나 보헤미안이기도 했다.

그녀는 음악, 차, 자연, 진리, 믿음, 미소, 맥주, 먹는 것, 자는 것, 혼란을 만드는 것을 좋아하고 유일하게 싫어하는 것은 '시스템'이라고 했는데, 우리는 모든 '시스템'에 관한 불만을 나누며 금방 친해질 수 있었다. 방금 대학을 졸업해 나보다 몇 살 많았지만 철학 선생님으로 일하기 전에 얼마 동안 다른 일을 해보고 싶다고 했다. 어쩐지 우리가 비슷한 중간 라이프 스테이지에 있는 것 같아 묘한 동질감이 느껴지기도 했다. 무엇보다 스페인에서만 계속 자라온 그녀가 세계 곳곳의 문화, 철학, 예술, 음악에 대한 관심을 가지고 있는 것이 무척이나 놀라웠는데, 이번 여행을 하기 전까지 세계에 대해 무관심했던 내가 부끄러울 정도였다.

라 람블라는 사람들이 다니는 거리가 차도보다 넓고, 도로의 가운데에 있다. 덕분에 오랜만에 내가 차보다 더 중요하다는 느낌을 받을 수 있었다. 1킬로미터 정도 되는 이 길에는 식당, 길거리 예술가, 꽃, 새, 잡지와 다양한 기념품들을 파는 상점들로 북적거렸다. 이 길에서 만난 어느 한국인 화가 아저씨는 1980년대까지만 해도 거리가 조용하고 한적해서 커피 마시기가 아주 좋았는데, 1992년 올림픽 이후 바르셀로나가 관광도시로 변해서 지금은 시장 바닥처럼 복잡하고 물가가 비싸진 것이 마음에 들지 않는다고 했다.

나는 이 길에서 로마 병사, 그리스 조각, 공룡 등으로 분장을 하고

서 같이 사진을 찍은 후 돈을 받는 사람들을 많이 보았다. 그래서 서울에 돌아온 뒤에 이순신 장군의 의상을 빌린 뒤 광화문과 인사동 거리에서 사진을 찍어주고 돈벌이를 시도한 적도 있었다. 하지만 광화문과 라 람블라는 달랐다. 나는 곧 경비아저씨에게 쫓겨나 겨우 몇천 원을 버는 데 그쳐야 했다. 그래도 몇 명의 아이들과 외국인들에게 웃음을 줄 수 있어서 좋았다.

나는 한나와 라 람블라 주위를 산책하고, 바닷가에 가고, 스페인 음식을 만들어 먹고, 스페인 마켓에 가고, 밤에는 바에서 여러 공연과 플라멩코 쇼를 보는 등 좋은 시간을 보냈다. 원래 스페인 남부 안달루시아 집시들의 음악이었던 플라멩코는 슬프기도 하지만 아주 박력이 넘치는 음악이었다. 실제 공연을 보고 나서야 난 깨달았다. 공연했던 댄서가 덩치가 좀 컸는데, 탭 댄스를 하는 중 땅을 발로 세게 찍을 때에는 무대가 부서질 것 같기도 했다. 한나의 애완견 루포와 해변에서 뛰는 것도 좋았다. 지금은 아파트에 살아서 힘들겠지만 언제 같이 산책하고 조깅을 할 개가 생기면 좋겠다는 생각이 들 만큼.

한나는 내게 '스페인 타임'을 소개시켜주기도 했다. 아침을 간단히 먹고 2시에 점심을 제대로 먹은 뒤 두 시간 정도 '시에스타'라는 낮잠 시간을 가지는데, 이때는 상점들도 문을 닫는다. 그러고 늦은 오후에 일을 다시 시작해서 8, 9시까지 일하고 저녁을 10시쯤 늦게 먹는다.

나는 하루를 더 느리게 만들어주는 시에스타가 좋았다. 시에스타 시간에는 스페인 문화에서 중요하게 여기는 친구와 가족들을 여유를

가지고 만날 수 있다. 대부분의 스페인 사람들은 가족과 함께 매 식사를 한다고 한다. 나는 저녁 때 어린아이들부터 할아버지까지 모두가 공원, 거리와 광장으로 나와 서로 즐기는 것이 보기 좋았다.

그러나 스페인이 유럽연합에 가입하면서 다른 유럽 국가들과 시간을 맞추기 위해 공무원들의 점심 시간을 한 시간 이내로 제한하기 시작했다는 말을 듣고 실망하기도 했다. 오후에 낮잠을 자는 것이 효율성도 높여준다는 연구도 있지만 세계화는 스페인을 더 빠르게, 신속하게 움직이도록 만들고 있으며 실제로 많은 수의 대기업들이 애석하게도 더 이상 시에스타를 주지 않는다고 한다. 어쩌면 시에스타는 곧 역사 속으로 사라질지도 모른다고 하니, 너무 아쉬웠다. 그래서 나는 이 멋진 도시에서만큼은 자는 시간이 아까운 줄도 모르게 잠을 즐겼다.

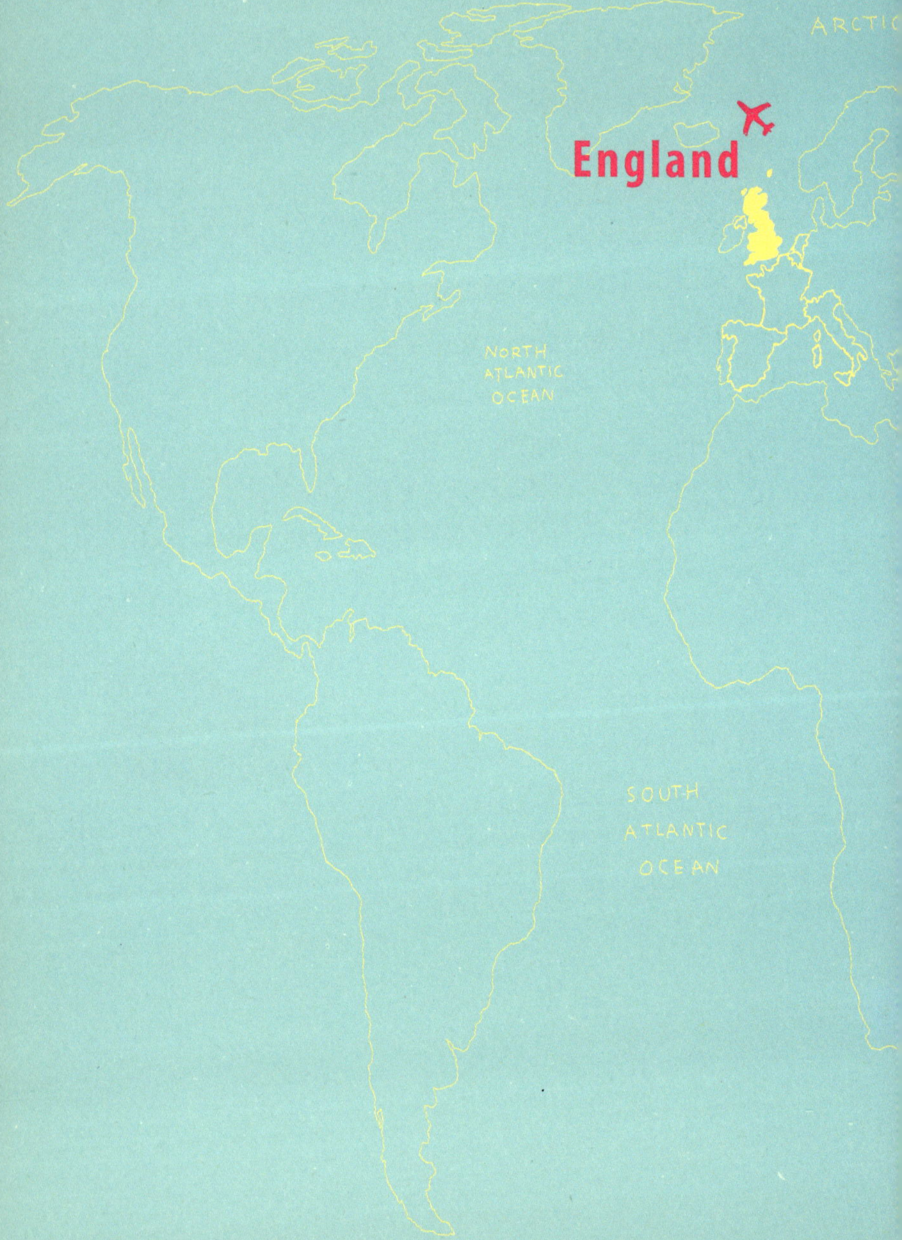

ARCTIC

England

NORTH
ATLANTIC
OCEAN

SOUTH
ATLANTIC
OCEAN

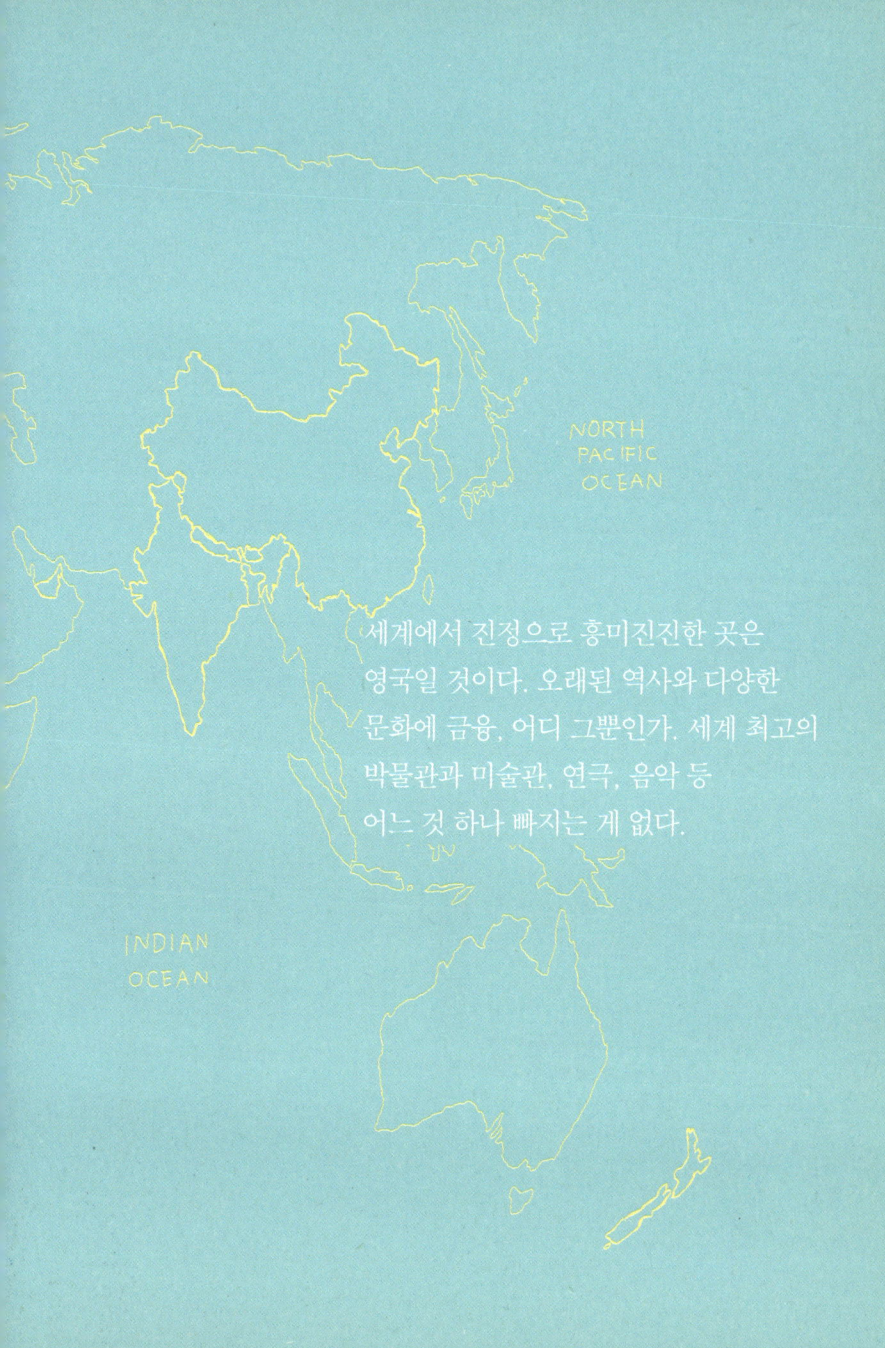

세계에서 진정으로 흥미진진한 곳은 영국일 것이다. 오래된 역사와 다양한 문화에 금융, 어디 그뿐인가. 세계 최고의 박물관과 미술관, 연극, 음악 등 어느 것 하나 빠지는 게 없다.

역사와 전통을 고스란히 간직한
옥스퍼드의 위엄

나의 영국 여행은 옥스퍼드에서 시작되었다. 여기서는 옥스퍼드에 계신 강한록 박사님 댁에서 며칠 신세를 졌는데, 덕분에 세계에서 제일 유명한 옥스퍼드 대학을 구경할 수 있었다.

옥스퍼드 대학은 지역 전체가 마치 역사와 전통에 푹 빠져 있는 듯 보였다. 이 대학이 창립된 12세기부터 지금까지 계속 존재하고 있다는 것이 놀랍기만 했다. 옥스퍼드 대학은 1176년 영국 왕 헨리 2세가 영국 학자들이 프랑스 소르본 대학에 유학 가는 것을 금지한 후 세운 대학으로, 원래는 5백 년 후에 생긴 미국의 하버드나 예일 대학처럼 성직자들을 양성하기 위해 설립했다고 한다. 그런데 지적인 신학 학생들과 농사 짓는 마을 사람들의 관계는 별로 성스럽지 않았던 것 같다. 1209년 학생들과 마을 사람들 간에 유혈사태가 발생하자 이에 불만을 품은 학자들이 옥스퍼드를 떠나 다른 대학을 세웠는데, 케임브리지 대학도 그 무렵에 생긴 것이라고 한다.

옥스퍼드와 케임브리지는 둘 다 하나의 유니버시티University이지만, 실제로는 정원이 2백~5백 명쯤 되는 서른여덟 개의 칼리지college로 나뉘어 있다. 강의, 실험, 중앙도서관, 시험 등은 유니버시티에서 주관하지만, 숙박과 사교활동, 또 옥스퍼드 대학의 유명한 교수와 1대 1 혹은 1대 2로 만나서 한 주 동안 읽었던 책과 에세이에 대해 토론하는 면담 수업tutorial은 칼리지 단위로 이루어지고 있다.

13세기부터 백 년마다 세 개 이상의 칼리지가 생겨났다. 역사적으로 봤을 때 배타적인 마을 사람들과 싸우려면 칼리지끼리 뭉쳐야 했을 것 같지만, 칼리지 사이의 경쟁심은 대단했다고 한다. 어디서 공부했냐고 물으면 옥스퍼드라고 말하기 전에 자신의 칼리지가 어딘지부터 말한다. 몇 년 전에는 펨브룩과 세인트피터스, 두 칼리지의 럭비 경기 중에 마스코트인 표범과 다람쥐가 싸움을 벌이기도 했다고 한다. 마치 영화 〈해리포터〉 시리즈에 나오는 슬리데린과 그리핀도르와 같은 시스템이라고 생각하면 될 것 같다. 참고로 〈해리포터〉 영화에 나오는 호그와트도 옥스퍼드 대학에서 찍었다.

8백 년 넘는 세월 동안 옥스퍼드는 다섯 명의 왕, 스물다섯 명의 영국 국무총리, 40명이 넘는 노벨 수상자와 50명이 넘는 세계 지도자, 열두 명의 성인, 또 존 로크와 토머스 홉스 같은 수많은 학생들의 머리를 쥐어짜게 만든 철학자들을 배출했다.

나는 고3 때 《반지의 제왕》을 쓴 J.R.R. 톨킨과 《나니아 연대기》 시리즈를 쓴 C.S. 루이스의 판타지 소설에 대한 수업을 들은 뒤부터 이들의 열렬한 팬이었다. 그들은 나의 상상력의 친구였다. 그래서 그들이 자주 가던 술집 '이글 앤 차일드Eagle and Child'에 갔을 때는 마치 그들의 체취가 느껴지는 듯했다. 1650년에 문을 연 이글 앤 차일드 술집을 옥스퍼드 사람들은 '버드 앤 베이비Bird and Baby'라는 애정 어린 별명으로도 부른다.

원래 두 사람은 사람들이 좀 재미없어 하는 과목을 가르치는 교수였다. 톨킨은 '옥스퍼드 영어 사전'에서 W로 시작하는 단어들을 연구하기도 한 문헌학자였고, 루이스는 "영국 르네상스라는 것은 없다"라

Oxford Circus
25
Stagecoach

고 말한 르네상스 영문학자이기도 했다. 톨킨은 유럽의 현대와 고대 언어 중에 못하는 게 거의 없을 정도로 언어에 뛰어났는데, 그가 소설을 위해 만들어낸 언어만 해도 수두룩하다.

두 사람은 매주 화요일 오전에 이글 앤 차일드에서 친구들과 만나 술을 마시면서 자기의 문학 세계에 대해 토론하곤 했다. 아침부터 술을 마신다고 해서 알코올중독자였나 하는 생각도 들었는데, 강 박사님 말에 의하면 가끔 강의실에 술을 들고 들어오는 교수들이 있다고 한다. 영국 사람들에게 술은 그냥 음료인가 보다. 옛날에는 교수라는 직업이 성직자처럼 성스러운 소명으로 생각되어서 1877년까지는 결혼도 할 수 없었다고 한다. 그래서 수도승들이 와인을 만들어 마셨듯 교수들은 술이라도 마시며 허전함을 달래야 했는지도 모르겠다.

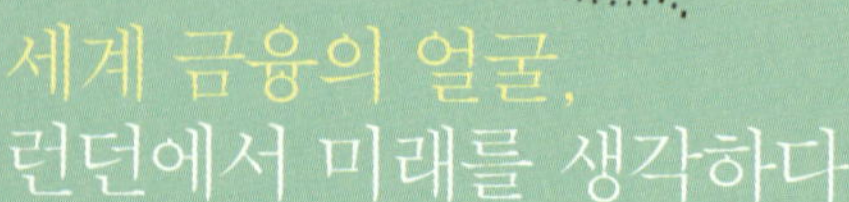

세계 금융의 얼굴,
런던에서 미래를 생각하다

며칠 뒤 나는 런던으로 향했다. 북쪽 세인트 존스 우드St. John's Wood라는 부유한 동네의 친절한 조이Zoe의 집에 머물렀는데, 비틀즈의 폴 매카트니, 슈퍼모델 케이트 모스, 영화배우 주드 로 등이 살고 있는 이곳은 마치 영국판 베버리힐즈와도 같았다. 내가 9개월 동안 전 세계를 여행하면서 머물렀던 집들을 다 합쳐도 이 집 한 채 가격이 안 될 거라는 생각에 왠지 모르게 씁쓸한 생각도 들었다.

런던은 세계에서 제일 흥미진진한 진정한 코스모폴리탄이다. 오래된 역사와 다양한 문화에 금융. 어디 그뿐인가. 세계 최고의 박물관과 미술관, 연극, 음악 등 어느 것 하나 빠지는 게 없다. 나는 런던에서 뮤지컬 〈라이온 킹〉과 〈장발장〉도 보았고, 조이와 함께 비록 10파운드짜리였지만 입센의 작품을 연극으로 보았다. 나는 정말 감동을 받았는데, 연극을 자주 보러 다니는 조이는 연기가 너무 허술해서 별로였다고 했다. 어떤 분야든 문화를 제대로 볼 줄 알아야 더 잘 즐길 수 있는 것 같다.

대영 박물관에서는 한때 세계 영토의 4분의 1을 차지했던 대영제국의 영광을 느낄 수 있었지만, 한편으로는 세계의 수많은 나라에서 빼앗아 온 보물들이 남의 나라에서 전시되고 있다는 현실이 서글프기도 했다. 이집트는 고대 이집트 언어를 해독하는 데 쓰인 로제타 스톤이 되돌아오기를 원하고 그리스는 만신전인 판테온을 장식했던 대리석 조각들을 되돌려 받기를 희망하며 새롭게 박물관을 짓기도 했지만, 영국은 전혀 돌려줄 생각이 없는 것 같다. 영국은 그 나라들이 문화재를 잘 보존할 기술과 자원이 없고, 또 이런 뛰어난 문화재들이 한곳에 모여 있어야 많은 사람들이 볼 수 있다는 논리를 펼친다. 그리 적절하지 못한 변명인 듯하지만, 나로서는 대영 박물관의 입장료가 무료이기 때문에 더 이상 할 말이 없었다.

한국관도 있어서 기대를 했었는데, 결국은 실망을 하고 말았다. 서울에 있을 때에도 국립중앙박물관을 자주 방문했다. 나는 특히 조선시대의 풍경화나 자연화, 또 고려시대의 도자기를 좋아한다. 그러나 대영 박물관에서 중국관과 일본관을 구경하고 한국관을 보니 중국의 제국적인 화려한 맛과 일본의 섬세하고 이색적인 맛 사이에서 한국관은 왠지 성의 없는 전시장 같았고 유물들까지 밋밋하게 보였다. 정치와 경제적인 것뿐만 아니라 문화적으로도 동아시아의 두 거인들 사이에 껴서 한국은 빛을 발하기 힘든 것일까. 뉴욕의 메트로폴리탄 박물관, 런던의 빅토리아 앨버트 박물관 같은 다른 세계적인 박물관에서도 같은 아쉬움을 느끼곤 했다. 하지만 다른 수많은 나라들이 아프리카관, 중동관 등으로 함께 분류되어 있는데 반해 한국관이 단독 전시실을 쓰고 있다는 사실만으로도 자랑스러워해야 할 것 같다.

언젠가 콜카타에서 룸메이트이자 한국 여행 가이드북을 쓴 영국인 형과 내가 가지고 있던 한국콤플렉스(경제, 문화적으로 강국인 두 나라 사이에 끼어서 한국이 볼품이 없다고 생각하고 있었다)에 대해 이야기를 나눈 적이 있다. 스스로를 "dream job을 가진 강박적인 여행자"라고 부르는 그 형은 1년 이상 한국에 살면서 러프가이드북Rough Guide 시리

MAMMA MIA!
MAMMA MIA
MAMMA MIA
SASSY SEXY SEDUCTIVE SENSUAL SINUOUS SLINKY SOPHISTICATED AND SULTRY
CHICAGO
HALF PRICE & DISCOUNT TICKETS
BILLY ELLIOT
THE SMASH HIT MUSICAL ABBA
MAMMA MIA!

즈 중 한국 부분을 썼다. 형은 비록 중국 같은 웅장한 유적은 없지만 한국은 현대사회 속에서 대단히 흥미롭게 변화하고 있어서 한국 사람을 만나는 게 즐겁다고 했다. 또한 한국 음식도 빠질 수 없는 매력이라고 말했는데, 그 점에 대해서는 나도 전적으로 동의했다.

내가 런던에 체류하고 있던 기간 동안 런던에서는 G20 회의가 열리고 있었다. 미국의 오바마 대통령과 우리나라 대통령도 런던에 와 있었는데, 그 기간 동안 금융가가 밀집해 있는 시내 곳곳에서 시위가 벌어졌다. 이런 대규모 시위는 매일 있는 게 아니어서 시위를 구경하러 나갔다. 런던 주식거래소에서는 거대한 모노폴리 게임으로 위험을 무시하고 욕심스럽게 금융상품을 사고 판 은행가들을 풍자하는 시위가 벌어졌고, 런던의 월스트리트라 불리는 커너리 워프에서는 기후변화의 심각성을 알리기 위해 거대한 얼음덩어리를 녹이기도 했다.

내가 본 것 중에 제일 큰 시위는 스코틀랜드왕립은행 앞에서 벌어진 것이었다. 상점들은 시위 때문에 다 문을 닫은 뒤였고, 몇천 명의 시위 행렬이 마치 축제처럼 길거리를 공연과 환호로 물들이고 있었다. 심각한 경제난을 겪고 있는 영국 사람들의 이곳 금융가를 향한 불신의 골은 상당히 깊은 편이다. 그것을 말해주듯 양복을 입은 사람들이 괴물의 가면을 쓰고 있었는데, 은행가를 상징하는 듯했다. 또한 은행가의 인형을 만들어 나무에 교수형을 처하듯 목에 밧줄을 걸어놨는데, 살짝 섬뜩하기도 했다. 사람들은 고층빌딩 위에서 시위를 내려다보는 금융인들을 향해 부끄럽지 않느냐며 소리를 지르며, 마치

축제를 하듯 시위를 이어갔다. 그런데 갑자기 경찰이 개입하면서 현장은 난장판이 됐다. 공교롭게도 그날 4월 1일은 내 생일이었는데, 생일을 자축하는 선물이나 식사는 고사하고 화장실도 못 가고 음식과 물을 살 곳도 없어서 몇 시간이나 경찰이 둘러 친 바리케이드 안에 갇혀 있어야 했다.

경영 대학에 진학할 나나 대학 친구들은 대부분 월가에 있는 은행이나 컨설팅회사에서 일을 하게 될 것이다. 그런데 사람들이 이렇게 은행가를 싫어한다는 것이 한편으로는 부담스럽기도 했다.

나의 고등학교 친구들 중 대부분은 내가 경영 대학에 간다는 사실을 이상하게 받아들였다. 원래 환경학을 공부하려고 했었고 이공계보다는 인문학을 좋아했던 내가 경영과 공학을 복수 전공한다는 것이 완전히 다른 분야를 공부하는 것처럼 보였기 때문이다.

내가 다닌 고등학교는 미국 대부분의 캠퍼스가 그렇듯이 약간은 좌파적이었고, 특히 나의 경우 환경 활동과 종교를 초월한 활동을 해서 더 진보적인 성향이었기 때문이다. 게다가 내가 고등학교에 다니던 시기에는 엔론, 월드컴, 타이코 같은 거대한 대기업들의 회계 스캔들로 대기업들의 체면이 땅에 떨어져 있었다. 대기업들이 오직 이익만을 추구하니 환경, 노동 인권, 건강 등의 문제에는 소홀했고, 결과적으로 사회에 좋은 영향을 끼치는 것이 없는 것 같았다.

경영학 수업을 들으면 비즈니스는 인문학처럼 아름답거나 지적으로 고무적이지도 않고, 생각하는 것을 배우는 것보다는 도구를 다루

는 기술을 배우는 것처럼 느껴진다. 내가 관심이 있는 분야는 창업 쪽인데, 그건 수업이 아닌 실전을 통해서만 터득할 수 있는 것이다. 빌 게이츠와 스티브 잡스, 그리고 페이스북을 만든 마크 주커버그, 세계에서 제일 큰 가구 상점 이케아를 창립한 잉그바르 캄프라드와 삼성과 현대의 창업자인 이병철 씨와 정주영 씨 모두 대학 학위가 없는 사람들이다. 그러니 창업을 하려면 대학을 그만두는 게 나을 수도 있을 것이다. 내가 다니는 와튼은 세계에서 제일 경영을 잘 가르치는 대학 중 하나라고 하지만 창업과 혁신을 가르치기보다는 금융중심적인 월가 문화를 가지고 있어 조금 실망했다. 또한 경영 쪽은 팀워크보다는 경쟁이 더 중요한 살벌한 곳이기도 하다.

아이비리그의 대학들은 학부생 때 다양한 학문들을 체험해보고 좋아하는 과목을 찾아서 전공할 수 있도록 한다. 학부 때는 인격을 키우고, 생각하고, 말하고, 글 쓰는 능력을 닦으라는 것이다. 전공도 2학년 끝날 때까지 정하지 않아도 된다. 대학을 입학하는 순간 전공을 마음대로 바꿀 수 있다. 비록 아이비리그 졸업생 중 똑똑한 학생들 대부분이 월급은 높아도 사회에는 별로 이득이 되지 않는 월 스트리트로 빠져나가지만, 적어도 학부생 때만큼은 자유롭게 공부한다. 무엇을 배우든 성적만 잘 받으면 어디나 취직할 수 있고 의학이나 법, 경영 대학원 쪽으로 갈 수 있어서 학문의 자유가 보장되는 것 같다.

내가 인문학을 좋아하지만 어쩌고 보면 인문학은 사치의 학문일 수도 있다. 예술, 철학, 문학, 종교 등 인류 문명은 배가 부르니까 할 수 있는 일이다. 나는 인류의 생산력을 높여서 인문학과 예술의 발전을 가능하게 해준 이공계 분들에게 항상 감사하고 있다. 석가도 왕자로 태어나서 세상이 줄 수 있는 모든 물질적인 것을 누려본 후 29세가 되서야 출가했고, 무함마드도 부자인 여자와 결혼해서 경제적으로 더 이상 일을 할 필요가 없어진 후에야 명상을 시작했다. 나의 친구 조이는 예일에 가서 예술 역사를 전공할 계획이라고 했는데, 그 역시 부유한 집안에서 자라지 않았더라면 예술과 역사를 공부하겠다고 결심할 수 있었을까?

그래도 장기적으로 보면 사고의 폭을 넓게 하는 인문학이 전문적인 경영보다 더 큰 인물을 키우는 것 같다. 미국 대통령인 루즈벨트, 윌슨과 부시 모두 대학에서 역사를 전공했고 페이스북의 창립자 주커버그와 반기문 유엔 사무총장 모두 학부 때는 심리학을 공부했다. 애플의 CEO 스티브 잡스는 2005년 스탠퍼드 졸업식 축사에서 자신이 대학에서 서체에 대해 공부하지 않았더라면 아름다운 글씨체를 가진 매킨토시는 태어나지 못했을 것이라고 말했으며, 2010년 아이패드의 첫선을 보이는 발표회에서도 기술보다 사람이 먼저라고 말하며 인문학의 중요성을 강조했다.

갭 이어를 마치고 학교로 돌아온 나는 공학을 그만두고 인문학과 경영학을 복수 전공하게 되었다. 비록 환경 기술을 개발하고 금전적으로도 윤택한 길을 포기한다는 게 아쉽기도 했지만, 물질적 부자가 되기보다는 정신적 부자가 되고 싶고 돈보다는 지혜를 가지고 싶다.

누군가 "사상은 별, 나의 마음은 하늘"이라고 했는데, 나는 별들 하나 하나가 너무 좋고 나의 하늘을 더 많은 별들로 밝게 만들고 싶다. 나에게 삶은 무척이나 재미있는 실험이자 놀이터이고, 그 속에서 세계와 나의 내면을 탐구하여 더 좋은 사람이 되고 싶다. 지금까지 전해 내려온 문학, 철학, 예술 등의 보물이 얼마나 많은가. 컴퓨터 안에 죽을 때까지 읽어도 다 못 읽을 정도로 다양한 정보가 있는 세상에 태어난 것이 행복하다. 공간 여행뿐만 역사책과 소설책으로의 시간 여행도 좋다. 한국계 미국인으로서 나에게는 동서양의 문화를 모두 배울 수 있는 기회가 있고, 때문에 더 읽고 만나야 하는 사상가, 작가, 예술가들이 많다고 생각한다.

무슨 공부를 하더라도 비싼 학비를 낭비하지 않기 위해 노력하면서 스스로도 만족스럽고 사회에 공헌할 수 있는 분야를 찾을 것이다. 올바른 길을 찾기 위해서는 방황도 필요한 법. 톨킨은 "방랑을 한다고 해서 잃는 것은 아니다"라고 했다. 나는 내 또래 친구들에게 어쩔 수 없는 방황이라면 즐기자고 말하고 싶다. 또한 부모님들에게는 좀 더 인내심을 가지고 우리들이 멋있게 크는 것을 지켜봐달라고 부탁드리고 싶다.

ARCTIC

France

NORTH
ATLANTIC
OCEAN

SOUTH
ATLANTIC
OCEAN

NORTH
PACIFIC
OCEAN

나는 스스로를 진보적이며 편견이 없고
누구와도 대화할 수 있는 사람이라고 생각했다.
하지만 프랑스, 특히 파리의 시민들을 직접
만나고 관찰하면서 그들에 비하면
나는 아직 갈 길이 멀다고 느꼈다.

INDIAN
OCEAN

일곱 빛깔 무지개를 보다

파리의 성적 소수자들

런던에서의 추억을 뒤로 하고 나는 낭만의 도시라 불리는 파리로 향했다. 런던에서 파리까지 수중 기차를 탈 수 있기를 기대했지만, 너무 비싸서 포기하고 대신 값이 싼 버스와 배를 이용하기로 했다. 중국에서 드래건즈 프로그램을 같이 했던 미국 친구 에밀리가 프랑스 남부에서 프랑스어를 공부하면서 영어를 가르치는 아르바이트를 하고 있었는데, 부활절 휴가를 이용해 나와 함께 여행을 하기로 했다. 파리의 카우치서핑 호스트인 대학생 세실Cecile 누나가 나와 에밀리를 파리 시내의 버스정류장까지 마중 나와주어서 너무 고마웠다.

우리는 곧장 인근 불법 주거, 다시 말해 스쾃squat에서 벌어진 세실 누나 친구의 생일파티장으로 향했다. 이원복 교수님이 쓴 유럽에 관한 책을 통해 사람들이 버려진 집에 들어와 거주하는 불법 무단 점거에 대해 읽은 적은 있지만, 실제로 와본 건 처음이었다. 프랑스법에서는 버려진 빌딩에 들어와 고쳐서 살면 법적으로 그 사람을 주인으로 인정해준다. 그 친구들도 빈 집에 들어와 개조를 한 뒤 법적인 주인이 되려고 법원과 소송을 하고 있는 중이었다.

파티에 온 사람들은 에밀리나 나에게는 낯선 사람들이어서 처음엔 어떻게 말을 건네야 할지 망설여졌다. 우리는 다양성을 중요하게 생각하는 미국 동부의 사립고등학교를 다닌지라 학교에서 커밍아웃을 한 동성애자 선생님과 친구들을 본 적이 있었다. 하지만 여기엔 게이, 레즈비언, 양성애자뿐만 아니라 몇 명은 성전환 수술을 위해 약을 먹고 있는 사람도 있었다. 세실 누나는 자기 친구가 밤에는 포르노 배우

로 일한다고 했다. 그들과 성에 대해 얘기하고 싶었지만, 어색하기도 하고 그들의 영어가 유창하지 않아 서로 대화가 잘 이루어지지는 못했다.

나는 스스로 진보적이며 편견이 없고 누구와도 같이 대화할 수 있다고 생각했다. 하지만 유럽 최초로 동성애자 시장을 선출한 파리 시민들에 비하면 아직 갈 길이 먼 것 같았다. 동성애자에 대해 나는 거의 아는 바가 하나도 없다. 2008년 선거 때 CNN 설문조사에서는 미국 전체 인구의 4퍼센트가 LGBT(레즈비언, 게이, 양성 즉 바이섹슈얼, 트랜스젠더)라고 했는데, 그렇다면 동성애자들은 미국에 사는 아시아계 사람들만큼 흔하다는 얘기가 된다. 고등학교 때 친했던 한 경제학 교수님은 원래 예수회 수도원에 계셨는데 지금 결혼한 브라질 사람을 만나고 나서야 처음으로 자신이 게이라는 사실을 알게 됐다고 했다. 그 교수님은 나에게 경제 개발에 관심을 기울이게 해주었을 뿐 만 아니라 갭 이어를 결정할 수 있도록 도와주었고, 부모님께 전화보다는 편지로 왜 1년 동안 쉬고 싶은지 설명하라는 조언도 해주었던 고마운 분이다.

그 이외에도 나는 많은 동성애자들과 양성애자들에게 지식과 영감을 받았다. 인권운동가이자 기자, 작가인 헬렌 지아Helen Zia는 중국계 미국인으로 레즈비언인데, 나의 동양인으로서의 정체성과 미국적 정체성을 조화시키는 데 없어선 안 될 중요한 지적 영향을 끼친 사람이다. 서양 철학의 시작인 소크라테스와 아리스토텔레스, 르네상스 미술의 꽃인 레오나르도 다빈치, 라파엘로와 미켈란젤로, 낭만주의 음악의 거장 차이코프스키, 팝아트의 창시자 앤디 워홀, 작가 버지니아 울프와 시인 오스카 와일드, 제국을 건설했던 알렉산더 대왕과 줄리어스 시저와 많은 로마 황제들, 이번 금융 위기에서 세계 경제를 구한 지적 토반을 마련한 존 케인즈, 또 동성애를 금한 중세의 교황들 몇 명까지 모두 동성애자나 양성애자였다. 패션을 좋아한다면 돌체 앤 가바나의 두 디자이너, 20세기 말 이탈리아 최고의 디자이너 발렌티노, 루이 비통의 창조적인 디렉터 마크 제이콥스도 모두 다 동성애자라는 것을 알 것이다. 마크 제이콥스가 졸업한 파슨스를 다니는 내 친구는 게이들이 남자들의 강력함과 여자들의 섬세함을 모두 갖추고 있어서 더 창조적이라고 말해주기도 했다. 유명한 영화배우 제임스 딘도 동성애자였고, 안젤리나 졸리도 양성애자인데 그녀가 브래드 피트와 결혼을 하지 않는 이유 중에 하나가 결혼을 하고 싶어도 법적으로 할 수 없는 수많은 동성애자들에 대한 지지의 표시라고도 한다.

아직까지 동성애는 많은 사람들에게 종교적, 도덕적 신념에 어긋나는 행동으로 받아들여진다. 하지만 나는 그 행위는 미워하더라도 사람은 사랑해야 한다고 믿으며, 비록 동의하지는 못할지라도 관용을 베풀어줄 수 있는 사회가 되었으면 한다.

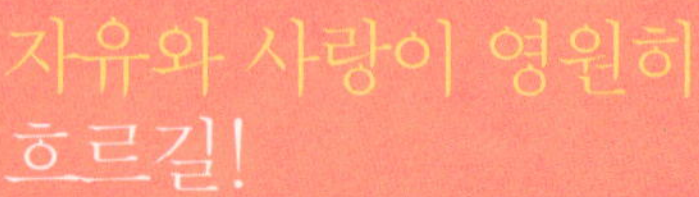
자유와 사랑이 영원히
흐르길!

다음 날, 아침 일찍 일어나 하루를 시작했다. 에밀리는 몇 년 동안 프랑스어를 배워서 파리에 대해서 아는 게 많았다. 그저 그녀의 뒤를 따라다니기만 하면 됐다. 우리는 나폴레옹이 건축한 에투알 개선문에서 파리 탐험을 시작했다. 그 건물에 묻혀 있는 사람은 유명한 정치인이나 왕족이 아니라 1차 세계대전 때 전사한 무명용사라는 사실만 봐도 프랑스가 얼마나 평등을 중요시하는지 느낄 수 있었다.

개선문 위를 올라가자 파리 시(市)가 한눈에 들어왔다. 세계에서 제일 큰 개선문 로터리에서 열두 방향으로 뻗어나가는 도로들이 장관이었다. 멀리 파리의 상징인 에펠탑도 보였다. 1889년 파리 엑스포를 위해 세워진 에펠탑은 원래 1888년 바르셀로나 엑스포에서 세워질 뻔했는데, 바르셀로나가 거절하는 바람에 파리로 오게 됐다고 한다. 하지만 파리에 와서도 수난을 당했다. 엑스포가 끝나자 파리 시민들이 "강철 아스파라거스"라고 부르며 비아냥거렸고 비웃음 속에서 철거당할 뻔했는데, 라디오 중계탑으로 쓰기 위해 그냥 두었다는 것이다. 시대를 너무 앞서나간 건축가 에펠이 불쌍하게 느껴졌다. 비슷한 예로, 루브르 박물관에 있는 건축가 이오 밍 페이의 유리 피라미드와 건축가 리처드 로저스의 현대식 건축물 퐁피두센터도 주위를 둘러싼 고전적인 건축물들과 어울리지 않는다는 말이 많은데, 내가 보기엔 괜찮기만 했다.

우리는 샹젤리제 거리를 걸어서 에펠탑 쪽으로 갔고, 거기서 세실과 그녀의 친구들을 만나 잔디 위에 돗자리 깔고 와인과 치즈로 또 생일파티를 했다.

나는 루브르 박물관이나 에펠탑이 해외 관광객만 가는 관광지 같은 곳이 아니라 이렇게 파리 시민들의 삶에 자연스럽게 뒤섞이는 게 좋았다. 파리는 런던처럼 많은 녹색 공간과 공원들이 있어 답답하지 않고 탁 트인 느낌을 주었다. 센 강을 걷다가 무료 미술관에 들어가 운 좋게 재즈 공연을 즐기기도 했고, 일몰 시 센 강에 일시에 켜지는 가로등을 보면서 낭만적인 기분에 취하기도 했다. 에밀리와 나는 저녁이면 문을 닫는 공원인 줄 모르고 들어갔다가 갇혀서 몰래 담을 넘어 나오기도 했고, 노트르담 성당을 거쳐 현대 미술관인 퐁피두센터에서 맛있는

크레이프를 사먹기도 했다. 내부 공간을 최대화하기 위해 파이프 같은 설치들을 바깥으로 드러내놓은 퐁피두센터를 볼 때에는 슈퍼마리오 게임이 생각나 파이프 안에 들어가고 싶다는 생각도 들었다.

하루 종일 걸어 다닌 우리는 지쳐서 쉬고 싶었지만, 세실은 우리를 위해 또 다른 파티를 준비해놓고 있었다. 세실은 프랑스의 서울대쯤 되는 파리 소르본 대학에서 언어학을 공부하는 우등생이었지만, 주말은 공부하는 법 없이 즐기는 편이었다. 당시 나와 에밀리가 갔을 때는 학교가 몇 달째 사르코지 대통령의 교육 개혁에 반대해 파업 중이라서 더 열심히 노는 중이라고 했다.

사르코지 정부의 교육 개혁은 정부의 공교육비를 줄이고 대학들을 대기업과 연결해서 연구에 투자를 촉진한다는 것이 핵심 내용이다. 그런데 그렇게 되면 경제적 효과가 적은 인문학부가 타격을 입기 때문에 인문학 교수와 학생들이 앞장서서 파업을 이끌고 있었다. 서양 문명을 이끌어 온 프랑스에서도 이렇게 인문학이 위기를 맞이했다는 것이 안타까웠다. 그래도 정부가 맘에 들지 않으면 몇백만 명의 사람들이 곧바로 파업해 버리는 프랑스 사람들이 왠지 멋있기도 했다. 프랑스에서 주기적으로 열리는 대규모 파업과 시위는 경제적으로 해로울지 모르지만 그래도 민주주의가 잘 돌아가고 있다는 반증이며, 돈보다 자유를 중요시하는 프랑스인들의 태도를 잘 나타내는 것 같다.

나는 피곤해서 죽을 것 같았지만, 그래도 파티에서 재미있는 사람들을 많이 만나서 시간이 금방 지나갔다. 미국 서부의 Cal Tech에서 지진과 쓰나미 예측 연구를 하는 괴짜 이탈리아 물리학자는 바르셀로나의 어떤 카페에서 음식을 모두 화학적으로 분자부터 시작해서 합성해서 만든다는 믿을 수 없는 얘기를 늘어놓았고, 어느 20대 후반쯤 되어 보이는 형은 완전히 옷을 벗은 채 누드로 돌아다녔는데, 어쩌다 보니 이 집에서 하는 파티는 누드로 다니는 게 전통이 되었다고 한다. 고등학교에서 문학을 가르친다는 그는 고등학교를 갓 졸업한 우리 앞에서 맨몸으로 다니면서도 전혀 민망하지 않은 듯했다. 하지만 집에 돌아갈 때 장난꾸러기 물리학자 아저씨가 그의 옷을 숨겨서 그를 당황하게 만들기도 했다.

그렇게 신나게 놀다보니 결국 집으로 돌아오는 새벽 2시 반 마지막 전철을 놓치고 말았다. 우리는 5시에 오는 첫차를 기다렸다. 비록 토요일 밤 11시 반이 되면 끊겨버리는 서울 지하철보단 여유가 있는 편이지만 주말이면 사람들이 밤새 다닐 수 있도록 24시간 운행하는 베를린 버스와 전철이 그때만큼 간절한 적은 없었다. 새벽 첫 전철을 타고 시내에 들어와서 멋진 아침 일출을 보며 마치 해장국을 먹는 기분으로 초콜릿 크레이프를 맛있게 먹었다. 파리의 버스기사들은 표를 검사하지 않아서 집으로 돌아갈 때에는 돈을 내지 않고 슬쩍 버스에 탔다. 그런데 얼마 안 가 경찰이 차에 오르는 게 아닌가. 우리는 고민하다가 자는 척했지만 경찰은 속지 않고 우리를 깨우더니 벌금으로 40유로를 내라고 했다. 푼돈 아끼려다 큰돈을 허비하게 생겼는데, 다행히도 세실이 프랑스어로 무언가 설명을 하며 우리를 도와주었다. 벌금은 20유로로 줄었고, 그걸로 감사하며 그날 아침의 치기어린 행동은 끝이 났다.

주중에는 세실이 공부를 하기 때문에 에밀리와 나에게도 여유와 평화가 찾아왔다. 우리는 느긋하게 파리의 다른 보석들을 찾아 돌아다녔다. 제일 인상 깊었던 곳 중 하나는 몽마르트르였다. 파리에서 제일 높은 언덕인 몽마르트르는 원래 프랑스의 수호성인인 성 도니의 순교지였는데, 근대에 오면서 파리 시 외곽인 그곳이 세금도 없는데다 수녀님들이 술을 만들어 파는 바람에 유흥가로 변했다고 한다. 유명한 물랭루주도 여기에 있었다. 월세도 싸고 놀기도 좋아서 가난한 예술가와 지식인들도 많이 모였는데, 반 고흐, 모네, 마네, 드가, 피카소, 달리, 또 작가 졸라 등 이 모두가 한때 몽마르트르에 살면서 활발하게 작품 활동을 했다.

시간이 흐르면서 몽마르트르의 물가도 오르게 되었고, 결국 예술가들은 강 반대편에 있는 변두리 지역인 몽파르나스로 대거 이동했다고 한다. 몽파르나스에는 1차 세계대전 후 피카소, 샤갈, 미로, 마티스, 칸딘스키를 비롯해 콧수염과 턱을 염소수염으로 장식한 뒤샹, 작가 베켓, 피츠제럴드, 시인 에즈라 파운드, 작곡가 스트라빈스키가 살았다. 또한 정치망명자 레닌과 트로츠키, 멕시코 대통령 디아즈까지 오면서 서양 세계 예술의 중심지가 되었다.

특히 1920년부터 1933년 사이에는 미국에서 시행됐던 금주법으로 인해 영감을 발휘하는 데 술이 필요

PARIS
PLACE
SUZANNE
VALADON
P
2 ROUES

했던 미국의 작가들이 대거 파리로 이주했다. 헤밍웨이는《해마다 날짜가 바뀌는 축제A Moveable Feast》로 이 동네의 보헤미안적인 삶을 그려냈고, 조지 오웰은 설거지로 노동하며 부랑자들과 살았던 경험을 쓰기도 했다. 시인 거트루드 스타인은 그녀의 집을 살롱으로 만들어 피카소, 마티스, 헤밍웨이 같은 많은 예술가 친구들을 초대하기도 했다. 하지만 몽마르트르와 몽파르나스 두 곳 모두 2차 세계대전 때 예술가를 잃어버리고 말았다. 많은 예술가들이 전쟁을 피해 미국으로 건너가면서 서양 예술과 음악의 중심은 유럽에서 미국으로 넘어갔다. 두 곳은 예술적으로 다시 회복하지 못했고, 지금은 관광객들만 넘친다.

몽마르트르 언덕 꼭대기에는 하얀 순수함과 우아함으로 나에게 타지마할을 떠오르게 만들었던 샤크레케르 대성당이 있다. 나는 그곳에서 앉아 잠깐 기도하고 명상했는데, 왠지 모르게 가슴에 사랑이 넘쳐나는 것이 느껴졌다. 왜 우리는 바로 앞에 앉아 있는 사람보다 가족과 친구들을 더 사랑하고 관심을 기울이는 것일까? 사랑은 비조건적이고 절대적일 때 제일 아름다운 것 같은데, 친구들과 가족들을 사랑하는 것은 우리도 사랑에 대한 보답을 받고 싶어서는 아닐까? 테레사 수녀는 길거리에 고통받고 있는 인도 사람을 가족과 똑같이 사랑했을까. 우리는 가끔 철로에 떨어진 낯선 사람을 구하려고 자기의 목숨을 거는 사람에 대해 듣기도 한다. 왜 위험한 순간에는 자신의 목숨을 걸면서 평소 때는 친절하지 못할까? 어느 사람이 자살일기에 "내가 샌프란시스코 금문교에서 뛰어내리기 위해 가는 길에서 단 한 명이라도 나에게 인사해주거나 웃어준다면 뛰어내리지 않을 것"이라 썼다고 하는데, 결국 그는 그날 다리에서 뛰어내리고 말았다. 도시에 사람이 많으면 무슨 소용인가. 대부분 유령 같은 존재에 불과하다. 우리의 에너지는 제한되어 있지만 왠지 사랑은 밑이 막히지 않은 우물일 것 같다. 촛불이 다른 촛불에게 불을 준다고 해서 자기의 불이 작아지지 않듯 사랑도 그런 게 아닐까?

몽마르트르와 몽파르나스, 두 동네는 또 에밀 아르망Emile Armand과 브누아 브루슈Benoit Broutchoux 등 '프리섹스free sex'를 옹호하는 무정부주의 사상가들의 메카이기도 했는데, 이들은 결혼을 (특히 여성에게) 사회적 구속이라고 생각했고 정부의 성생활 간섭을 막으려고 했다. 프리섹스라고 하면 짧은 기간에 여러 명의 성적 파트너를 두는 것이라고 잘못 이해할 수도 있지만, 그 운동의 중점은 개인의 사랑과 관계가 법으로 규제되지 말아야 한다는 것이었다.

많은 프리섹스 운동가들은 한 파트너와 장기적 관계를 맺고 또 평생 독신으로 살아가기도 했다. 18세기 말 영국의 낭만주의 시인 윌리엄 블레이크는《앨비언 딸들의 비전Visions of Daughters of Albion》에서 결혼을 노예제도와 비교했다. 독일의 낭만주의 작곡가

MAISON

와그너는 그의 책에서 프리섹스를 옹호했고, 한 여자와 살았지만 결혼은 하지 않았다. 니체도 자기의 책에서 프리섹스에 대해 다뤘는데, 그가 한 여인에게 프러포즈를 했을 때 그녀는 '결혼이 니체의 철학과 모순된다'는 이유로 거절했다고 한다. 작곡가 쇼팽도 프리섹스 운동의 지지자로 작가 조르주 상드와 결혼하지 않고 동거했다. 프랑스 철학자 사르트르와 시몬 드 보부아르도 대학 때 만나 평생 관계를 유지했다. 둘 다 많은 애인들이 있었지만 친구와 애인 관계를 왔다 갔다 하면서 죽을 때까지 함께했고, 죽어서는 옆에 묻히기도 했다.

그러나 성당에서 나오자마자 누구나 똑같이 사랑한다는 것은 쉽지 않다는 걸 깨달았다. 무엇보다, 나는 옆에 있는 친구를 사랑하는 것부터 먼저 배워야 할 것 같았다. 에밀리는 여행 중 나한테 많은 것을 양보했던 고마운 파트너였지만, 더 머물고 싶은 성당에서 빨리 나가자고 해서 금세 맘이 상하기도 했다. 사람은 이렇게 이기적이기에 사랑한다는 것은 평생을 두고 힘든 과제가 될 것 같다. 그래서 점점 시간이 가면서 파트너가 하자는 대로 더 많이 양보할 수 있는 여유가 생겼으면 한다. 1년 동안 하고 싶은 대로 돌아다녔으니 점점 더 양보하는 여행자가 되고 싶다.

ARCTIC

Netherlands

NORTH ATLANTIC OCEAN

SOUTH ATLANTIC OCEAN

NORTH
PACIFIC
OCEAN

자연과 건축, 사람들까지
너무도 아름다운 곳, 네덜란드. 매춘,
대마초 등이 합법적인 이 나라에선
얼핏 자유와 관용이 넘쳐흐르는 것 같지만
실용성과 도덕성도 상당히 중요한
역할을 하고 있었다.

INDIAN
OCEAN

무정부주의자들과의
4일간의 동침

에밀리와 나는 파리를 떠나 네덜란드로 여행을 계속했다. 그런데 암스테르담에서 카우치서핑을 요청하기 위해 스무 명도 넘게 신청을 했는데 놀랍게도 단 한 사람에게도 예스를 받지 못했다. 보통 열 명 정도 하면 한두 명 답장이 오기 마련이고 에밀리 같은 젊은 여자들은 남자들로부터 웬만하면 오케이를 받는 편인데, 마침 부활절 연휴라서 그런지 답이 없었다. 그래서 우리는 호스텔을 잡을 계획으로 암스테르담에 갔지만 호스텔도 만원이라 결국 시내 광장에서 노숙을 할 지경에 이르렀다. 중국에서 온갖 고생을 다 한 뒤에도 불평 한마디 하지 않았던 에밀리조차도 낯선 도시에서 아는 사람도, 잘 데도 없으니 많이 힘이 들었는지 울상을 지었다.

그런 상황에서 바르셀로나의 한나가 우리의 구세주가 되어주었다. 우리는 한나의 친구 서지오Sergio를 만났다. 그런데 서지오 역시 부활절이라 휴가를 떠나야 한다며, 정 갈 곳이 없다면 자기 친구들이 있는 스쾃에 가 있으라고 추천해주었다. 시내에서 10분 거리에 위한 스쾃은 다리 밑에 있었는데, 파리에서 갔던 곳보다 몇 배나 더 컸다. 그곳은 원래 미술 전시관이었는데 어쩌다가 버려져 지금은 약 서른 명이 살고 있었다. 거주자들은 공간을 개조해서 부엌도 만들었고, 샤워실은 공사 중이었다. 이 스쾃에서 유럽 여행 중인 미국인 환경 운동가 에릭을 만났다. 그는 카우치서핑을 요청하는 것도 귀찮아서 새 도시에 도착하면 술집을 찾아가 거기서 만난 사람들에게 재워달라고 했다는데, 대개는 성공했다고 한다. 하지만 그도 부활절이라 잘 곳을 찾지 못해 그곳으로 왔다고 했다.

암스테르담의 스쾃에는 의외로 동유럽에서 서유럽으로 일자리를 찾으러 온 사람들도 많아 국적이 다양했다. 암스테르담은 인구 75만 명의 작은 도시임에도 외국인 비율이 50퍼센트나 되고 매년 방문객이 450만 명이 넘는 국제적인 도시다. 우리가 찾아간 스쾃에만 해도 러시아, 루마니아, 팔레스타인, 모로코, 터키, 폴란드, 스페인 사람들이 모여 있어 마치 유럽연합 회의를 보는 듯했다. 그 사람들을 결합하는 가장 큰 정체성은 무정부주의였는데, 나는 성적 정체성에 대해 무지하듯 무정부주의에 대해서도 아는 바가 없었다. 미국에서 정치적 성향에 대해 얘기하면 보수적인 공화당이나 진보적인 민주당이거나 했을 뿐, 자신을 진지하게 무정부주의자라고 표현하는 사람들은 만나보지는 못했다.

보통 무정부주의자라고 하면 매일 시위하고 폭탄을 던지는 허무주의자나 극단주의자들을 연상하기 쉬운데, 이곳의 거주자들은 모두 평화주의자였고 다양한 색깔의 정치적 성향들을 지니고 있었다. 무정부주의는 개인들의 자유와 자치권을 극대화하고 사회적 강자들의 착취를 최소화하는 것을 기초로 하는데, 역사적으로 무정부주의자들은 노예제도의 폐지에 앞장섰으며 반전, 노동, 인권 문제 등 여러 방면에서 활발하게 의견을 펼쳐나갔다.

스쾃의 거주자들을 할 일 없는 백수라고 비난할 수도 있겠지만, 사회 경제 순환에 있어 필요한 일부다. 이들은 버려진 낭비를 줄여서 자

dish

w.condomerie.
PICTURES
GEEN FOTOS !!
XXL
PUSH

원 소모를 줄이고 버려진 콘크리트 빌딩을 호스텔이자 클럽, 또 미술관으로 변화시킨다. 스쾃에는 많은 예술가들과 음악가들이 살고 있었고 이들은 자기의 열정에 방해를 받지 않고 집중하기 위해 돈이 들지 않는 생활을 하고 있으니, 어떻게 보면 이것도 인생의 멋이 아닐까.

스쾃 안은 멋진 그래피티와 벽화들로 가득했는데, 그 작품을 남긴 사람들이 암스테르담 곳곳에도 작품을 남겼다고 한다. 산업 심리학자들은 일의 만족도에 있어 돈만큼이나 일의 자주성이 중요하다고 하는데, 스쾃의 예술가들은 자기가 원할 때 원하는 곳에서 그리고 싶은 그림을 그리고 원하는 만큼 일하고 있으니 어쩌면 가장 행복한 사람들이 아닐까 하는 생각이 들었다. 또 이곳은 주말 저녁에는 음악가와 DJ들의 공연으로 시끌벅적한 클럽으로 변했다. 나는 곧 해가 뜰 때까지 시끄러운 음악을 들으면서도 잠을 자는 데 익숙해졌다.

그곳에 있던 대부분이 친절하고 관대했지만, 무작정 믿어도 안 된다는 교훈도 얻었다. 우리가 마지막으로 묵었던 날 밤에 큰 파티가 있어서 다른 사람들이 많이 놀러 왔는데, 그때 누군가가 나의 지갑과 카메라 그리고 노트북을 훔쳐가고 만 것이다. 운 좋게 비상용 현금과 신용카드는 살아남았지만, 카메라와 노트북은 금전적인 가치를 떠나 감정적 가치가 큰 물건이었다. 일기, 사진, 음악과 여행 중 만났던 사람들의 연락처들을 잃어버린 것이 아주 가슴 아팠다.

스쾃에는 프로그래머들과 해커들도 몇 명 있었는데, 그들은 스쾃을 멀티미디어 센터로 업그레이드하려고 노력 중이었다. 식당이나 술

집에서 웨이터나 웨이트리스로 일하는 사람들도 있었지만, 어떤 이들은 하루 종일 술과 마약으로 보내기도 했다. 일자리를 찾으려다 많은 아픔을 겪고 포기한 이들은 자본주의를 탓했다. 자기가 하루 종일 열심히 일해도 결국 부유해지는 것은 자본가들뿐이라고 울분을 터뜨리기도 했다. 하긴 그들의 말처럼 사회가 점점 더 불평등해지는 것도 사실이었다.

그곳의 무정부주의자들은 오늘날의 불평등한 시스템을 바꾸기엔 무력하다고 느끼고 있지만, 몇몇은 곧 자본주의를 무너뜨릴 노동자들의 혁명이 올 것이라고 믿고 있었다. 미국 헌법의 아버지인 매디슨은 "사람들이 천사라면 정부가 필요 없을 것이다"라고 말하며 역설적으로 정부의 필요성을 강조했지만, 무정부주의의 할아버지 윌리엄 고드윈은 정부를 지식이 퍼지면 곧 약해지고 없어질 '필요한 악'으로 보았다. 내 생각에는 인류의 다양성에 깔려 있는 보편성과 공존을 강조하는 올바른 교육이 병행된다면, 법과 정부가 덜 필요할 날이 올 수도 있을 것 같다.

자유와 관용이 넘실대는 암스테르담

암스테르담은 자연도 건축도 사람들까지 너무도 아름다운 곳이다. 사람들은 대부분 영어를 잘하고 키 큰 금발머리의 전형적인 북유럽 미남 미녀들이다. 네덜란드 사람들이 비즈니스를 잘하는 것도 빼어난 외모 때문이라고, 한 네덜란드 친구는 말한 적이 있다(그 말을 들으며 역시 잘생기면 좀 거만해지는 모양이

라고 생각하기도 했다). 암스테르담은 수로의 도시인 베네치아보다 수로가 더 많아서 배에 사는 사람들도 많고, 그래서 주소를 가진 배도 있다. 외면보다 내면을 중요시하는 개신교의 영향 때문인지 아니면 조그만 나라라서 그런지는 모르겠으나, 프랑스의 베르사유처럼 장엄한 궁전은 없었지만 부유했던 상인들이 지은 아름다운 고전 건축물이 많았다. 네덜란드의 전성기였던 17세기에는 영국과 프랑스의 배를 합친 것보다 더 많은 상선을 갖고 있었고 유럽과 아시아 사이를 오가던 상선의 절반이 네덜란드 것이었다고 하니, 한마디로 해상무역의 패권을 네덜란드가 쥐고 있었던 셈이다.

그렇게 벌어들인 돈으로 무엇을 했나 싶었는데, 그 답을 튤립 박물관에서 찾을 수 있었다. 1636년과 1637년 사이, 네덜란드에는 튤립 열풍이 불었다. 원래 중앙아시아에 서식하는 튤립은 터키 지역의 오스만 제국을 통해 네덜란드에 들어왔는데, 튤립에 대한 네덜란드인의 과열 투기 현상, 즉 튤립마니아의 광기는 특히 1630년대에 극에 달했다고 한다. 특히 주름이 많고 줄무늬 있는 꽃들이 인기가 높았는데, 우습게도 이런 꽃들은 바이러스 걸린, 병든 꽃들이었다. 건강한 튤립은 단색이었는데 사람도 혼혈이 예쁘듯 튤립들도 이종교배된 것이 인기가 많았다.

튤립마니아 절정기에 튤립의 가치는 같은 무게의 금보다 더 비쌌고, 튤립의 알뿌리 하나가 노동자 한 명의 10년 평균치 임금에 달했다고 한다. 알뿌리 몇 개만 있으면 집을 한 채 살 수도 있었다. 그러다

1637년에 튤립 시장이 대폭락했고, 튤립 장사로 돈을 번 부유했던 상인들이 하루아침에 거지 신세로 전락했다. 어처구니없어 보이는 얘기지만 1929년의 세계공황, 2000년의 IT버블 붕괴, 2007년 서브프라임 모기지 사태도 튤립 시장의 붕괴와 다르지 않다. 계속 가격이 올라가면 언젠가는 떨어질 수밖에 없는 물리적, 역사적 법칙을 무시하고 투기를 하다간 비극을 자초할 수밖에 없다. 하지만 그렇게 호되게 혼이 나고도 네덜란드인들은 여전히 튤립을 사랑한다. 지금도 네덜란드는 대부분의 유럽과 북아메리카의 튤립 시장에 튤립을 제공하고 있다. 이제 튤립은 투기가 아닌 산업으로 네덜란드를 풍요롭게 만들어주고 있는 것이다. 나는 세계 최대의 튤립 공원인 쾨켄호프를 방문해 끝이

안 보이는 튤립 꽃밭을 보기도 하였다.

꽃뿐만 아니라 암스테르담은 나무와 공원들도 많은, 유럽 제일의 친환경적인 도시 중에 하나다. 인구 한 사람당 한 대꼴로 자전거를 보유하고 있어서 모든 자동차 도로 옆에는 반드시 자전거 도로가 있고, 자동차보다 자전거를 타고 출근하는 사람들이 더 많다. 또 2025년까지 도시의 탄소배출량을 40퍼센트 이상 줄인다는 적극적인 목표도 가지고 있다. 국토의 상당 부분이 해수면보다 낮기 때문에 신경을 쓰지 않을 수 없는 나라이기도 하지만, 자원을 마음대로 소비하는 것도 개인의 자유이고 법적으로 거의 가장 자유로운 나라인 네덜란드가 이렇게 환경 문제에도 앞장서는 것이 멋있게 보였다.

MAOZ
VEGETARIAN
TPGPOST
WAO

겉으로 보았을 때 자유와 관용이 이 도시의 유일한 좌우명인 것 같지만, 실용성과 도덕성도 상당히 중요한 역할을 한다. 암스테르담의 철학은 '막지 못할 것이라면 합법화하고, 대신 규제하며 돈을 벌자'는 실리주의인데, 그래도 개신교 정신이 남아 있어 일명 홍등가Red Light District에 있는 네덜란드인 여자는 전체의 5퍼센트에 불과하며 그곳을 찾는 네덜란드 남자 손님도 전체 손님의 5퍼센트밖에 안 된다고 한다(참고로 손님 중 가장 높은 비율을 차지하는 것은 신사의 나라 영국이라고 한다). 매춘부들이 세금을 내자 정부는 세입이 늘어서 좋고, 매춘을 합법화하자 매춘부들은 사무실마다 경찰과 연결되는 비상 호출기를 달아놓고 안전하게 일할 수 있게 되었다고 한다. 또한 성병 검사도 정기적으로 실시해 성병 감염률도 매우 낮다고 한다.

대마초도 불법이 아니다. 네덜란드에서는 커피숍의 의미가 좀 남다르다. 바로 대마초를 합법적으로 파는 데가 커피숍(만약 진짜 커피를 마시고 싶다면 cafe로 가면 된다)이기 때문이다. 커피숍의 손님들도 대부분 외국인들이다. 네덜란드인 중에 마약을 하는 사람들의 비율은 대마초가 불법인 프랑스, 영국, 또 오바마와 클린턴 대통령을 포함해서 인구의 3분의 1 이상이 대마초를 펴본 경험이 있는 미국의 절반도 되지 않는다. 물론 건강에 훨씬 더 위험한 헤로인이나 코카인 등의 강력한 마약들은 네덜란드에서도 금지하고 있다.

자유와 관용은 나에게도 제1의 가치다. 하지만 그럼에도 불구하고 실제로 그것이 실현되고 있는 암스테르담의 분위기는 조금 부담스럽기도 했다. 나는 어린이들이 다니는 거리에서도 벌거벗은 창녀 누나들이 보이는 것이 싫었고, 길에서 대마초 냄새를 맡는 것도 지겨웠다. 또 역사적인 매력이 있는 센트럴 댐 스퀘어에 요란한 놀이동산을 설치해 놓은 것도 너무 상업적 마인드에 빠진 것 같아서 싫었다. 한 도시에 홍등가와 순결한 소녀의 상징인 안네 프랑크의 집이 공존한다는 것도 어울리지 않는 것 같았다.

하지만 2001년 세계에서 제일 처음으로 동성결혼을 합법화한 관용의 암스테르담이 몇 해 전에 일어난 사건으로 인해 역사적인 선회를 시도하고 있다. 2004년, 네덜란드에서는 작은 9.11사태를 연상시키는 사건이 벌어졌다. 영화제작자 테오 반 고흐Theo Van Gogh(우리가 잘 아는 비극의 천재 화가 빈센트 반 고흐 동생의 후손이라고 한다)가 이슬람을 비판하는 다큐멘터리를 만들어 상영했다가 대낮에 대로에서 모로코 출신의 이슬람 극단주의자에게 총을 맞고 목이 잘려 죽은 것이다. 그의 가슴을 관통한 채 꽂혀 있던 칼에는 네덜란드 국가 전체를 위협하는 협박 편지가 발견됐다.

그 후 네덜란드는 더 엄격한 이민법을 통과시켜 외국인들의 유입을 부분적으로 제한하고, 매춘과 마약도 제한하기로 했다. 몇 년 안에 일흔여섯 개의 커피숍 중 스물여섯 개가 문을 닫게 될 것이고, 허락된 매춘 업소도 반 이상 줄여 그곳을 미술과 패션산업의 메카로 바꿀 것이라고 한다. 자유를 누리고 싶어 했던 이들의 천국 암스테르담이 과연 언제까지 그 모습으로 남아 있을지 궁금하다.

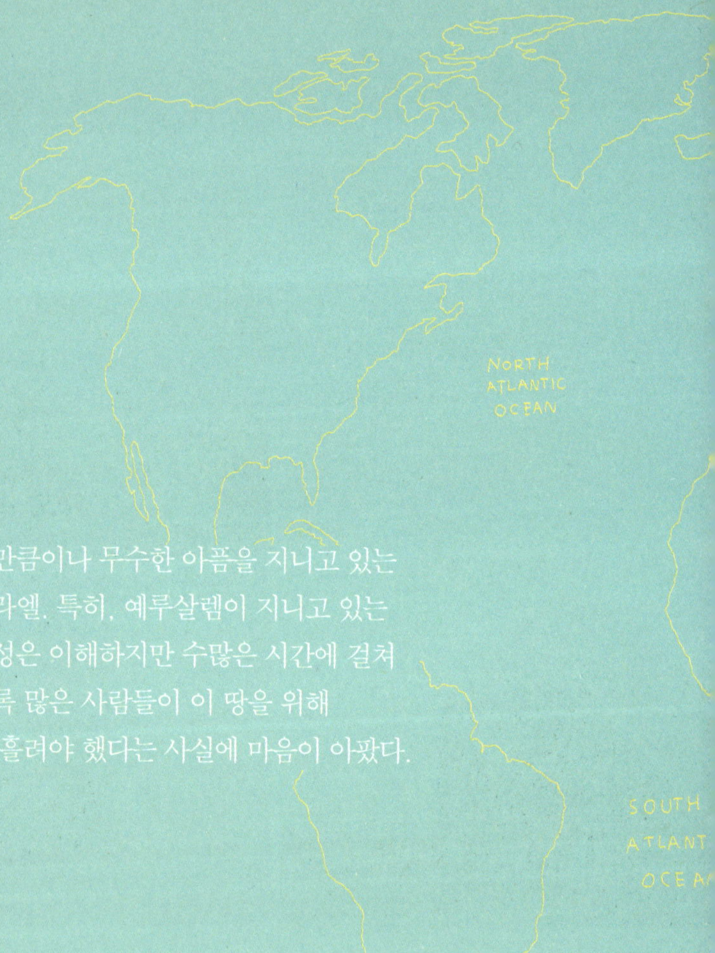

영광만큼이나 무수한 아픔을 지니고 있는
이스라엘. 특히, 예루살렘이 지니고 있는
중요성은 이해하지만 수많은 시간에 걸쳐
그토록 많은 사람들이 이 땅을 위해
피를 흘려야 했다는 사실에 마음이 아팠다.

NORTH
ATLANTIC
OCEAN

SOUTH
ATLANT
OCEA

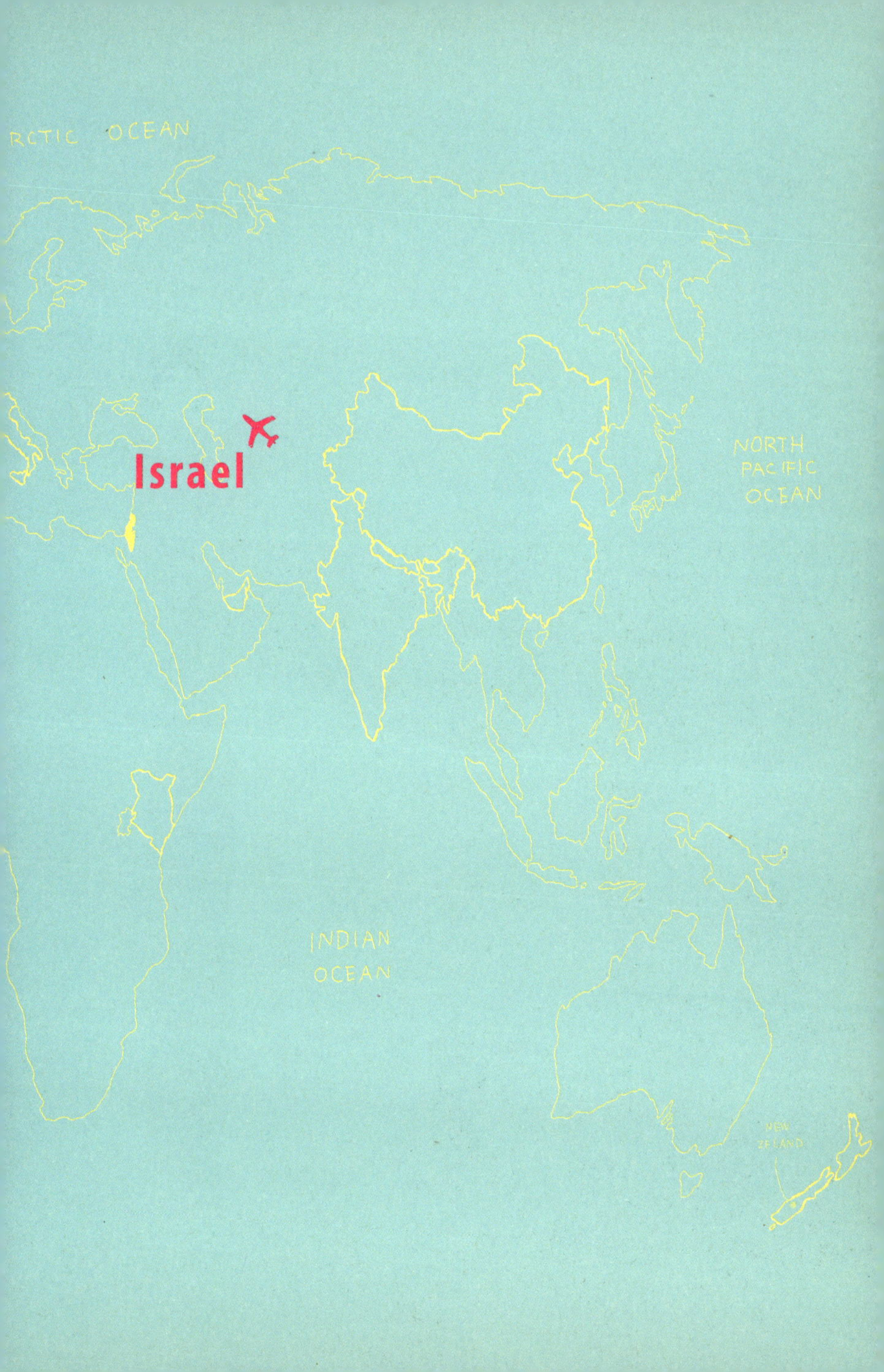

RCTIC OCEAN
Israel
NORTH
PACIFIC
OCEAN
INDIAN
OCEAN
NEW
ZEALAND

이곳엔
자본주의가 살지 않는다

나는 가이드북을 통해 키부츠에 대해 알게 되었는데, 예전에 이스라엘에서 살다 오신 부모님의 친구분이 이스라엘을 이해하고 싶으면 꼭 키부츠에서 시간을 보내라고 충고해주셨던 기억이 났다. 가이드북에는 키부츠를 20세기 초 시온주의와 사회주의가 합쳐져 만들어진 농업공동체로, 모든 멤버들이 똑같은 정치와 경제적 권리를 가지고 개인적인 월급 없이 일, 식사와 여가를 나누며 사는 곳이라고만 설명하고 있었다. 첫 키부츠들은 러시아에서 온 유대인들에 의해 세워졌다고 하니 무너진 소련을 볼 수도 있을 것 같았고, 3개월 전 수녀원을 떠난 뒤로는 일을 한 적이 없기 때문에 노동이 그립기도 했다. 하지만 대개의 키부츠들은 두 달 이상의 장기 봉사자들만 뽑기 때문에 내가 있을 만한 키부츠를 찾기란 쉽지 않았다. 하지만 운 좋게 우프WWOOF, Worldwide Opportunities on Organic Farms라는 유기농 농장 봉사 활동 웹사이트를 통해서 '니옷 사마다'라는 키부츠를 찾았다. 거기서 2주 반 되는 기간 동안 일하는 대신 음식과 잠자리를 공짜로 제공받을 수 있게 됐다. 이 키부츠는 다른 오래된 키부츠에 비해 겨우 스무 살 정도 밖에 안 되는 풋내기였지만 짧은 시간 동안 많은 것을 이루었고 이스라엘의 대통령도 와서 찬사를 아끼지 않았다고 하니, 제대로 된 키부츠를 볼 수 있을 것 같았다.

키부츠는 시온주의 운동으로 생겨난 공동체였다. 시온주의란 19세기 말 동유럽에서 시작된

운동으로, 유대인들의 민족 국가를 건설하는 것이 목적이었다. 시온주의자들은 당시 이스라엘 땅을 점령하고 있던 영국에 정치적 압력을 넣었다. 아랍인들의 반대를 우려한 영국은 원래 아프리카 우간다를 유대인들에게 주겠다고 제안했지만 이스라엘 사람들은 예루살렘이 있는 땅을 원했고, 결국 영국은 1917년 벨포르 선언을 통해 유대인들에게 그들의 땅을 돌려주기로 약속했다. 하지만 외교의 귀재였던 영국인들은 유대인만큼이나 예루살렘을 원했던 아랍인들에게도 독일의 동맹국이었던 터키의 오스만 제국에 반란을 일으키면 그 땅을 주겠다고 말해 상황을 복잡하게 만들어버리고 말았다.

그 후 이 성지는 유혈 사태의 연속이었는데, 재빨리 예루살렘을 차지한 이스라엘이 독립을 선언하고 말았다. 그러자 이집트, 요르단, 이라크와 시리아 등 주위 아랍 국가들이 팔레스타인의 아랍 형제들을 돕기 위해 이스라엘과 전쟁을 벌였다. 한반도의 10분의 1정도에 해당하는 땅에, 서울보다 적은 인구인 750만 명에 불과한 이스라엘이 거대한 아랍 연합군과 붙은, 다윗과 골리앗에 비유되는 싸움이었지만 성경의 내용이 그렇듯 미국의 지원을 받고 최첨단 무기로 무장한 다윗은 낡은 무기를 사용하는 골리앗을 물리치고 승리를 거뒀다. 이때 팔레스타인인들은 난민 신세가 됐다. 이스라엘은 이스라엘에 사는 아랍인을 한 명도 추방하지 않았다고 했지만, 이스라엘에 있는 아랍인 수는 94만 명에서 15만 명으로 줄었다. 지금도 이스라엘에는 유엔 난민구제소가 스무 개나 있고, 현재 팔레스타인의 50퍼센트가 유엔에

의해 난민으로 지정되어 있다고 하니 심각한 문제가 아닐 수 없다.

유럽을 떠난 나는 이집트 수도 카이로로 날아간 뒤 그곳에서 하루를 보내고 여덟 시간 동안 버스를 타고 타바를 통해 홍해에 접한 이스라엘 남부 리조트 도시인 에일랏에 도착했다. 거기서 버스를 갈아탔는데 운전기사가 날 사막 중간에 내려놓고 가는 바람에 순간적으로 당황했다. 한참을 기다리니 키부츠에서 차를 가지고 데리러 왔다. 키부츠는 사막 한가운데 있는 불가사의한 초록 섬처럼 보였다. 네덜란드인들이 바다를 땅으로 만들었듯, 이스라엘 사람들도 세계 최고의 관개기술로 황량한 사막 한가운데 비옥한 녹색 땅을 창조해냈다.

원래 첫날은 키부츠를 돌아다니면서 곳곳에서 하는 다른 일들을 관찰하는 날이었지만, 비행기와 버스에서 이틀을 보낸 나는 피곤해서 그냥 잠을 잤다. 낮잠에서 깼을 때 룸메이트 마틸라스Matillas가 들어와 있었는데, 검은 아프로 스타일의 머리가 인상적이었다. 그는 우루과이 출신의 유대인이었는데, 유대인이라고 불리는 걸 좋아하지 않았다. 유대 문화는 자랑스럽지만, 이스라엘 정부의 활동을 좋아하지 않기 때문이라고 했다. 홀로코스트에서 친척 몇 사람이 희생되었음에도 불구하고 그는 정부가 슬픔을 조장하는 것 같아서 슬퍼하기 싫어지는 마음이 커졌고, 그래서 홀로코스트 기념일 예배에 참여하지도 않는다고 했다. 그는 멋진 음악가이자 작곡가였으며, 우리는 같이 음악을 듣고 만들면서 재미있는 시간을 보냈다. 또한 그는 병아리콩을 갈아 만든 유대인들의 된장 허머스와 빵만 가지고도 점심 저녁을 먹는 허머스 애호가였다. 유대인들이나 아랍인들이나 매 식사마다 같은 음식인 허머스를 먹으면서도 서로 싸우는 모습이 마치 같은 김치를 먹으면서도 남한과 북한이 싸우고 있는 것처럼 느껴져 안타까웠다.

일은 키부츠에 도착한 다음 날부터 시작되었다. 5시 반에 모여서 따듯한 차와 30분의 침묵으로 하루를 시작했고, 일은 6시에 시작되었다. 8시부터 9시 아침 시간, 1시부터 2시 점심 시간을 제외하고는 5시까지 쉬지 않고 일했다. 또 키부츠에서의 결정은 모든 거주자들에 의해 만장일치로 통과되어야 하기 때문에 거주자들은 저녁 회의까지 참가하면서 더 긴 시간을 일했다. 오랫동안 떠돌아다닌 탓에 일하는 시간이 길게 느껴졌다. 만일 좋은 사람들이 주변에 없었다면 나는 포기하고 말았을 것이다. 키부츠에는 2백 명의 사람들이 있었는데 1백 명의 어른 장기 거주자, 60명의 어린이들과 40명의 나 같은 봉사 지원자들이 있었다. 운 좋게 다섯 명의 내 또래들이 있었는데 각각 독일, 영국, 미국, 이스라엘 출신으로 1년 동안 유대인 문화체험 프로그램을 하고 있었다. 난 그들과 많은 시간을 같이 보냈다. 대부분의 거주자들은 영어를 잘하고 사교적이었고, 다른 봉사자들도 친절했다.

봉사 지원자들은 다양한 일을 돌아가면서 하게 되는데, 나 역시 그랬다. 땡볕에 채소 밭에서 잡초 뽑기도 하였고 복숭아를 수확하거나 종류대로 분리하기, 와인 기계 청소, 자동차 청소, 하수구 파이프 고치기, 유기농 우유병에 스티커 붙이기, 살구 사탕에 스티커 붙이기, 마늘을 자르고 묶음으로 모으기, 2백 명의 사람들을 위해 채소 썰기,

염소 젖 짜기, 레스토랑에서의 서빙과 설거지 등 아주 많은 일을 체험할 수 있었다. 한마디로 거의 안 해본 것이 없을 정도였다. 축소된 사회인 키부츠는 많은 일을 경험할 수 있어 성장에 도움이 되는 좋은 학교 같았다.

한번은 금속 공예품을 닦고 있었는데, 이런 공예품을 만드는 예술가는 반복되는 일이 마치 명상 같다고 말했다. 그런데 나는 똑같은 일을 계속 반복하면 정신이 멍해지곤 했다. 비록 인간의 정신이라는 것이 놀라운 기계이고 우리의 마음과 태도를 훈련시킬 수 있다는 사실을 알고 있지만, 매일 같은 일을 반복하면서 행복할 수 있을까? 나는 키부츠에서 2주 밖에 안 있었고 매번 다른 일을 했다. 하지만 여기서 20년도 넘게 사는 사람들은 어떨까. 모두 다 상당한 교육을 받고 지적인 사람들이었지만, 노동 또한 진심으로 즐기는 것 같았다.

그런데 시간이 지나자 나도 일이 좀 더 즐거워지기 시작했다. 어쩌면 더 많은 시간을 야외에서 일을 한 게 도움이 된 건지도 모르겠다. 나는 형들과 함께 10미터나 되는 대추나무를 타고 올라가 오두막을 만들 가지들을 톱으로 잘랐다. 육체적으로 힘들고 위험하기도 했지만, 남자라는 걸 느낄 수 있었고 보람도 있었다. 그러나 키부츠에 있는 어느 여자분과의 대화를 통해 새로운 관점도 생겼다. 그녀는 여기서 사는 것은 일을 하는 그 자체보다 더 큰 의미가 있다고 말했다. 이곳에서 산다는 것은 정의롭지 못하고 지속가능하지 못한 자본주의 시스템 바깥에서도 잘살 수 있다는 정치적 진술이고, 키부츠에서 일하는 것은 더 공평하고 아름다운 사회를 만드려는 유토피아 실험에 참가하는 거라고 말했다.

그 가능성과 의미를 충분히 이해할 수는 있었다. 하지만 머릿속의 각성이 마음을 완벽하게 다스리는 효과는 내지 못했다. 일은 그래도 힘들었고, 즐거웠다가 지루했다가 반복의 연속이었다. 현대사회 속에서는 일을 하면서 큰 기계의 부품같이 느끼며 일에 소외감을 느낀다는 마르크스의 비평이 생각나기도 했다. 실제로 키부츠에서는 다양한 일을 돌아가면서 생산의 모든 단계에서 일하고 또 자본가나 근로자 구분 없이 모든 사람들이 똑같은 위치에서 일하고 있었다. 그렇기 때문에 훨씬 더 유익하게 느껴진 것도 사실이다. 모든 키부츠의 작업 과정을 책임지는 매니저가 있기는 했지만, 그 일도 매년 바뀌었고 모두 다 같이 공동체를 위해 일하고 있었다.

유대인이었던 마르크스가 이 키부츠를 보면 흐뭇해할까? 니옷 사마다는 원래의 모습을 잘 지켜가고 있지만, 현재 많은 키부츠들이 자본주의적으로 변해가고 있다. 현재 이스라엘 전체 268개의 키부츠에서 11만 7천 3백 명이 살고 있지만, 186개의 키부츠가 자본주의적으로 변했다. 예전에는 각자에게 "능력만큼 받고 필요한 만큼 나눠 준다"는 마르크스의 철학을 따랐지만, 요즘은 봉급을 주는 키부츠들도 많이 생겼고 많은 키부츠 멤버들이 키부츠 바깥에서 일하기도 한다. 예전에는 모두 키부츠 식당에서 공동으로 밥을 먹었지만 이제는 가족끼리 밥을 먹는 경우도 많고, 예전에는 키부츠마다 멤버들이 춤, 노래, 운동 등의 문화 활동을 기획하고 참여했지만 이제는 TV와 케이블, 인터넷이 많은 문화 활동을 대체했다고 한다. 많은 젊은이들은 키부츠를 떠나기 시작해서 75년 간 계속 늘어가던 키부츠 인구는 1990년대부터는 줄어들고 있다.

내가 있던 니옷 사마다 키부츠는 비종교적 공동체였지만, 그래도 기독교의 일요예배쯤 되는 금요일의 안식일 저녁 식사는 꼭 준수했다. 규칙상 식사 시간에는 침묵해야 하지만, 그날만큼은 사교와 와인이 허락되었다. 왜 조용히 먹어야 하는지 직접적으로는 들은 적은 없지만, 누군가가 음식과 하나가 되고 더 맛을 음미하며 먹으라는 의미라며 말해주었다. 내가 자란 서양 사회에서는 식사 시간이 대화가 오가는 사교의 시간이었던지라 처음에는 어디를 쳐다봐야 할지 몰라서 어색하기도 했다. 하지만 현지에서 생산된 신선하고 건강한 재료로 만든 맛있는 채식 중심의 음식들을 먹는 건 행복했다. 난 아직도 매일 아침에 먹었던 부드럽고 단백한 염소 치즈의 맛을 잊을 수 없다.

안식일에는 저녁 식사 전 식당 앞에서 공동체 모두가 하얀 예복을 입고 참여하는 춤 의식이 있었다. 뉴에이지 분위기의 음악에 맞춰 추는 춤은 누구나 참가할 수 있었다. 원을 만들고 도는 동작들이 많았고 돌아가면서 한 사람 한 사람이 원 안에 들어와 춤추는 것을 모두 다 따라하는 식으로 개성을 존중해주었다. 나는 키부츠에서 축구를 하다가 발목을 삔 탓에 첫 금요일에는 구경만 했다. 하지만 두 번째 금요일에는 목발을 쥐고 춤에 참여했다.

과연 니옷 사마다 키부츠는 몇 년 동안이나 살아남을 수 있을까? 많은 키부츠들이 최근 없어지거나 민영화가 되는 추세다. 니옷 사마다도 경제적으로 쉽지 않다고 들었다. 내가 있을 때 평생 키부츠에서 자란 몇몇의 내 또래 아이들이 처음으로 군대로, 대학으로 아니면 직업을 찾아 더 큰 세계로 나갈 준비를 하고 있었다. 그들이 돌아올지는 미지수이지만, 그들은 키부츠에서 자란 것을 감사하게 생각했고 키부츠가 그리울 것이라고 했다. 그들이 무슨 선택을 하든, 한 곳에 4년 이상 살아본 적이 없고 초중고를 합치면 여덟 개의 학교를 다녀야 했던 나는 어렸을 때부터 함께 성장하며 모든 것을 나누었던 친구들과 공동체가 있다는 것이 부럽기도 했다. 몇 년 뒤 다시 돌아와서 이 유토피아의 진화를 목격하고 싶다.

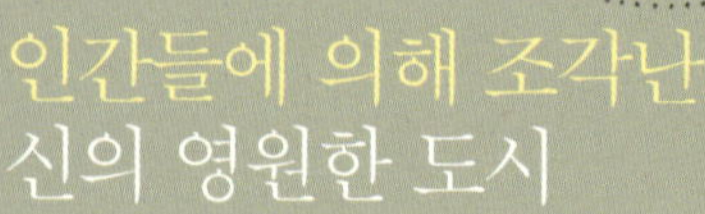
인간들에 의해 조각난
신의 영원한 도시

키부츠를 떠난 뒤 나는 의미와 상징성이 넘치는 영원한 도시 예루살렘으로 향했다. 유대인의 전통에 의하면 이곳 성스러운 산에서부터 세상이 현재의 형태로 팽창했고, 여기서 하나님이 먼지를 모아서 아담을 창조했다. 십계가 들어 있던 언약궤도 여기의 솔로몬의 대성전 안에 있었고, 메시아의 재림 때에는 마지막 성전이 다시 지어질 것이다. 믿음의 조상이라 불리는 아브라함은 여기서 자신의 아들 이삭을 하나님의 명령에 따라 제물로 받치려 했고, 하나님 자신도 여기서 자기의 아들을 십자가에 제물로 못 박으면서 기독교를 탄생시켰다. 모슬렘에게도 이곳은 세 번째로 성스러운 성지다. 여기서 마지막 예언자인 무함마드가 천국으로 가는 말을 타고 승천해서 아브라함, 모세와 예수 같은 선지자들과 대화를 하고 돌아왔다.

이렇게 특별한 예루살렘의 구시가지Old City로 들어가자 이스라엘과 여러 아랍 국가 사이에 벌어진 1967년 6일 전쟁을 기억하게 하는 담장의 총알 자국들이 먼저 눈에 들어왔다. 이스라엘은 그 전쟁 후 유엔 안전보장이사회가 불법이라고 선언했음에도 불구하고 팔레스타인 사람들이 살던 예루살렘을 점령하고 수도로 지정했다. 이런 배경으로 인해 예루살렘은 국제사회에서 이스라엘의 수도로 인정받지 못했고, 대부분의 외국 대사관들도 두 번째로 큰 도시인 텔아비브에 위치해 있다. 6일 전쟁 후 이스라엘은 팔레스타인인들이 사는 웨스트뱅크 지역에 높은 벽을 둘러쌓았다. 예수님의 탄생지인 베들레헴을 방문하던 중 이 비극의 벽을 볼 수 있었다. 나는 베를린 장벽에도 가보았는데,

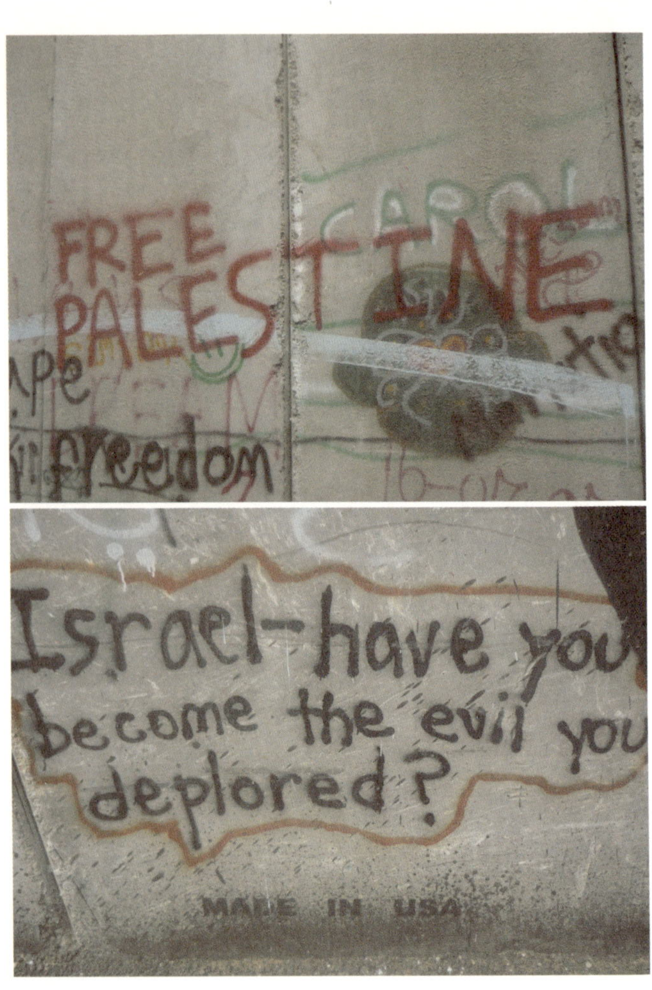
FREE
PALESTINE
freedom
Israel-have you
become the evil you
deplored?
MADE IN USA

높이가 8미터에 달하는 이 벽에 비하면 베를린 장벽은 나지막한 담장 수준이었다. 나와 유대인들은 그냥 여권만 꺼내도 초소를 지나갈 수 있었지만 팔레스타인 사람들은 그렇지 못했다.

팔레스타인 사람들은 예루살렘의 시민이 될 수 없다. 정치적으로만 차별당하는 것이 아니라 경제적으로도 차별당하고 있었다. 이스라엘인의 평균 소득이 2만 8천 달러가 넘는데 반해, 팔레스타인 사람들의 평균 소득은 3천 달러도 안 된다. 웨스트뱅크 팔레스타인 사람들의 거주지에서는 빈곤선 밑에 사는 사람들이 46퍼센트나 되고, 이집트와 접경한 작은 팔레스타인 땅 가자지구에서는 그 비율이 80퍼센트가 넘는다. 이스라엘의 실업률이 6.1퍼센트인 것에 비해 웨스트뱅크는 16.3퍼센트나 되고, 가자지구는 놀랍게도 41.3퍼센트나 된다. 일자리가 없고 먹을 게 없으니 자연히 이스라엘에 더 반기를 드는 것 같다. 가난은 폭동으로 이어지고 폭동은 이스라엘 군대의 팔레스타인 시설 파괴와 정치적 압박으로 이어지니, 팔레스타인 사람들의 삶은 더욱더 황폐해지고 불안정하게 되는 악순환이 계속되는 것 같아 안타까웠다.

예루살렘의 구도시는 네 부분으로 나뉘어 있다. 유대인, 기독교, 이슬람과 아르메니아. 나는 아르메니아에 대해서는 처음 들어보았는데, 첫 번째로 기독교로 개종한 나라였기 때문에 이스라엘이 그들에게 성지의 일부를 내주었다고 한다. 부다가야에서 불교 국가들의 다양성을 볼 수 있었듯, 예루살렘은 내가 모르던 기독교의 다양성에 대해 눈뜨게 해주었다. 기독교에서 가장 중요한 성지인 탓에 세계 곳곳의 교회들이 성지를 나눠 갖고 싶어 했고, 그 결과로 이곳엔 에티오피아, 이집트, 로마 가톨릭, 그리스 정교회 등 수없이 많은 교회들이 밀집해 있어 마치 교회 박람회장 같은 인상을 풍겼다. 또 예수의 승천이나 마리아의 무덤 같은 핵심적인 몇몇 성지의 경우 각각 교회마다 그 위치를 다르게 말하는 통에 나 같은 관광객은 혼란스럽기만 했다. 그래서 구시가지에서 몇 번인가 길을 잃어 사람들에게 길을 물어보기도 했다. 그러면서 놀랐던 건 기독교 지역에 사는 많은 사람들이 아랍인이자 기독교 신자라는 사실이었다.

예루살렘에서 가장 거룩한 기독교 건축물은 아마 예수님이 십자가에 못 박힌 자리에 세워진 돔형의 십자군 시대의 건축물, 성묘 교회 Church of the Holy Sepulchre일 것이다. 나는 아름다운 신학을 좋아하는데, 예수님의 십자가가 못 박힌 곳은 아담의 무덤 바로 위에 있고, 이때 흘린 예수님의 피가 인간의 원죄를 깨끗하게 만들었다는 그 장소가 갖고 있는 이미지가 좋았다. 그러나 정작 성묘 교회 방문에서는 그런 성스러운 기대감을 느끼지 못했다. 많은 사람들이 성지순례를 하고 있어서 여러 곳에서 성경을 읽고 찬송가를 부르고 기도를 했지만, 나 자신은 이 도시가 그렇게 거룩하다고 느껴지지 않았다. 이곳이 지니고 있는 중요성은 이해하지만 수많은 시간에 걸쳐 그토록 많은 사람들이 1제곱킬로미터도 되지 않는 이 작은 땅을 위해 피를 흘려야 했다는 사실이 나를 답답하게 했다. 기록에 따르면, 예루살렘은 스물세 번 포위당한 적이 있고 쉰두 번 공격당했으며 마흔두 번 점령당했고 두

번은 완전히 파괴되었다. 그 동안 얼마나 많은 죄 없는 사람들이 죽어야 했는지는 하나님만이 아실 것이다. 예수님이 죽음을 이기고 승천하셨다고 믿으면서 왜 빈 무덤을 가지고 싸웠던 것일까?

예루살렘은 화합의 장소가 되어야 한다. 여기서 세 종교의 믿음의 아버지인 아브라함은 하나님을 위해 자기의 아들까지 제물로 받쳤는데, 왜 세 종교는 하나님의 사랑과 평화를 실천하기 위해서 이 좁은 땅 하나도 양보하지 못하는 것일까? 파괴된 솔로몬의 성전이 남아 있는 통곡의 벽에서는 유대인들이 통곡을 하며 기도를 하고 있었다. 나는 벽의 틈 속에 예루살렘과 한반도의 평화를 위한 기도를 적어 넣었다.

이렇게 분쟁이 끊이지 않으니 이스라엘 남자는 3년, 여자는 2년 동안 군복무를 해야만 한다. 아름답고 젊은 이스라엘 여자들이 군복을 입고 있는 것을 보면 가슴 아팠지만, 여자들이 군에 참여하는 것은 공평하다고 생각한다. 소수의 여성이 참여하는 전투 단위 외에도 다양한 임무를 수행할 수 있다. 여행을 하면서도 이스라엘 사람들도 많이 만났는데, 그들은 대개 군대에 갔다 와서 대학 같은 치열한 환경으로 돌아가기 전에 충분히 휴식을 취하기 위해 여행한다고 말했다. 또한 많은 이스라엘 젊은이들이 이스라엘 국토 전체를 도보로 횡단하는 국토 순례를 한다고 했다. 나도 우리나라 곳곳을 돌아보고 도시와 시골에 대해서 배울 수 있는 국토 순례의 기회가 생겼으면 좋겠다고 생각했다.

영국러시아계 유대인이었던 카우치서핑 호스트 벤은 내가 여행 중에 만났던 사람들 가운데 가장 윤리적으로 사는 사람이었다. 그는 양심적 병역 거부자로 23일 동안 자기의 평화주의 신념 때문에 혼자 감옥에 있었고, 고기를 좋아했지만 윤리적인 이유로 채식주의자가 되었으며, 세계의 인구가 너무 많다는 이유로 자식을 낳을 계획도 없다고 했다. 나보다 겨우 한 살 더 먹은 그는 슈타이너 교육법으로 정신지체 장애아도 돌보고 있었다. 이 교육법은 상상력과 창의성을 분석력만큼 중요시하기 때문에 영성과 미술, 시, 음악과 춤 등의 자기만의 표현 방법을 중요시 여긴다. 나도 이런 재미있는 교육을 받았더라면 좋았을 텐데 하는 생각이 들었다.

이스라엘에서 다양한 유대인 문화도 체험했는데, 하루는 구시가지 유대인 지역에서 떠돌다가 어느 개혁 성향의 랍비가 금요일 안식일 저녁 식사에 초대하여 그의 집에 가게 되었다. 그날 거기서 보았던, 에너지와 희열에 넘쳐서 모두가 노래하고 기도하고 박수치고 탁자를 치는 예배를, 나는 어디서도 본 적이 없다. 이렇게 모든 교인들이 식사를 나누는 관습이 좋았고, 식사 후 서로 거리낌 없이 한 주 동안 배운 지혜를 나누는 시간도 있어서 좋았다. 유대교인들은 엄격하게 유대법을 해석하고 그에 따라 정통파, 보수파, 개혁파 세 파로 나뉘는데 정치적, 사회적, 종교적으로 진보적인 나는 당연히 개혁파가 제일 잘 맞을 거 같았다.

현대의 유대인들은 대부분 비종교적이었지만, 아직도 정통파들은

WELCOME TO THE
X-5043
JEWISH QUARTER

이스라엘에서 많은 힘을 발휘하고 있다. 이들은 군대 복무가 면제되고 종교 교육, 결혼, 이혼 같은 법률을 관장하고 있다. 금요일 저녁에서 토요일 사이에 예루살렘에 있으면 그 정통파의 힘을 느낄 수 있다. 유대인 전통법에 따르면, 안식일에는 불을 켜거나 전기를 쓰면 안 되기 때문에 모든 버스와 운송 수단이 멈춘다. 그래서 나는 모슬렘이 모는 버스를 타고 세속적인 도시 텔아비브에 가야 했다. 하지만 안식일이라 그곳 역시 시내가 적막했다. 안식일엔 일하면 안 되고 돈을 다뤄도 안 되며 대신 친구와 가족을 만나 토라를 읽고 이야기하며 회당에서 기도를 하는 것만이 허락되었다. 그런데 포도주를 마시는 것과 섹스는 허용된다고 한다. 오히려 안식일의 섹스를 더욱 성스럽게 여긴다고도 했다. 그래서 거리에 사람이 없는 것인가 하는 생각도 들었다.

나는 전통 유대교라고 하면 지켜야 하는 법률이 613개나 되며 뜨거운 땡볕 아래 검은 긴팔 양복 상의에 긴 바지를 입은, 경직된 모습을 떠올리곤 했다. 하지만 유대교 4대 성지 중 하나이자 신비주의적 유대교 카발라의 본고장인 제파트의 축제를 보며 내 생각이 편견이었음을 알게 됐다. 정통파라고 해서 삶의 모든 기쁨을 희생해야 할 필요는 없다. 매트릭스 영화에서 네오가 수많은 스미스 요원에게 둘러싸인 것처럼 나는 검은색 모자에 하얀 셔츠와 긴 검은색 코트를 걸친 몇천 명의 전통파 유대인들과 밤새도록 먹고 춤을 추었다. 정통파들에게서 역사를 이어온 그들만의 굵직한 강렬함을 느낄 수 있었다. 그들을 보니 정통파, 보수파, 개혁파 모두 한 집단의 전통과 혁신 사이의 균형을 위해 필요한 부분들인 것 같았다. 이런 균형이 유대교를 세계에서 제일 오래된 종교 중 하나로 이끌고 있는 힘이 아닐까.

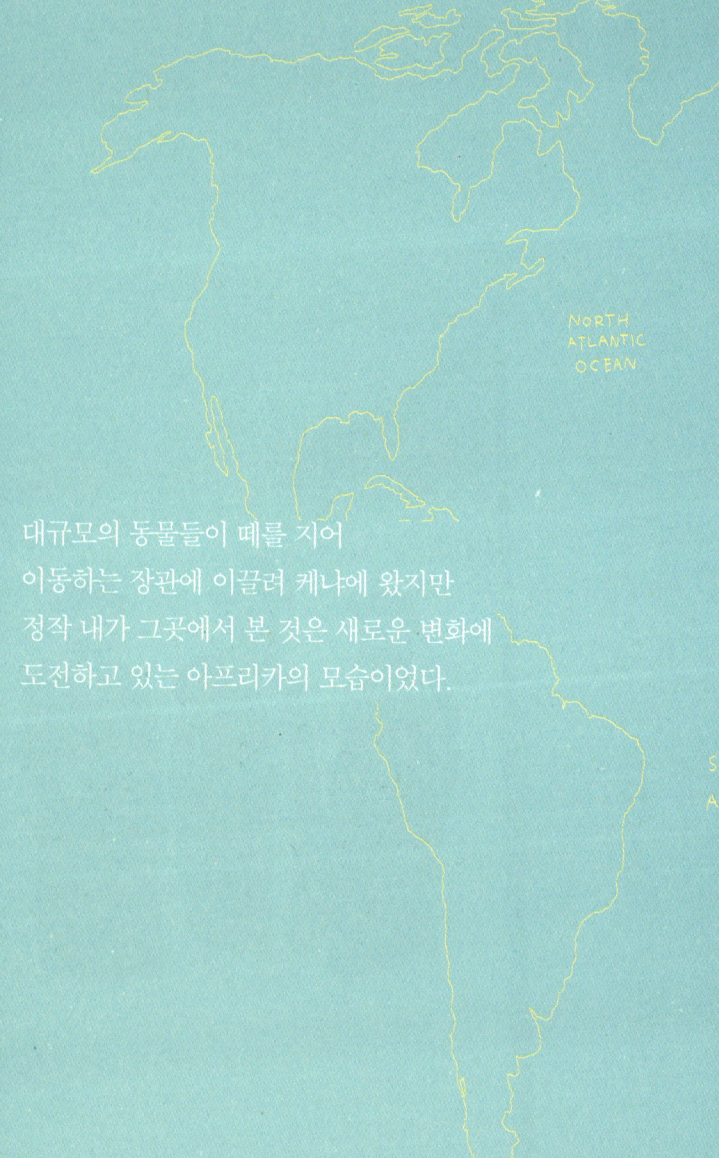

대규모의 동물들이 떼를 지어
이동하는 장관에 이끌려 케냐에 왔지만
정작 내가 그곳에서 본 것은 새로운 변화에
도전하고 있는 아프리카의 모습이었다.

RCTIC OCEAN

NORTH PACIFIC OCEAN

Kenya

INDIAN OCEAN

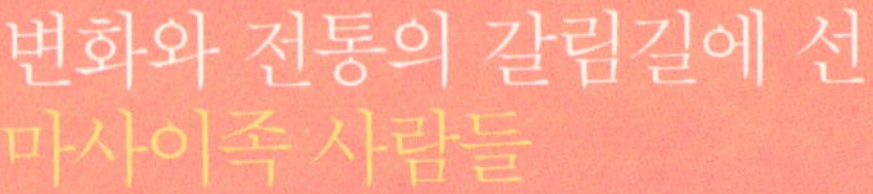

변화와 전통의 갈림길에 선
마사이족 사람들

나는 대규모로 동물들이 장관을 이루며 떼를 지어 이동하는 자연에 이끌려 케냐에 왔다. 케냐는 나를 실망시키지 않았다. 살아 춤추는 대지와 동물과 식물들이 압도적이었다. 케냐는 오바마 대통령의 고향이기도 한데, 매일 한 시간씩 조깅을 하는 나는 세계에서 제일 잘 뛰는 케냐인들과 같이 달려보고도 싶었다. 고생물학자들이 첫 인간들의 흔적을 찾아내 "인류의 요람"이라 불리는 케냐를 여행하는 것은 정말이지 멋진 일인 것 같았다.

물론 수도 나이로비의 첫 인상은 아찔한 위험과 범죄가 가득하다는 별명이 말해주듯 "나이로버리Nai-robbery, 나이로비Nairoby와 강도robbery의 합성어" 그 자체였다. 여기서는 호스텔도 밤이 되면 철문으로 잠궜고, 밤에 돌아다니는 것도 가능하면 피해야 했다. 하지만 여기서 예상치 못한 만남을 갖게 되었다. 척박한 환경에도 불구하고 용기, 희망, 유머와 관대를 가지고 사는 케냐인들을 만났던 것이다.

공항에 도착하자 어머니 친구인 기독교 선교사님 한 분이 날 마중나와 주셨다. 곧 선교사님이 사시는 마사이족 마을로 갔다. 마사이족과 함께 생활한 지 13년째인 그분은 종교를 초월해 초등학교, 병원 시설, 수도 공사 등의 다양한 봉사 활동으로 공동체에서 깊은 존경을 받고 계셨다. 젊음을 이 낯선 사람들을 위해 바치고 있는 선교사님의 존재 자체가 날 감동시켰다. 선교사님은 원래 유목민인 마사이족이 더 이상 시장경제 체제에서 살아남을 수 없다는 사실을 알고 그들의 주업을 농업으로 바꾸려는 시도를 하고 있는 중이었다.

하지만 유목민으로 타고난 마사이족들이 농부로 변신하는 것은 결코 쉽지 않았다. 가축 우리를 집 안에서 가장 가운데 만들고 소똥으로 집을 짓는 것만 봐도 마사이족이 얼마나 가축을 중요하게 생각하는지 알 수 있다. 물질적으로는 가축의 우유와 살과 피가 이들의 주식이었고, 가축의 수는 부와 사회적 지위의 상징이었다. 마사이족들은 일부다처제인데 더 많은 가축을 가진 남자들은 부인도 더 많이 둘 수 있다고 한다.

이곳에서 열여덟 살 마사이족 친구도 사귀었는데, 그의 말에 따르면 그 마을에서 제일 부자는 소 1천 마리를 갖고 있고 아내가 무려 스무 명이나 된다고 했다. 내 친구는 열두 마리의 소를 갖고 있는데, 열다섯 마리가 되면 결혼을 할 수 있다고 했다. 또 영적으로도 더 많은 수의 가축을 가지고 있으면 더 나은 사후의 삶이 기다리고 있다고 믿고 있었다. 그 친구는 자기가 관광가이드로 버는 돈을 모두 소를 사는 데 쓰고 있다고도 말했다. 마사이족 마을에서는 길게 줄지어 선 소들을 끌고 다니는 어린애들을 흔히 볼 수 있다.

케냐에서는 서로 만나서 제일 처음 묻는 질문이 어느 부족이냐는 말이라고 하던데, 마사이족은 케냐의 42개 부족들 중 가장 유명한 부족일 것이다. 그들의 관습은 그들의 장식품들만큼 화려한데 그 대표적인 것이 '사자 사냥'이다. 사내아이들은 열네 살 때 포경수술을 받고, 이후 석 달 동안 전사가 되기 위해 숲 속에서 훈련을 받는다. 이들은 열다섯 명씩 그룹을 짜서 사냥을 하는데, 반드시 사자를 잡아야만

마을로 돌아올 수 있다고 한다. 내 마사이족 친구는 자기가 잡은 사자의 이빨과 사자를 잡을 때 사용했던 도끼를 자랑스럽게 보여주었다. 하지만 내가 차고 있던 손목시계와 자기의 사자 이빨이랑 바꾸자는 말에, 그게 진짜 사자 이빨인지 의심이 가기도 했다. 남자들은 첫 사냥을 갈 때 사자를 놀라게 하기 위해 빨간색 망토를 두르는데, 그 옷을 평생 입고 지낸다고 한다.

그런데 여성 인권 NGO에서 일하며 마침 케냐에 와서 활동하던 캐나다인 누나를 통해 여자들도 성인식으로 남자들의 포경수술처럼 할례를 받는다는 것을 알게 됐다. 여자들의 성인식은 남자들의 고래사냥처럼 간단하지 않았다. 남자들은 성기 앞부분을 제거당할 때 한 번 아프면 그만이지만 여자들은 만성 감염, 에이즈, 불임 등의 가능성이 높고, 또 평생 성교 시 고통을 겪는다고 한다. 심지어 어떤 부족에서는 여자들의 혼전 성관계를 막기 위해 여자의 성기를 실로 꿰매어 막기까지 한다.

나도 전통을 존중하는 편이지만, 사람의 인권을 짓누르는 가부장적 관습은 존중할 수 없었다. 그런 소녀들의 성년식을 더 인도적으로 바꾸려는 NGO 사람들의 노력이 성과를 얻어 소녀들에게 대대로 물려지는 고통이 사라지기를 기대해본다.

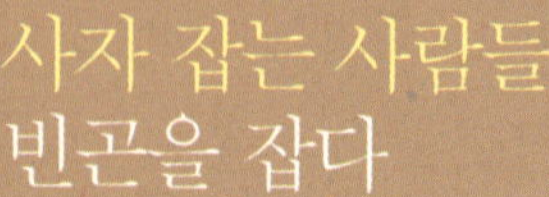
사자 잡는 사람들
빈곤을 잡다

마사이 공동체를 떠난 뒤 나는 나이로비로 돌아와 사파리 체험을 하고 싶었다. 하지만 경비 문제로 포기하고 말았다. 그래서 며칠 동안 호스텔에서 시간을 때워야 했다. 나는 이번 여행 내내 축복받은 듯이 좋은 사람들을 많이 만났는데, 나이로비에서도 마찬가지였다. 저녁에 옆방에 있던 독일인 형 마틴이 치약을 빌리러 왔는데, 그것을 계기로 금방 친구가 되었다. 생김새 때문에 케냐 사람들로부터 맨체스터 유나이티드의 공격수 '루니'라고 불렸던 마틴은 이집트 카이로에서 출발해 남아공의 케이프타운까지 아프리카 종단 여행을 하는 중이었다. 그는 세계에서 제일 큰 슬럼 지역 중 하나인 키베라에서 '자미 보라 Jamii Bora'라는 마이크로크레디트(빈민구제금융) 단체에 대해 배우고 있었다. 2006년 노벨 평화상 수상자인 무하마드 유누스가 처음 실시한 마이크로크레디트는 빈곤 상태에 처해 있는 사람들에게 금융 서비스를 제공하고 사업 자금을 대출해주어 자활을 돕는 제도다. 나는 경영학도로서 늘 이런 소규모 금융 단체에 관심이 있었지만 한 번도 직접 본 적이 없었다. 그래서 마틴에게 따라가도 괜찮으냐고 물었다. 마틴은 기쁘게 허락해주었다.

마틴의 제안에 따라 선물로 축구공을 몇 개 산 뒤 키베라로 갔다. 거기서 우리는 키가 큰 40대 매니저 앤드류를 만났다. 앤드류는 키베라에서 태어났고, 대학 졸업 후 의사가 되었다. 그는 이 슬럼을 탈출해 안락한 중산층의 삶을 누릴 수 있었지만, 열악한 자신의 고향을 발전시키는 데 평생을 바치기로 결심한 뒤 이곳에 병원을 열었다. 키베

라에 있는 대부분의 집들은 수도나 전기 시설이 전혀 없었다. 화장실은 인구 1백 명마다 고작 한 개씩뿐이어서, 마을 전체에서 쓰레기와 하수도 냄새가 진동했다. 앤드류는 우리에게 농담 삼아 "날아다니는 화장실"을 조심하라고 했다. 오물을 버릴 데가 없어서 사람들이 그냥 대변을 본 뒤 비닐봉지에 싸서 집 밖으로 던져버리곤 한다는 것이다.

취업률이 20퍼센트도 안 되기 때문에 대부분의 사람들이 하루에 한국 돈으로 1천 원, 2천 원 미만의 생계비로 좁아터진 오두막에 살고 있다고 했다. 바짝 야윈 과부 한 분이 우리를 집에 초대해주어서 들어가 보았는데, 가로 5미터 세로 10미터 정도의 공간에서 열 명의 아이들과 함께 살고 있었다. 그래도 그 아주머니는 대단한 여성이었는데, 자미 보라에서 받은 대출금으로 석탄 장사를 하고 있었다.

스와힐리어로 '좋은 가족'이란 뜻을 가진 자미 보라가 설립된 것은 지금으로부터 10년 전, 어느 스웨덴 미망인이 길거리에서 구걸하던 50명의 가난한 여인들에게 대출을 해주면서 시작되었다. 오늘날 회원 수가 22만 명이 넘고, 마이크로크레디트를 통해 가난을 극복하게 도와줌으로써 공동체에도 큰 기여를 하고 있다고 한다. 이 가난한 사람들의 대출 상환률은 98퍼센트로, 선진국의 대출 상환률보다 훨씬 높은 기록이다. 앤드류는 내가 키베라에 가기 하루 전에 노스캐롤라이나 대학의 MBA 졸업생이 자미 보라에 와서 빈민들에게 창업 교육을 가르쳐주고 갔다고 말해주었다. 언젠가 나도 이곳으로 돌아와서 이들에게 창업 노하우를 전해주고 싶다.

키베라에서 가장 감격적이었던 경험은 존이라는 30대 아저씨를 만난 것이다. 묵직한 목소리와 좋은 체격을 가진 그는 자기 부족 230명을 이끌고 정부에 대항해 투쟁한 전사 출신이다. 2007년 키쿠유족 출신의 대통령이 선출되자 루오족(참고로 오바마 대통령의 아버지도 이 부족 출신이다)은 이를 부정선거라고 주장했다. 이로써 두 부족 간에 소요 사태가 발생하게 되었고 그 학살로 1천 5백 명이 죽고 30만 명이 쫓겨났다. 혼란한 정치 상황 속에서 루오족이었던 존도 수없이 많은 키쿠유족 사람들을 살해하고 불구로 만들었다고 고백했다.

그러다 어느 날 존은 앤드류를 만나게 되었다. 앤드류는 존에게 언

제까지나 이렇게 정부를 피해서 살 수만은 없으며 언젠가는 잡힐 수밖에 없다고 설득했다. 그러면서 자미 보라의 일원이 되어 새로운 삶을 시작하라고 권했다. 결국 앤드류의 설득과 용기에 감동해 지금은 자미 보라의 회원으로서 생산적인 삶을 살고 있다.

존은 그의 넘치는 에너지를 자물쇠 사업과 축구에 쏟아 부었는데, 키베라 공동체를 위한 사물함 상자를 만들어 팔면서 그의 삶도 변했다. 한편으론 케냐 리그를 석권한다는 꿈을 가지고 부하들과 함께 축구 클럽을 시작했다. 돈이 없어 유니폼도 없고 공도 우리가 사준 두 개를 포함해서 네 개가 전부였다. 하지만 존은 미래에 대해 낙관적이었고, 그의 열정은 사람들을 감동시켰다. 여행에서 돌아온 뒤, 존은 나에게 멋진 유니폼을 입고 프로선수처럼 보이는 키베라 축구단의 사진을 이메일로 보내주었다.

비록 척박한 환경 속에 살고 있었지만, 그들은 어둠 속에서도 많은 빛과 에너지가 존재한다는 것을 일깨워주었다. 우리는 키베라 라디오 방송국을 방문해서 섹스와 폭행이 중심이 되는 미국의 갱스터 힙합이 아니라 좋은 에너지를 공동체에 불어넣는 아프리카 음악을 듣기도 했다. 존과 앤드류는 나를 자미 보라의 대출금으로 시작한 클럽으로도 초대했는데, 케냐 음악의 박자에 맞춰 케냐 사람들과 춤을 추기도 했다. 일요일에는 같이 교회에 가서 예배를 드리고, 맛있는 아프리카식 스테이크, 야채와 우갈리(옥수수로 만든 빵)를 먹기도 했다. 나는 지금까지도 왕 같은 사자들, 귀여운 코끼리들보다 케냐 사람들이 더 그립다.

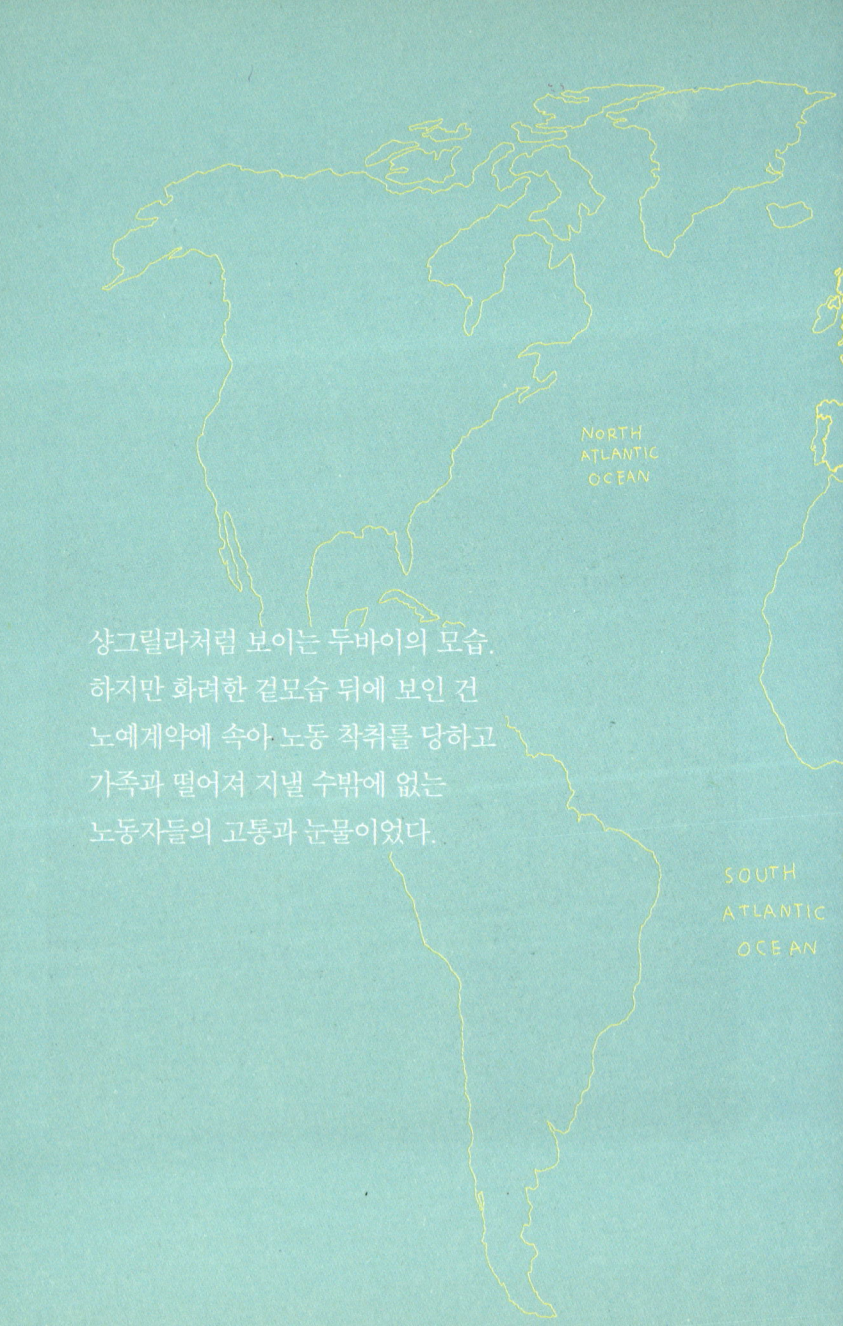

샹그릴라처럼 보이는 두바이의 모습.
하지만 화려한 겉모습 뒤에 보인 건
노예계약에 속아 노동 착취를 당하고
가족과 떨어져 지낼 수밖에 없는
노동자들의 고통과 눈물이었다.

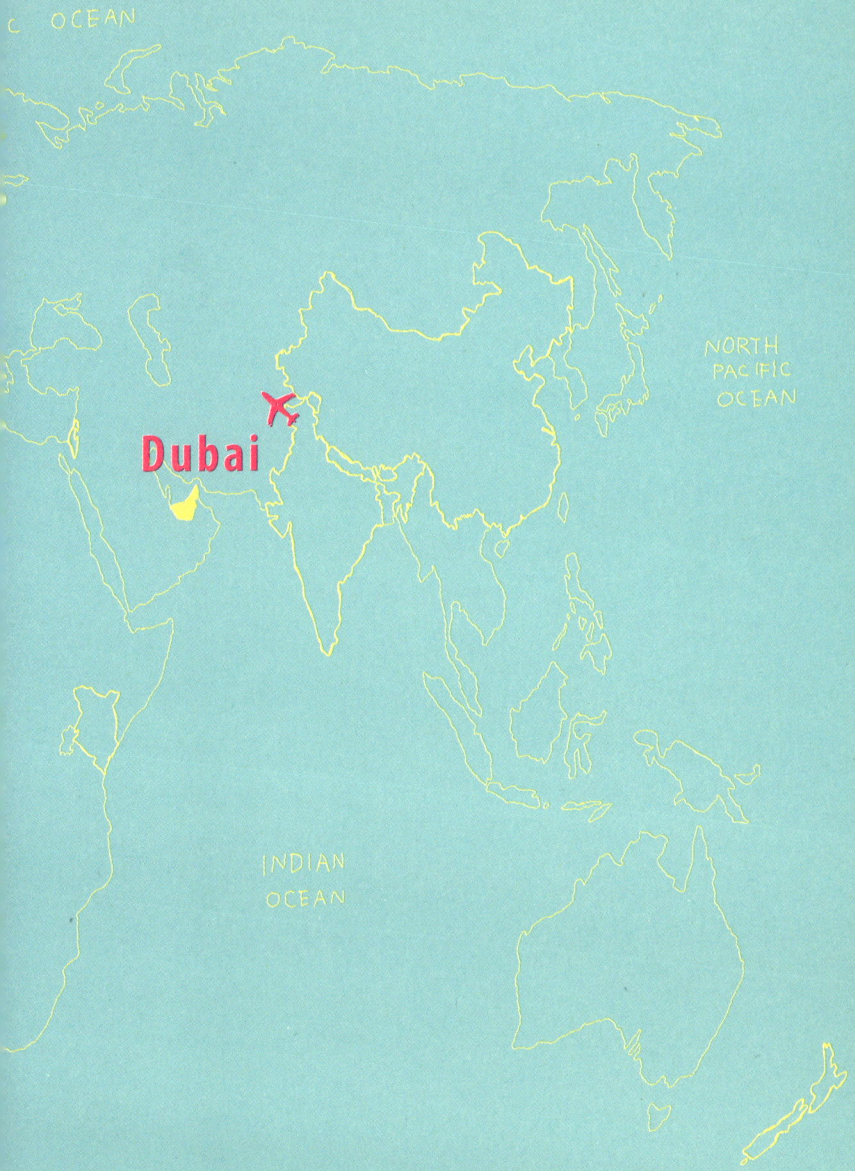

C OCEAN

NORTH
PACIFIC
OCEAN

Dubai

INDIAN
OCEAN

중동의 꽃, 두바이의 빛과 그림자

운 좋게도 여행 중 중동의 진주 두바이를 두 번이나 방문할 기회가 있었다. 두바이가 아시아, 유럽, 아프리카를 잇는 교통의 허브로 부상한 덕에 두바이에서 비행기를 갈아탔던 것이다. 두 번에 걸친 두바이와의 만남. 그냥 공항에 앉아 시간을 낭비할 순 없었다.

이른 새벽에 두바이에 도착한 나는 공항을 나와 버스를 타려고 정류장에 갔다가 버스 안에서 기도하는 운전기사를 보았다. 모슬렘은 매일 하루 다섯 번 기도를 해야 하는데, 그 첫 기도를 날이 밝기 전에 해야 한다. 경건한 모슬렘들은 새벽형 인간일 수밖에 없다. 고층빌딩이 숲을 이루는 이 현대 도시에서 신앙 때문에 시간이 멈추다니, 공공버스가 기도 시간 때문에 쉬고 있다는 것이 놀라웠다. 비록 날씨도 쌀쌀하고 졸려서 버스에 오르고 싶은 마음이 간절했지만 운전기사의 신앙심을 존중해 인내심을 가지고 밖에서 기다렸다.

하지만 이런 나의 배려는 전혀 보답받지 못했다. 운전기사는 영어를 전혀 못했고, 결국 말이 통하지 않아 엉뚱한 곳에 내리고 말았다. 이럴 줄 알았으면 택시를 탈 걸 하고 잠깐 후회도 했지만, 운전기사

아저씨와 실랑이를 하는 동안 버스를 타고 도시 곳곳을 볼 수 있었던 것은 행운이었다. 놀랍게도 얼마 안 가 도시 끝에 도착했다. 바로 눈앞에 사막이 펼쳐졌다. 거대한 찜통인 사막 한가운데에 이런 거대한 도시를 건설하다니.

엉뚱한 곳을 빙빙 돌다가 결국 보고 싶었던 바닷가 해돋이 구경은 놓쳤지만, 세계 최고급 7성 호텔 버즈 알 아랍을 만나니 반갑기만 했다. 잠도 깨고 호텔도 구경할 겸 들어가려고 버스에서 내렸는데 예약을 하지 않은 사람은 아예 호텔에 들어갈 수도 없었다. 제일 싼 아침 뷔페도 70달러나 해서 결국은 밖에서만 보고 돌아와야 했다. 해변가에서 280미터 떨어진 인공섬에 우뚝 선 321미터의 높은 건물. 물을 땅으로 변화시키고 땅을 하늘과 연결시키는 이 건축물은 정말 놀라웠다. 또 이 호텔의 수석 요리사였던 에드워드 권이 한국 사람이라는 사실이 자랑스러웠지만, 그가 만든 음식은 냄새조차 맡아보지 못했다.

버즈 알 아랍을 떠나 세계에서 가장 높다는 828미터 높이의 빌딩 버즈 칼리파를 구경하러 갔다. 이 건물은 자랑스럽게도 타이완의 101, 말레이시아의 쌍둥이타워를 건설한 한국의 삼성물산이 건축 공사를 지휘했다.

타워 밑에서 꼭대기를 올려다보고 있으니, 두바이에서 멀지 않은 곳에 위치한 바빌론의 바벨탑 이야기가 생각났다. 성경에서 보면, 노아의 홍수 직후 사람

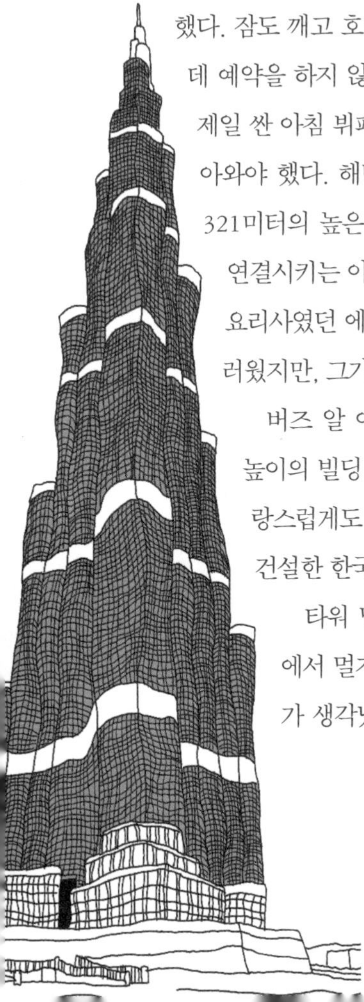

들은 신에게 가까워지려고 세계에서 제일 높은 탑을 쌓았다. 그러자 인간의 교만함에 화가 난 하나님은 이 건축을 방해하기 위해서 인간의 언어를 다르게 해서 혼란스럽게 만들었다. 하지만 버즈 칼리프는 40개국에서 1만 2천 명이 넘는 사람들이 참가해 건설됐고, 영어로 언어의 장벽을 넘어 완성된 것처럼 보인다.

하지만 한 가지 심각한 문제가 있다. 두바이 거리를 다니다 보면 현대판 노예라고 불리는 노동자들을 흔히 볼 수 있다. 그들은 약 1백만 명이나 되는데, 대부분 인도와 주변 국가에서 브로커에게 속아서 이곳에 온 사람들이다. 그들은 취업비자 비용으로 4백만 원만 내면 천국 같은 두바이에서 한 달에 80만 원을 벌 수 있다는 말에 속아 돈을 빌려서라도 돈을 내고 온다. 그러나 두바이공항에 내리는 순간 건축 회사에 여권을 뺏기고 약속된 월급의 4분의 1인 20만 원도 못 받은 채 빚더미에 올라앉아 돌아갈 수도 없게 된다. 관광객들에게 5분 이상 나가지 말라는 지글지글 끓는 듯한 50도의 살인적인 땡볕 아래서 그들은 50킬로그램 무게의 벽돌과 시멘트를 옮기며 하루 열두 시간에서 열네 시간씩 일을 해야만 한다. 저녁이 되어서야 관광객들의 시야를 벗어난 도심 외곽의 판자촌으로 돌아간다. 몇 년 전까지만 해도 가축 트럭을 타고 오갔는데, 관광객들이 보기 흉하다고 불평하자 버스로 바꿨다고 한다.

내가 탔던 택시의 운전기사들 중에도 두 명이 인도와 파키스탄에서 왔다고 했다. 그래도 택시 운전은 건축 현장에서의 힘든 노동보다는 훨씬 나아보였다. 하루에 열두 시간 이상 일하며 누리는 유일한 기쁨은 여름에 고향에 돌아가는 것이라고 한다. 두 사람 다 가족과 자녀가 있는데, 두바이의 생활비가 너무 비싸서 떨어져 살고 있다고 했다. 유학생인 나도 많아야 1년에 석 달만 가족을 보는 비슷한 처지여서인지 동질감이 느껴졌다. 더구나 지난번 미국 발 금융위기 이후에 두바이 건축의 70퍼센트가 중단되고 부동산 가격도 절반으로 떨어져 관광객들이 눈에 띄게 줄었다면서 이번 여름엔 가족들을 볼 수 없을지도 모른다고 한숨을 지었다.

도시 거주자의 3분의 2에 달하는 이주노동자들의 삶은 부인해서도 외면해서도 안 되는 두바이의 어두운 그림자다. 부의 양극화는 결국 사회를 병들게 한다. 그 사회 속에서는 결국 어느 누구도 행복할 수도 없고, 안전하지도 못하다. 잠시 이 땅을 스쳐가는 나의 눈에도 노예계약에 속아 노동 착취를 당하고 가족과 떨어져 지낼 수밖에 없는 그들의 고통과 눈물 위로 중동의 신화 두바이의 성공이 현대판 바벨탑처럼 보였다. 물론 두바이의 통치자 알 막툼은 독실한 모슬렘이라고 하니 하나님이 화가 나 벌을 내릴 일은 없을 것 같지만. 하지만 두바이 통치자와 부유층이 비참한 상황에 놓인 노동자들의 삶에 관심을 기울이지 않는다면, 그들이 높이 쌓아올린 꿈과 이상도 결국 바벨탑처럼 무너져 내리지 않을까.

마르지 않는 샘 vs 사그라질 신기루

원래 명품도 별로 좋아하지 않고 쇼핑에도 그다지 취미가 없지만 그래도 두바이에 왔으니 문화 체험차 세계에서 가장 크다는 두바이 몰에서 밥을 먹기로 했다. 그곳에서 세계에서 제일 큰 분수 쇼도 보고 아쿠아리움에도 가봤지만 애석하게도 라마단 기간이라 식당이 모두 문을 닫은 채였다. 라마단이란 이슬람 달력에

서 아홉 번째 달을 가리키는데, 이때는 하나님이 사탄들을 한 달 동안 감옥에 가둬놓기 때문에 이 시기에 지은 죄는 사탄의 죄가 아니라 사람의 잘못이 된다는 것이다. 그래서 이 한 달 동안 모슬렘들은 금식을 하면서 죄를 회개하고 신앙에 집중한다.

자본주의가 종교 때문에 그 속도를 멈추는 곳이 세계에 몇 곳이나 될까? 월마트 같은 대형마트는 24시간 365일 운영하지만, 두바이에서 라마단 중 점심 때 문을 연 식당은 한 곳도 없었다. 물론 외국인들이 주로 투숙하는 최고급 호텔의 레스토랑은 문을 열지만 나는 그곳에서 밥을 먹을 만큼 부자도 아니었다. 여행자에게 라마단 기간은 불편함이 분명 있는 시기이지만, 신장자치구에서 만났던 모슬렘인 친구들과의 우애를 생각해서 같이 굶어보는 것도 괜찮을 듯 싶었다.

하지만 평소에는 자신만만한 나도 하루를 굶자 금세 나약해지면서 좀 더 겸손해졌다. 정신과 영은 더 가볍고 선명해지는 것 같았다. 또 먹을 게 없어서 힘들게 생존하거나 안타깝게 죽어가는 사람들과 멀리 갈 것도 없이 바로 내가 머무는 동네의 노숙자들과 북한의 형제들을 떠올리며, 나에게 매일 먹을 음식이 있다는 게 얼마나 축복이었는지를 생각할 수 있는 기회도 되었다.

꼬르륵 소리가 계속 울리는 배를 붙잡고 두바이 박물관을 구경했다. 그다지 대단한 유적은 없었지만 두바이에 대해 더 많은 것을 배울 수 있었다. 박물관이 들어서 있는 19세기에 지어진 알 파히디라는 옛 요새가 두바이에서 가장 오래된 건축물이라고 하니 두바이는 보기보다 역사가 짧은 도시였다. 1950년까지만 해도 2만 명이었던 이 도시의 인구가 현재 150만 명이 넘는다고 하니 이렇게 빠르게 팽창된 도시가 또 있을까?

원래 아랍에미리트 사람들은 유목 부족인 베두인족이기 때문에 어느 한 곳에 정착해서 문화를 쌓을 기회가 없었던 것 같다. 두바이에서 제일 유명한 주메이라 모스크도 이스라엘이나 이집트, 중국 신장자치구에서 본 모스크들에 비해 별로 특별해 보이지 않았다. 그 대신 아랍에미리트 사람들은 아라비안나이트에 나오는 것처럼 매를 부리는 전통을 가지고 있다. 지금도 많은 이들이 매를 키운다. 어디론가 날아갈 듯하다가도 주인 손에 되돌아오는 매를 보면 무척 신기했다. 낙타도 그들 삶의 중요한 일부다. 그래서인지 낙타에 관한 시와 그림도 많다. 낙타 경주도 즐긴다. 황량한 사막을 장애물이 아닌 고향으로 여기며 사랑하는 사람들, 주어진 자연환경과 이렇게 특별한 관계를 가지고 사는 베두인족 나름의 멋이 느껴졌다. 그렇게 자연을 존중하고 더불어 살아가는 사람들이기에 자연은 그들에게 예전에는 진주를, 현대에는 석유와 같은 선물을 준 게 아닐까.

특별한 자원 없이 한강의 기적을 이룬 한국의 눈에는 두바이가 로또에 당첨된 운 좋은 나라로 보일 수 있다. 하지만 나는 빠르게 경제를 다각화시킨 두바이의 통치자 무하마드 빈 라시드 알 막툼이야말로 진정 박수 받을 만한 자격이 있다고 생각한다. 그는 석유에 의존했던 두바이 경제를 무역, 교통, 제조, 금융, 관광 분야로 다각화시켜 두바이를 중동의 꽃으로 등극시켰다. 그가 더 멋있는 이유는 그가 원하는 두바이의 비전이 겉만 화려해 보이는 라스베이거스가 아니라 10세기 아랍인들이 지배했던 남부 스페인의 문화와 예술의 도시 코르도바라는 사실이다. 그는 두바이를 금융과 관광의 메카로 성장시키는 것에 만족하지 않고 아랍 르네상스를 이끌고 싶다고 말했다. 역사를 봐도 피렌체의 금융가 메디치가가 유럽 문화의 르네상스를 이끌었듯이, 그가 이룩한 두바이의 경제 성장으로 침체된 아랍의 문화와 예술이 다시 화려하게 꽃피우게 되길 기대해본다.

알 막툼은 1833년부터 두바이를 통치했던 가문의 후계자로, 그는 어릴 때 베두인식의 텐트에서 성장했고, 노예들이 만들어주는 염소고기 요리를 먹었으며, 뒤뜰에는 늘 낙타들이 가득했다고 한다. 그의 아버지 라시드 빈 사에드 알 막툼은 두바이를 세계적인 무역 중심의 항구로 만들겠다는 꿈을 갖고 있었다. 하지만 그때만 해도 사람들은 그를 미친 사람으로 여겼다. 하지만 부자는 그들의 꿈을 회의적인 눈빛으로 보던 사람들의 입을 다물게 만들었고, 현재 두바이는 안전과 부유함, 그리고 다문화를 보장하는 (적어도 돈 있는 사람들에게는) 다이내믹한 도시가 되었다.

비록 두바이는 아랍 지역 동성애자들이 맘놓고 파티를 할 수 있을 만큼 관용의 장소라서 다양한 재능의 인재들을 끌어들일 수 있지만, 정치적으로 많이 경직되어 있기도 하다. 국민 선거도 없고, 막툼이 통치자, 국무총리, 경찰 총장 등 여러 개의 직위를 독점한 채 반대하는 정치적 목소리를 엄격하게 검열하고 있다.

그러나 천하무적 알 막툼도 2008년 미국발 금융위기 이후에 많이 힘들어하고 있다. 경제적으로, 환경적으로 두바이가 지속가능할지도 의문이다. 두바이의 부채가 전체 GDP의 107퍼센트인 8백억 달러로 늘어나 파산할 경지까지 갔었다. 석유 재벌국인 아부다비가 백억 달러를 원조해주지 않았다면 두바이도 IMF사태를 맞았을 것이다. 두바이는 그 우정의 보답으로 제일 높은 건물인 버즈 두바이의 이름을 아부다비 통치자의 이름을 따 버즈 칼리파로 바꾸어주었던 것이다.

막툼은 중동의 신화라 불리는 엄청난 발전을 이루고도 "내가 두바이에서 이룬 것은 나의 비전의 10퍼센트도 안 된다"고 말하며 그의 끝도 없도 야망을 나타냈다. 세계지도의 축소판인 인공섬들(그중에서 '영국'의 모양을 그대로 본 딴 섬을 베컴 부부가 살 계획이라고 한다), 매의 형상을 한 미니 도시 팔콘 시티Falcon City of Wonders에는 내가 1년 동안 열심히 돌아다니면서 본 만리장성, 타지마할, 피사의 탑, 피라미드 등이 들어선다고 하고, 실제보다 더 높은 에펠 탑과 바빌론에 있었다는 전설의 공중정원까지 재연한다고 한다. 그 계획이 실현되는 날, 막툼은 월트 디즈니보다 더 유명해질지도 모른다. 막툼은 이 사막에 2020년 올림픽을 유치할 계획도 갖고 있다. 하지만 나는 그 올림픽에 출전할 선수들이 좀 걱정되기도 했다.

겉으로 보면 두바이는 샹그릴라처럼 보일 수도 있다. 그러나 영국의 〈인디펜던트The Independent〉와 미국의 〈허핑턴 포스트Huffington Post〉의

칼럼니스트 요한 하리Johann Hari는 신용, 생태적 파괴, 진압과 노예 시장의 바탕 위에 지어진 이 도시가 얼마 못 가 역사 속으로 사라질 것이라고 경고했다.

두바이는 오늘날 중동 사막의 오아시스로 불린다. 과연 그 오아시스가 가난한 주변의 이슬람 근본주의 국가들과 함께 공존하는 부유하고 자유로운 샘인지, 아니면 신기루처럼 나타났다 사라질 허상의 오아시스인지는 기다려봐야 알 것 같다.

5월말 여행을 마친 후 나는 미국에서 휴식을 가졌다. 어머니와 함께 미국 북동부 뉴햄프셔 주에 있는 동생의 중학교 졸업식에 참석한 뒤 후배의 고등학교 졸업식에도 가야 했다. 오랜만에 학교 친구와 후배들을 만날 수 있어 좋았다.

졸업 후 처음 가는 학교. 다닐 때는 집만큼 사랑했던, 아니 집이나 마찬가지였기에 졸업식을 하고 난 뒤에 나도 모르게 눈물이 났던 곳이 바로 학교였다. 그러나 1년 만에 다시 돌아오니 낯설게 느껴지기도 했다. 이 학교를 이젠 후배들한테 넘겨주어야 한다는 질투 때문이었을까. 아니면 이젠 여행을 끝내고 다시 학교로 돌아와야 한다는 부담 때문이었을까. 어쨌든 푸른 뉴햄프셔 주의 따스한 햇볕 밑에서 흰 드레스와 양복을 멋지게 차려입고 졸업하는 후배들을 보면서 벌써 일 년이란 시간이 지났다는 게 신기하기만 했다.

비록 내 고등학교 친구들과 나란히 대학을 졸업할 수 없고 후배들과 대학을 졸업하게 된다는 것이 좀 마음에 들진 않았지만 나는 갭 이어를 결정했던 것이 옳았다는 것을 깨달았다. 고교 동창 330명 중 20

명 남짓이 갭 이어를 했는데, 그중 한 명도 갭 이어를 후회하는 사람은 없었고 오히려 대학으로 곧장 진학한 친구들이 자신들도 갭 이어를 했어야 했다며 부러워했다.

나는 일 년 전 내가 저 졸업생들 자리에 앉아 있었다는 사실이 믿겨지지 않았고, 내가 어떻게 변했는지 궁금했다. 외면적으로는 중동과 케냐에 있었던 탓에 피부가 멋지게 그을렸을 것이다. 키는 별로 크지 않았고 여행 내내 매일 뛰었으니 몸무게도 비슷했다. 항상 무거운 배낭을 메고 다녔기 때문에 근육이 좀 생긴 게 아닐까 하고 생각했지만, 별로 그렇지도 않았다. 그리고 세계 곳곳에서 다양하고 창조적인 발음으로 하는 영어를 듣고 쓰고 하다 보니, 친구들은 영어 발음이 좀 이상해졌다고 놀리기도 했다.

하지만 내면적으로는, 상당한 변화가 있었다. 인간이 선한가 악한가를 묻는 방대한 철학 문제가 있다면, 나는 일 년 전보다 훨씬 더 쉽게 선하다는 쪽을 선택할 것이다. 비록 유럽에서는 몇 번 도둑을 맞기도 하고 인도에서는 나이든 마사지 아저씨에게 거의 성폭행을 당할 뻔도 했으며(이후론 여행 중에 다시는 마사지 받으러 가지 않았다) 황금사원에서는 신발을 도둑맞기도 했다. 그래도 내가 만난 세계는 친절했고 낯선 이들의 도움과 동행이 없었다면 내 여행은 웃음도 기억도 훨씬 적었을 것이다. 나는 위험을 두려워하지 않고 무식하단 소리를 들을 만큼 스릴로 여기는 성격이라 사고의 가능성은 언제나 도사리고 있었다. 하지만 별 큰 사고 없이 안전하고 싸게 여행을 즐길 수 있었던 것은 온전히 지난 일 년 동안 길에서 만난 사람들 덕분이다.

역설적이지만 일 년 내내 나 자신을 위해 살다 보니, 지금보다 더 많이 다른 사람과 사회를 위해 살아야겠다는 생각이 더 확고하게 들었다. 세계 곳곳을 돌아다니면서 지구의 다양한 불평등(불평등이 꼭 물질적인 것만은 아니다. 예를 들면 우리나라 초중고 학생들은 불쌍하게도 세계에서 가장 극심한 교육 스트레스 받으면서 자라는 불평등을 당하고 있다)을 볼 때마다 빨리 사회에 나가서 기여를 하고 싶었다. 일 년 동안 행복을 찾아 돌아다니면서 내가 얼마나 자유로운지 깨달았다. 물론 내가 세계의 모든 문제를 고칠 수 있는 것은 아니지만 작은 부분이라도 세상을 좀 더 행복하고 자유롭게 만드는 데 기여하고 싶다. 한편으로는 보다 더 다양하고 심도 있게 공부를 해야겠단 생각도 들었다. 여행을 통해 나 자신에 대해 너무나 많은 새로운 발견을 했기 때문이다. 세계는 나에게 훨씬 더 재미있는 놀이터가 되어주었다.

유럽에서 여러 미술관을 돌기 전까지는 내가 그토록 예술에 감명받고 좋아한다는 사실을 미처 깨닫지 못했다. 학교를 다니면서는 어차피 쓰지도 못할 외국어를 왜 배워야 하며 또 영어가 세계 공통어인 이 시대에 왜 다른 언어를 더 배워야 하나 싶어서 제2외국어도 듣지 않았다. 하지만 여행을 통해 언어마다 특유의 아름다움과 과학이 있음을 알게 되었다. 앞으론 중국어와 서바이벌 수준인 스페인어 말고도 아랍어, 히브리어, 일어, 힌디어, 이탈리아어 등 여러 언어를 배우고 싶어졌다. 이번 여름에는 학교에서 장학금을 받아 파리 근교에 프랑스어를 배우러 갈 기회도 생겼다.

내가 창업에 대한 열정을 찾게 된 것도 길 위에서다. 만약 대학에 곧장 들어왔다면 금융 분야로 가지 않았을까 생각한다. 또한 원래 관심이 많았던 철학, 문학, 테크놀로지, 경영, 종교, 음악, 역사, 환경, 동아시아학 등도 더 공부해서 그런 지식들이 나의 지적 유희로 끝나지 않고 세상에 도움이 되는 힘으로 발전되기를 바란다.

독실한 기독교인인 부모님은 내가 여행을 하면서 매주 교회에 나가지 못하는 것에 대해 매우 걱정하셨다. 하지만 그냥 습관적으로 다니던 교회를 쉬고 대신 다양한 종교를 체험을 하면서 신앙에 대해 좀 더 본질적으로 다가섰고 더 성장한 것 같다. (어차피 졸고 말았을 테지만) 목사님의 설교가 없었던 그곳에서 내 스스로 나의 영성을 쌓아가야 했다.

갭 이어 중 틈틈이 봉사 활동을 하면서 느낀 것은 더 값지다. 누구나 봉사 활동을 하면서 시스템 안에서 세상에 변화를 줄 수 있지만, 세상의 불공평한 시스템 자체를 바꾸려면 더 많은 공부와 장기적인 헌신이필요하단 걸 깨달았다. 나를 포함한 많은 사람들이 단지 자신이 편리하다는 이유로 분명한 불평등이 존재하는 시스템을 받아들이는 것 같다. 1960년대 우리나라 학생들은 학교에서의 퇴학과 경찰의 체포도 두려워하지 않고 시위해서 부정한 방법으로 당선한 대통령을 물러나게 했고, 1980년대 우리나라의 소위 명문대 학생들은 민주화와 노동운동을 위해 학벌조차 포기하고 위험까지 감수한 채 공장에서 노동자로 일하면서 노동운동을 이끌었다. 미국에서도 1960년대 베트남전쟁에 반대하고, 국내적으로 진보적이고 정당한 사회를 만들기 위하여 백만 명이 넘는 학생들이 시위를 벌였고, 서부 끝의 버클리 대학부터 동쪽 끝의 컬럼비아 대학까지 문을 닫게 할 정도였다.

이런 윗세대에 비해, 우리는 더 공평하고 공정한 사회 시스템을 만들기 위해 어떤 노력을 하고 희생을 하고 있는가? 요즘의 많은 학생들이 스스로 사회적 변화를 만들 수 있는 강력한 힘을 갖고 있다는 사실은 잊은 채 그저 대기업에 들어가거나 의사나 변호사가 되어 편하게 사는 것만 생각하는 게 아닌가 싶어 아쉬울 때가 있다. 우리 세대는 훨씬 더 좋은 환경에서 더 편하게 성장을 한 만큼 무슨 직업을 가질까보다 무슨 일을 하는 게 옳은가를 생각해야 하지 않을까?

마지막으로 여행은 목적지보다 가는 그 과정 자체가 더 중요하다는 것을 깨달았다. 물론 타지마할이나 피라미드처럼 누구나 알아볼 만한 관광객들이 많이 가는 명소에서 감명 받은 적도 많다. 하지만 여행을 함께한 친구들이나 여행 중에 읽은 책, 그리고 천천히 변하는 바깥의 풍경을 보는 시간들도 즐거웠고, 계획이나 지도 없이 그냥 마음 따라 시내를 돌아다니는 것도 즐거웠다(매연과 교통체증이 심각한 인도의 도시가 아니라면). 내가 가고자 했던 목적지 사이에서 만났던, 예측하지 못했고 존재하는지도 몰랐던 그곳의 사람들, 음식과 건축물, 또 자연은 여행의 과정이 선사하는 묘미 그 자체였다.

긴 여행기를 끝내면서 나는 다시 한 번 가족에서 감사를 전하고 싶다. 이 책을 여기까지 읽을 수 있었다면 시인이기도 한 아빠의 문학성과 물리학자가 될 수도 있었던 엄마의 사고력 덕이다. 내가 미국 대통령이 된다고 해도(나는 미국에서 태어나지 않았기 때문에 어차피 법적으로 안 된다) 스스로를, 빈손으로 시작해서 나에게 풍요로운 환경을 제공해준 부모님과는 비교할 수 없을 것이다. 여행 틈틈이 이메일을 보내도 컴퓨터에 익숙하지 않은 두 분에게서 답장이 오는 경우는 거의 없었지만, 힘들 때마다 전화를 해서 투덜거리는 나에게 늘 힘이 되는 말씀을 해주셨다. 부모님의 배려와 성원이 없었더라면 나의 갭 이어와 평생 결코 잊지 못할 이번 여행의 기억은 없었을 것이다. 종교적, 사회적, 정치적 색깔이 나와는 많이 다른데도 불구하고 책 쓰는 동안 아무 말씀 없이 무조건 지지해주시며 나의 의견을 존중해주신 우리 부모님은 정말 멋쟁이다.

파란날을 달리다

2010년 10월 20일 초판 1쇄 인쇄
2010년 10월 25일 초판 1쇄 발행

지은이 | 이준엽
발행인 | 전재국

본부장 | 이광자
주간 | 이동은
책임편집 | 김기남
마케팅실장 | 정유한
책임마케팅 | 김진학
기획마케팅 | 신재은

발행처 (주)시공사
출판등록 1989년 5월 10일(제3-248호)

주소 | 서울특별시 서초구 서초동 1628-1(우편번호 137-879)
전화 | 편집(02)2046-2854 · 영업(02)2046-2800
팩스 | 편집(02)585-1755 · 영업(02)588-0835
홈페이지 www.sigongsa.com

ISBN 978-89-527-6019-7 13810